王咸 作品

GO TO HAILAR

去海拉尔

中信出版集团 · 北京

图书在版编目（CIP）数据

去海拉尔 / 王咸著．-- 北京：中信出版社，2018.1（2021.7 重印）
ISBN 978-7-5086-8243-3

I. ①去… II. ①王… III. ①中篇小说-小说集-中国-当代 ②短篇小说-小说集-中国-当代 IV. ① I247.7

中国版本图书馆 CIP 数据核字（2017）第 253079 号

去海拉尔

作　　者：王　咸
策划推广：中信出版社（China CITIC Press）
出版发行：中信出版集团股份有限公司
（北京市朝阳区惠新东街甲 4 号富盛大厦 2 座　邮编　100029）
承 印 者：浙江新华数码印务有限公司

开　　本：787mm×1092mm 1/32　　插　　页：5
印　　张：12.5　　字　　数：197 千字
版　　次：2018 年 1 月第 1 版　　印　　次：2021 年 7 月第 3 次印刷
书　　号：ISBN 978-7-5086-8243-3
定　　价：49.00 元

服务热线：400-600-8099
投稿邮箱：author@citicpub.com

盲道

1

见到小安应该是二〇〇一年，大约是元宵节过后不久，具体是哪一天我忘记了。上海的天气还冷，一连下了几天雨，马路上水渍渍的，走路时间一长，水就会浸到皮鞋里，那股湿意蹿到膝关节，就会引发关节炎，好像这里比身体的其他地方少穿了衣服，凉飕飕的，酸痛不已。这不是我即将见到小安的征兆，没有小安，我的膝盖也会酸痛。即使我的膝盖不酸痛，即使我那天不去上班，我也必定会见到小安。性格决定命运——有时候一个人的命运是由别人的性格决定的。

我走进单位大门，大约是十点钟，我习惯性地朝门房看一眼，隔着玻璃，看门的老政突然从座位上站起来，冲我急速地摆了一下手，嘴巴也急速地翕张着，但说什么我听不到。他拉开了门房的玻璃窗。

“等一等，王老师。”

我以为老政让我带邮件上去，没有问为什么就直接推开门房的门走了进去。门房里很暖和，氤氲着香烟的气味。但令我没想到的是，我甫一进门，老政却夺门而出，背后留下一句话：“王老师，你别走啊。”

透过微微蒙着湿气的玻璃窗户，我看到老政三步两步就出了单位大门，在门口左右张望了一下，往右一转，不见了踪影。

我正在发愣，老政又出现了，他一边往门房走，一边回头说着什么。片刻之后，一个背着一只破旧旅行包的年轻人出现了，样子像西南一带的少数民族。年轻人好像是被老政的话牵着一样，亦步亦趋地跟着老政进了门房。

“王老师来了，我把王老师给你找来了。”

老政一边推门进屋，一边说。脸虽然朝着我，话音却是往后的。年轻人湿乎乎地站在门口。他穿着灰白两色的夹克，已经很旧了，白色部分布满污痕，个头不高，头也不大，留个小分头，头发打着绺。脸是不规则的圆形，像一枚发育不好的蒜瓣。年轻人皮肤黝黑，但背挺得笔直，神态还比较自然，嘴角似乎挂着一丝微笑。

“王老师，好。”他顺着老政的介绍说，说的是普通话，但发音很奇怪。

“等你半天了。昨天他就来了，你们昨天不上班，我叫他今天再来。”老政说。

我终于明白老政又在替我找活了，这可不是第一次了。我含糊地冲年轻人点点头，连我自己都不知道我这头点的是什么意思。

“小伙子从云南来的，跟新疆一般远啊。一定要见见王老师。”老政说。老政是新疆回沪人员，什么事儿都要跟新疆联系一下。他做事有点先入为主的风格，好在他是热心肠，你也不好说什么。像他说“一定要见见王老师”的话肯定就是他自己的意思，因为我跟这个小伙子根本不认识。我也不是名人，人家也不会慕名来见我。但他这样说了，既把小伙子郑重地推荐给了我，也把我隆重地推了出来。我就不好再拒绝了。这就是老政“见过世面”的表现。

小伙子见我并不热情，一时也不知道说什么好。

“小伙子姓安，安全的安，我还是第一次听说。他可不简单，家在农村还坚持写作，从云南来投稿，你给接待接待吧。”然后，他又转向小伙子说，“王老师可是博士毕业，是这里的大编辑，你把稿子交给王老师肯定没问题。”

小伙子羞赧地笑了一下。“谢谢政伯伯，麻烦你了。”

老政说：“没事。你主要是要麻烦王老师。”

我脑子飞快地转动着，想着该怎么打发这个小伙子。最好是他把稿子留给我，然后走人。等我以后“拜读”了他的作品再跟他联系。对这些作者我觉得最好是书面联系，麻烦少。

“你作品带来了吗？”

“带来了。”

“哦，那你把作品交给我，等我读了以后再跟你联系好吧？”

他解下他的背包，从里面掏出一摞稿纸，足有一拃厚。稿子一掏出来，他的旅行包立刻就瘪了，好像里面就装了一摞稿子，其他什么也没有。也许他的行李放在旅馆里了。

稿子虽然掏出来了，但他似乎没有交给我的意思。

“王老师，我想跟你谈谈我的作品。”他顿了一下，“另外，我还有事情请你帮忙。”

没有办法，传达室很狭窄，我们两个外人在里面一站，几乎把传达室塞满了，陆续有人进来取邮件，都得侧着身子通过。我只好把他带到编辑部办公室。

办公室的同事都在，有的在看稿子，有的在聊天，嘈杂的声音我们在走廊里就听到了。看到我领了这样一个带着旅行包的陌生人进来，他们立刻就明白什么事了，片刻安静了一下，又只管干自个的事，声音小了一些，但瞬间就又高了起来。

我让他在待客的沙发上坐下，然后替他倒了一杯水。他笑眯眯地看着杯子，接过去，说了声“谢谢”。

我先检查了一下我的桌子上有没有新邮件，然后给自己也泡了一杯茶，才拖了把椅子，坐在这位来访者的面前。

我说：“你什么时候到的上海啊？”

他说：“就是昨天嘛。”

我微微一愣，觉得他的“嘛”字用得不对啊。

“你以前来过上海吗？”

“没有，我这是第一次来嘛。”

“哦，你到上海就是为了送稿子吗？”

“也不是嘛。”

我等着他说出来上海的目的，但他竟没有说下去的意思，端着茶并专注地看着它。一副有问必答、不问不答的样子。

“你准备什么时候回去呢？”

“我不回去了嘛。”

“那你——？”

“我想先在这里找个工作嘛。”

“哦，那你住在哪儿啊?”

“我还没有住嘛。”

“你的行李呢?”

“我就这些行李嘛。”

“那你昨天晚上在哪儿过的夜啊?”

“我就在你们单位门口过的嘛。”

“昨天晚上不是下雨了吗?”

“我不怕下雨嘛。”

他一口一个“嘛”，可能这是他的说话习惯，多听几个我也习惯了。想到他在潮湿的地上蹲了一夜，我的膝盖倒先有了反应。不知道为什么，接待他这样的作者我都觉得有点尴尬。我们算是一家大型文学刊物，对发表的作品有一定的质量要求。像他这样的农村作者，大概这辈子也与我们无缘了。但是，这样的真相是不可能跟作者说的。一是这样说比较残酷，二是还真不一定就能把事情说清楚。人一旦搞起文学来，总有点跟普通人不一样。我能做的就是郑重地听他谈论一下他对文学和自己创作的看法，让他相信我会认真地拜读他留下的稿子就可以了。当然，过一段时间，我还得把他的稿子给退回去。这是亲自来送稿子的作者的待遇。要是邮寄过来的，大多是发一封不刊用的通知。

他好像不急着发表他的创作谈，我也一时找不到话题谈，不免有些尴尬。好在他并不看我。大多时候他是看着手里的茶杯，脸上一直若隐若现地浮着一层微笑，好像是对周围的环境表示着一种会心的满意，又好像是沉浸在某件美妙的往事之中，让你觉得他人在此处，神已遨游八极。但是，你只要跟他一说话，他的灵神就会立刻回来，跟你做出恰当的回应。

“你是少数民族吗？”

“我是汉族。我们那里有很多少数民族，可我不是嘛。”

“哦，你不是——”

“我不是的，但我们那里确实有很多是少数民族嘛。”

“哦，都有什么少数民族？”

“有壮族、布依族、苗族，还有水族嘛。”

“啊，水族……”但是我确实不想跟他谈论什么水族，尽管我是第一次听说这个民族。

“是的，水族在我们那里有好几万人嘛……”

“你先把你的作品交给我吧。”我打断他的话说。

“好的。不过，我还想给你看看这个。”他说着，又从包里掏出一封皱巴巴的信来，很郑重地递给我。我打开信一看，原来是北京某出版社的一位编辑给他写的信。

“这是李老师写给我的，他是出版社的副总编，他对我的写作有很大的帮助嘛。”

这只是一封编辑写给作者的普通信件。大意是作品写得不错，但出版社还不能出书，鼓励他继续写作，云云。但一张信纸上确实写满了密密麻麻的字，好像两个人的联系还不止一次。因为信中，这位副总编建议他不要太多地在外面流浪，要安心在家干活，心有余力再搞创作。

不得不说他这一手挺有用的，虽然这一封信无足轻重，也不管这位李老师是不是副总编，但至少是一封亲笔信，这位编辑的敬业精神让我稍稍收敛了一些我的不耐烦。

“王老师，我的小说写的都是我亲身经历的事情，有实际生活做基础，不是胡编乱造，我相信我写的东西别人都不会写的嘛。我最喜欢的作家是路遥，他为农村人呐喊，现在的作家都不这样写了。我想请你帮我发表，我想发表以后肯定会产生很大的反响嘛……”

“这个，得等我看了你的作品再说。”我冷静地说，没容他继续说下去，他说的话没有超出我的想象，只是他说话的方式比较奇特，像念书一样，没有轻重音节，也没有逗号句号的分别——说到“嘛”字的时候好像是个句号。他说的话既像深思熟虑的结果又像没有经过脑子完全是上嘴唇跟下嘴唇的机械运动。对付这样的人我已经有一定的经验了，他们因为爱好文学但多是一知半解，往往非常自信，觉得自己的作品前无古人，后无来者，谦虚一点的会说能得茅盾文学奖，不谦虚的可能会说要冲击诺贝尔奖。现在，我决不会嘲笑他们的自信了，当然，也不再会认真地跟他们分析什么样的作品才能得奖了。否则，一旦讲起来，一天的工作就不用做了。而且，如果最终的结论是不能刊用他们的作品，他们会很生气地说：不用我的作品不是我的损失，而是你们的损失。

“我晓得。”他干脆地说，却并没有过多的纠缠。

我觉得有个同事朝我们这边抬头看了一眼。我得赶紧结束跟他的谈话。今天是星期一，也许会有更重要的工作要做。

“你在上海有老乡吗？”

“没有嘛。”

“哦，你联系过工作吗？”

“还没有嘛。”

“啊——那你怎么生活啊？”

他突然把两只手一摊，两眼盯着它们，平静而坚定地说：“我有两只手嘛。”

我“哦”了一声，很吃惊地看了他一眼，因为他根本不和我的眼神交流，所以他对我的吃惊似乎没有任何反应，又似乎我的反应都在他的预料之中。说实话，我很久没有听到这么铿锵有力的话了。看来我对他的担心是多余的，我也暗暗松了一口气。大上海在他这句话后一下子也变得开阔起来，仿佛一扇沉重的大门突然吱扭一声打开了。我在上海十多年了，还从来没有过这种奇妙的感觉。只是，在他摊开的两只指甲垢重重的小手后面，繁华都市大上海倏忽之间好像变成了荒草丛生的美国大西部了。

2

中午在食堂吃过饭，我到门房去取邮件。

老政说：“王老师，坐一会儿呗。”

门房里装有一个窗式空调，因为门房面积很小，房间里十分暖和。老政递给我一支红双喜，是别人要进单位大院进贡的香烟。他自己只抽四块钱一包的红牡丹。但是，我不抽烟，他就把红双喜放在一边，自己再捏出一根牡丹来抽。

老政是个烟鬼，看他吸烟是一种享受，他能把烟吸到丹田里，然后再缓缓地吐出来。这也是他“见过世面”之后的一种后遗症。我猜想，一个普通的门房是不会有这种深沉的吸烟风格的。但是，从新疆回到上海，按照他的说法，等于要重新“投胎做人”，原来的都作不得数了。“他妈了个B”，当我们变得比较熟络之后，他觉得他有说脏话的权利了。所以经常会不自觉地蹦出这个词儿。这个词儿说得好，这既使他更像一个门房，又使他显得不像一个门房。他自己介绍，他在新疆曾经官居连长，手下也管过不少号人。但建设兵团的连长是个多大的职称，我没有概念。

老政还是个白癜风患者，脸上有好几处白斑，右手手背和手腕处是一片惨白。他既然开了仕途，却没有升上去，大概也跟这个有关系。

他把烟吸进去的时候，脸上的白癜风就微微发红，等他把烟雾缓缓吐出来的时候，白癜风又恢复正常。在白癜风的一红一白之间，传达室就充满了他的牡丹烟雾。

“小伙子你给打发走了？”

“走了。”我说。

“怎么样啊？”

我不置可否地摇摇头。我想到他放在我那里的一拃厚的小说稿，稿纸都被手摸黑了。不用看，我也知道那样的作品是不可能发在我们刊物上的。过一段时间，看看开头结尾就把他的稿子给退回去，告诉他作品写得不错，但是还不到发表的程度，就像北京那个编辑干的那样。

“小伙子挺可怜啊。在我们新疆管这种单身汉叫‘盲道’。”

“怎么可怜？”我说。我想起他摊开的双手。

“咦，可怜得很。昨晚就在咱们门外蹲了一宿，我让他进来坐会儿，他还不坐。他说要见巴金，要把自己的作品献给巴金，巴金住在医院里呢，能见他吗？我就给他引见了你。给你添麻烦了，连我都看得出来，他能当作家吗？那世界上的人不都当作家了。”他停了一下，好像要表达歉意似的说，“但是，这孩子，眼巴巴地，你要不给他找个人看看，我估计他不会走的。”

“老政，你还真行啊。”

“能不行吗，在这里干时间长了，是什么人我也能看出个八九不离十。当门房学问也大着呢。”

他说完这句自夸的话，却突然又羞涩地一笑，说:“当然，跟你们没法比。”

看来，老政当门房是有点屈才。不过没有办法，重新投胎做人就得忍受新生活的痛苦。他觉悟晚，到了二十一世纪才想起来回沪，是老老实实干到退休以后才想起来的。没想到，这时候回沪的政策已很紧了，到现在户口还没有落实。新疆的工资也不能对付上海的消费。他有一个女儿，倒是先回来了，也出嫁了。但是女儿住在婆家，房子也是婆家的。指望老政的积蓄在上海买房子简直是天方夜谭。但是没有房子就没有地方落户口。这事是老政的心病，提起这事他就会骂人。派出所里的人他都敢骂。我没有见过，都是他自己说的。他到派出所落户口，手续多得比出国还难，他叫政风兴，新疆方面开的户口证明上写成了政凤兴。派出所的同志让他回新疆重新开一张。他说你们帮我改一下不就行了嘛。他们就很严肃地向他强调户口的严肃性，对他的儿戏态度不屑一顾。他嘟囔了一句，派出所里的人不给他好脸色，说:“你买个房子就简单了。”他就跳起来开骂了。

“老子去新疆的时候你还在你娘肚子里转筋呢。老子是正宗的上海人，支援新疆几十年，现在想回家都回不成了，妈了个B，上海是你们家的啊？”

“光脚的不怕穿鞋的。我他妈怕什么。”他这样解释。我想可能是因为他年纪大了，是倚老卖老。不是有很多领导人退休以后突然开始说真话了吗？道理是一样的。但不管怎样，敢骂警察还是挺让人佩服的，只是他在转述他怎么骂警察的时候，好像把我当成警察了，指着我的鼻子，唾沫都溅到我的额头上了。好在老政还比较清醒，转述完了，没忘用袖子在我的额头上飞快地掠一下。

我临走，老政又叮嘱了一句，“王老师，不行，就把稿子给他退回去。让他死心。这个盲道很可怜的。”

“没问题。”我说。

3

晚上六点钟，天已经黑了。我正和妻子一起吃晚饭，电话铃突然响起来。我拿起电话机摁下通话键，问道：“哪一位？”

“是我，王老师。”

话筒里传来一个陌生的声音，我一时辨别不出是哪一个，有点尴尬地打着哈哈。

“我是小安。”

“小安，你好。”我说，但是仍然不知道小安是谁，又不好意思往下追问，只好等着对方继续暴露身份。

“王老师，我今天找了好多地方，我发现上海住的地方都太贵了，我没有那么多钱嘛。”

啊，一听到这个“嘛”字，我立刻明白小安是谁来了，与此同时，我的膝关节豁豁地疼了一下，好像它对小安更敏感。

“王老师，我能不能到你那里住一晚上，等我找到工作，我就——”

“哦。”

“给你添麻烦了嘛。”他说，但是他没说要是不方便的话我就怎么怎么样。

“你现在在哪里啊？”

“我在火车站嘛。”

“好吧。”我像被逼上梁山一样只好做一次好汉，“你在火车站问一下941路公共汽车在哪里，然后坐上这趟公交车，到娄山关路下，就在那里等我。我去接你。”

“好的，王老师，谢谢你嘛。”

我挂断了电话。我的妻子苏云嘴巴里含着一口饭愣愣地看着我。

“一个作者要在我们家住几天。”我说，“从云南来的作者。”

苏云莫名其妙地点点头，直到我三下两下吃完饭，走出村子，坐上74路郊区公交车我都没有弄明白她点头的意思是什么。家里突然要来一个陌生人，谁大概都会愣上几分钟的。我住在郊区一幢农家院子里，有三上三下的房间，来一个客人要住，实在找不出没有房间这样的客观理由。况且也就是住几天，我想起他伸出的手臂、摊开的手掌，对他能在上海找一个工作还是抱有一定信心的。因为那时，上海已经取代了深圳，正在成为打工者的新天地。而且从遥远的云南跑到上海要来面见巴金的人至少算一个文艺青年，即使有点问题也大不了哪里去。况且他是个写小说的，而不是诗人，对生活的厌恶也好热爱也好，大概不会很极端。只是从我住的地方到我说的娄山关路，我必须要坐一小时的车才能到达。不过，什么941啊娄山关啊这些名词我在电话里只说了一遍，对于一个初闯上海滩的云南乡下青年来说，未免有点深奥，也许他一时不能领会，走到别处也未可知。

但是当我坐着即将被淘汰的双车厢公交车到达娄山关车站时，我一眼就看到那个背着破旧旅行包的小安正静静地站在一群焦急的等车的人丛中，好像他不是从火车站坐过来的，而就是从这里给我打的电话。看来我低估了他的城市生存能力。

时间已经是八点多，下班高峰已经过去，我和小安在车厢的后排找到了座位。

“我从家出来时带了500块钱，从云南坐到杭州，我花了249块；从杭州到上海又花了57块。从火车站到作家协会我不知道怎么走，就打了个车，花了31块，我现在就剩下100块钱了。”

一坐定，他就仔细地给我交代了他的花销，解释他为什么打搅我。我按照他说的暗暗地算了一下，觉得他身上应该还有163块钱，他说只有100块钱，那63块钱到哪里去了？我一边和他说着话，一边想着那63块钱的去处，隐隐觉得他怀揣163块的巨款似乎还用不着急急地到我这里来投宿，毕竟我跟他只是一面之缘啊。这样想了好久，才终于想起来他活着还得吃饭这件简单的事情。

我们不再说话，我低头沉思起来，他则抱着自己的旅行包，端正地坐着，没有一丝疲惫的迹象，眼睛朝着车头方向望着，对着陆陆续续从各个车站上来的站在他面前的乘客，他好像看见了，又好像没有看见。有一会儿我以为他睡着了，但昏黄的路灯光突然划过他的脸时，我看到他的眼睛像猫的眼睛一样是亮着的。

4

就这样，小安在我家“暂住”了下来，我想最多住个一星期差不多了。像他这种流浪的人，谋生能力应该是蛮强的。

我和妻子白天去上班，小安出去找工作。有时候他回来得早，我们还没到，他就在村子里闲荡一会儿，他还因此认识了村里的一些人。有一次我们回家，天刚傍黑，他和一个陌生人就站在我们家门口聊天。他聊得很投入，一直等我们走近他才有所觉察，但还是把要说的话说完整，画上句号以后再跟我们打招呼。我发现，他说话的时候，两脚是平行站立，一只手叉腰，另一只手做着手势，好像是一位老师在给群众上扫盲课。陌生人似乎也不是本地人，很认真地听他讲话。我意识到问题的严重性就为他配了一套大门和屋门的钥匙。如果他回来得早，可以先回家。但是，头几次他还是坚持等我们回来以后再进家。我们表示了对他的信任，他才使用起了自己的钥匙。

工作显然不好找，几天下来他都是空手而归。虽然大批打工者正在涌向上海，但是还没有到招工启事满天飞的地步。另外，打工也需要托关系，老乡帮老乡，比如玩具厂要进工人，工厂方面也希望从现有的工人的老乡中招募。还有一个原因，工厂新的一批工人在过完春节几天后就开始招工了，像他这种元宵节都过去了再来找工作的，显然错过了最佳时机。当然，还有一个更重要的原因，住了几天之后，我才发现小安只有小学文凭，连初中都没上完。这意味着他只能干体力活。我认识一个修路工人，在接连失败以后，我骑着摩托车带着他找到正在工地干活的那个人，问他工地上需不需要小工，结果他看了看小安，就摇了摇头。我明白他的意思，相对于抡铁锤挥铁楸这样的重活，小安的身体是太单薄了。

他参加过几次招工考试，都是头一个交卷，因为上面既没有《家》《春》《秋》的作者是谁这样的语文题，也没有

15×4等于多少这样简单的算术。有一个工厂招工倒不需要任何考试，但是需交1000块钱的押金，而每月的工资只有300块钱，而具体做什么工作，厂方居然保密。

一个星期缓慢地过去了。小安次次失望归来，我的脑海里渐渐有了个四处碰壁的潦倒异乡青年的形象，他那双摊开的小手也慢慢地小到了无，变成了空气中轻轻颤抖的幻影。我不着急是情有可原的，但是，奇怪的是小安也一点不着急，好像对眼前的处境他早有预料。而且他干脆不出去找工作了，竟然帮我们做起了晚饭。把苏云给吓了一跳，几乎是跑着到厨房里阻止了他的好意。

“我反正没事干，就帮你们做做晚饭嘛，没有事的。你们早出晚归，很辛苦啊。”

“不辛苦，不辛苦。你放下，我来做，你不熟悉。”

“慢慢就熟悉了嘛。”

“不慢慢，不慢慢。”苏云一急，组词的能力都没有了。

终于吃好了晚饭，大家端坐在饭桌前。沉默了一会儿，苏云终于小心翼翼地问道：

“小安，你今后有什么打算吗？”

“我想，我如果再找不到工作嘛，我就要回云南去了。”

他回答的迅速出乎我们的意料。不过，这确实是他一贯的风格。他就像一口钟，你不敲，他不响，你还以为年久失修，失去声音功能了，但是，随你在任何时间，以任何角度，用再奇特的形式只要一敲他，他立刻在第一时间发出毫不含糊的混响。真是让你小看不得。

我们虽然都一愣，但是迅即浑身一松，有个东西从胸口掉到了丹田里。脸上顿时露出一种遗憾的表情，对大上海做出一副鄙夷的态度。但是，他随后说的话却让那个掉到丹田的东西又提了起来。

“不过，我相信现在这个困难是暂时的，我并没有灰心，你们是好人，有你们的支持嘛，我相信这样的局面肯定会有改观。”

“我觉得你能回去也不是坏事，如果有机会，再上两年学，拿到初中文凭，对于找工作来说比较有利。”我只好曲线救国。

“这个，我晓得，但是我已经二十岁了嘛，不可能再回去上学了，再说，我相信我的能力并不比一个初中生差嘛。”

“光初中生也不够嘛。”苏云脱口而出说，也学会了用“嘛”。

“我觉得关键还是在个人嘛。我到上海来，是开拓一个新的天地，这肯定是有困难的，这个我在离家的时候就已经想过了。如果你们愿意，我想给你们背诵一段话——”

“什么话啊?”我说。

“苏老师肯定记得这段话。”

“什么话啊?”苏云说。

“舜发于畎亩之中，傅说举于版筑之间，胶鬲举于鱼盐之中，管夷吾举于士，孙叔敖举于海，百里奚举于市。故天将降大任于是人也，必先苦其心志，劳其筋骨，饿其体肤，空乏其身，行拂乱其所为，所以动心忍性，曾益其所不能……”

他当场就这样背了起来，而且，当中一个“嘛”也没有。事后，苏云分析，他之所以背诵这篇文章，有很多原因，但肯定有一个原因是对我们小瞧他的一个报复。虽然他只上了小学，但他背诵的这一篇却是高中课文。不过，当时，我们只是对他的这种行为有点吃惊，也感到有点可笑。这篇励志的文章用在这里按道理是很贴切的，但他用他那没有高低音的云南普通话很严肃地背诵下来，总让人感觉有点走火入魔的味道。

“你觉得你是舜呢，还是傅说呢?”苏云有点冲动地说，连我也觉得有点过分了。

小安没有生气，依然很平静地说：“我不认为我是舜或者是傅说，我只是取这篇文章的中心思想嘛。”

“你说的有道理，我也相信你的能力，但是，现在这个社会重文凭不重能力，这也没有办法啊。现在这种社会——”我打圆场说。

“我非常感谢你们，你们给我的帮助很大。要是没有你们的帮助，我在上海连落脚之地也没有嘛。”

“这个你不用放在心上。”我谦虚地说。

“这个我一定会记牢，受人滴水之恩，当以涌泉相报嘛。这个我懂得。”

苏云开始起身去收拾碗筷。她是个高中语文老师，对付小学生显然缺乏手段。苏云本是个手脚麻利的人，干起厨房的活儿更是三下五除二。但是，今天洗了半天也不见她出来，她好像是在搞大扫除，乒乒乓乓的杯碗相碰之声不绝。她大概在擦冰箱，擦电饭煲，擦微波炉，擦水池，擦门把手……在她的小手下将诞生一个亮晶晶的好像从来没有用过的厨房新世界。

我和小安也一时找不到话说了，干坐着。那样子好像是在等苏云出来再散，而苏云又好像等我们散后再从厨房里出来。

5

二〇〇一年据说是千禧年的开始，按基督教的说法遭到毁坏的地球将恢复到洪水以前，尤其是伊甸园时代。《以赛亚书》说 :“他们要将刀打成犁头，把枪打成镰刀 ；这国不举刀攻击那国，他们也不再学习战事。”而且还有更具体的细节描写 :“豺狼必与绵羊羔同居，豹子与山羊羔同卧，少壮狮子与牛犊并肥畜同群 ；小孩子要牵引它们……”不过，这样的情境我还真是一点也没看到。反而一个世纪的开始，让人有点无所适从。人似乎变得有点晕乎乎的。晚上我躺在床上极力想想点什么心事，但猝不及防就睡着了，我实在也没有什么心事好想。所谓想心事的努力只是想延长那入睡前迷迷糊糊悠悠荡荡的感觉。但睡眠总是来得过快，还没尝到一点滋味，我就进入了无知无觉的眠乡。我以前患有的严重失眠症不知跑到哪里去了。在那些失眠的岁月里，我曾经从西医到中医，从药疗到功疗，百般折腾，不见功效。我终于对治疗失去了信心，以至于把它认作是我身体的属性之一，是我的天命，就任它发展吧。结果不治而愈，好像从来就没有过一样。即使阴雨天气，我的右膝关节隐隐犯痛的时候，不仅没有影响睡眠，睡眠反而成了解脱。不管什么样的痛，往床上一躺，就睡过去了，疼痛就忘记了。而每次酣畅淋漓的睡眠之后，关节炎要么消失了，要么就减轻了，变得可以忍受了。有了良好的睡眠，我一天都能保证精神十足，心情愉悦。好像，我原来很多的不安和忧虑都是来源于睡眠不足。

在这种状态下，小安住在我的家里，确实没有给我带来什么不便。二〇〇一年中国的经济还在奇怪地快速发展中，农民工进城还被看作是改善农民生存状况的好事情。虽然已有人惊呼土地荒芜了，对此表示担忧，但是土地养不富农民更养不富中国更是共识。不过小安到底算是一个农民工呢还是一个文学青年呢，我也没有认真思考过。没有什么解决不了的问题。我坐在书桌前，常常就有这种莫名其妙的感觉。有时候，我会突然搞不清这是一种满足状态，还是一种迷茫状态，也可能潜意识里认为没有什么问题能解决吧。

但是显然不是每个人都像我这样晕乎乎的，有点无所事事地度日，比如门房老政。我每次上班，老政几乎都要把我拉过去帮助他看文件，都是有关报户口的资料。开始是一张纸，说明老政的户口原在地，现迁往 × × × 地。过了几天是两张纸，又多了一张说明他的户口原在地，× × × 时迁往户口现在地；过了半个月，资料已经有七八张了。过了半年，老政再让我看他的户口资料时已经使用了文件夹，资料有莫言的小说那么厚了。老政打开他的资料夹时比基督徒打开圣经还小心和虔诚。自从出了“风”和“夙”的风波后，这种小心和虔诚更是有增无减。每一张资料的丢失和出现其他的差错都可能是致命的，至少，会导致一场新疆和上海的长途往返，破财费力不说，时间拖长了，连工作也可能丢掉。

“王老师，出去容易回来难啊。我这一辈子……”老政用抖动着的右手给他的一辈子做解释。老政的右手垂着抖，好像手上沾了什么不干净的东西——就那样抖着，终究不说他这一辈子怎么样了。

我是用一套厨房餐具换来了老政的信任的。有一年单位里面举行乒乓球比赛，凡是参加的都发一套厨房餐具。我因为家里都有了，就顺手送给了老政。从此老政总觉得我是“自家人”，有个什么文字工作就请我帮忙，有什么心里话也需要我去领会。我们之间，好像有了一种秘密约定，必须彼此信任，慢慢地也就成了好朋友。

每次我一进单位的大门，老政就会说："王老师，抽一支。"而我是不抽烟的，他也知道，这只是他跟我打招呼的一种方式。这个时候的老政总是温和地一笑，或者冲我挤挤眼。对于这样的待遇，我常常觉得受之有愧。因为工作起来的老政是十分严肃的，甚至有点凶。他难得一笑，就是作家协会的领导来了，他也只是微微地点一下头，该给你开门就开门，该给你递文件就递文件，并没有多余的表情。我开始以为他是某个领导的亲戚。后来才知道他也就是通过职介所找到这个工作的。他在这里能干下去，大概归功于他工作的认真，单位大门把得绝对牢，绝不会让一个闲杂人等混进单位大院里。就是外国人来了，老政也要盘问个一清二楚：从哪里来的，到哪个部门去，你是谁？问完三个哲学问题，还要加一个"来做什么"。

据说单位大院解放前是上海一家火柴大王的别墅，解放后，主动把房子交给了政府。改革开放以来，一直有外籍华人以及外籍外人来此地参观怀旧。有一阵子听说这个资本家的后代正在四处活动准备收回这座豪宅。老政不知从哪里知道这个消息，竟然表现得比单位领导还紧张，见到外国人就挡，连某次法国友好作家访问团来访都被他挡住了，说什么也不给进。外事办主任说了半天才让老政明白法国友好作家们跟这座宅子没有关系。显然老政不是担心社会主义资产的流失，他担心这个房子要是归了美籍华人的话，他门房的工作就泡汤了。

老政热爱他的门房工作，因为除了看大门挣一份钱以外，还意味着“拥有”一个豪华、宽敞的大院——而且不是那种到处都是废铁烂钢的工厂大院，也不是火柴盒式的高楼大厦。这座原资本家的别墅对老政来说有特殊的意味。老政在这方面绝对是老上海人的做派，说起新富起来的人总有点鄙夷不屑，好像他做了这幢别墅的看门人，身上也有了“旧贵”的气息。据他自己偶尔透露一下家世，祖上也是住过徐家汇的，甚至官至“道台”。只是，从他的话里，我发现他们家很早就没落了，到他爷爷那里已经难提当年了。

当然，也不仅仅是别墅的缘故，还因为现别墅乃一正宗的国家单位所在地，单位的领导是厅级干部。更重要的是单位里都是文化人。老政到新疆去了几十年，骨子里还是崇拜文化。《水浒传》几乎是烂熟于心，不过，我猜是评书版的，而且讲窦娥冤的故事可以追溯到孟姜女。因为我自己不爱说话，所以养成了听人说话的习惯——因而能听到这么个耸人听闻的故事，窦娥要蒙冤，是她前世把长城给哭倒了。老政很认真而且以独得其秘的口气告诉我："古人都不是瞎写的，什么事都有前因后果不是？"

老政喜欢我大概也不仅仅是一套厨房餐具的缘故，我对他这个打通上下一千年的说法，就表示了由衷的赞赏。他觉得我是知音。

火柴大王的别墅虽然面积并不大——因为据老政说，他在新疆的房子加上院子就有一亩半地之多，而这座别墅显然还不到一亩，大概也就七八分吧——但是因为它坐落在上海的市中心，就显得意义非凡了。如果按地价算，老政新疆的房子加院子整个也不值火柴大王别墅的一平方米啊。对于老政这本来是一件心酸的事，但老政说起来却骄傲得很，好像新疆的房子是别人的，而火柴大王的别墅却是他自己的。在这一点上，连单位的党委书记也没有老政的这种天然的主人翁精神。

而老政虽然不时地对流放新疆有怨言，但显然又秉承了六七十年代爱厂如家的精神。对于单位大院的爱护他完全是出于自己的赤诚之心。每到夜晚，工作人员陆陆续续下班回家以后，院子里亮起昏暗的灯光，老政就把大门锁了，一个人在院子里巡逻，火柴大王的别墅到底属于谁已经不重要了，重要的是此时此刻，别墅里只有老政一个人。一个人的别墅，一个人的花园。院子里绿化很好，种植着四季常青的各种竹子，种植着高大的香樟树、银杏树、广玉兰，还有草皮和灌木。道路的两边即使冬天还开着猫脸花。院子中心有一个文艺女神的塑像，有喷泉围绕，泉水是从蛤蟆嘴巴里喷出来的。小路旁边，凌霄花架下有西式的有靠背的大理石长座。有一次，我晚上加班，临走的时候，发现他很悠闲地坐在这个长座上抽烟。我也走过去坐下来。虽然在这里工作了七八年，还真的没有在这个地方坐过。

老政巡逻的时候，一只手叉着腰，一只手晃着一只加长的手电筒，雪亮的光扫视着大院里的每一个角落，突然的光亮常常罩住一只野猫，和老政对视着。老政冲它努努嘴，野猫冲它喵喵地叫几声，双方都没有显示什么恶意，老政就往下一个地方巡逻。

老政说他在新疆做到连长之职，手下也曾经有过百十号人马。但是，新疆的连长只是建设兵团的连长，百十号人说白了也大概就是百十号农民，说不定妇女儿童也包括在内。不过“连长”的称呼大概也会对人有影响吧。老政走路说话的气势却非一个普通的门房所能比。单位的小车渐渐增多，院子里常常车满为患，出不好出，进不好进。如果老政值班就不会出现这样的问题。根据每辆车的作息习惯，他调整每辆车停放的位置，而且指挥若定。只是，有时候他在指挥别人停车倒车的时候会不自觉地叉起腰，那样子不像一个门房，倒真像一个“连长”了。领导们对他这种做派倒无所谓，倒是那些给领导开车的司机会看不惯，有时候会刺他几句。所以，只有单位的各种正式工作人员下班以后，他才可以随心所欲地叉起腰来，一边检查门窗的关闭情况，一边在幽静的院子里散步，看看樟树，看看月季，看看紫藤架下有没有什么可疑情况。单位大院不是什么经济重地，即使有危险也是小偷小摸，况且，房子里都装设了红外线监视器，直通附近派出所，有什么情况，说不定派出所比老政还知道得早。但是，老政只有觉得重任在身，才能觉得自己拥有这所院子，心里才踏实。所以晚上，睡到三四点钟，他就没来由地起床到院子里巡逻一番。

要不是有户口的问题，老政将度过一个美妙的晚年。

有时候老政说："我也不是贪图上海的那点生活补助金，我本来就是上海人，总归要叶落归根吧。"但有时候老政又说："新疆的生活补助一百块钱都不到，而上海三百多呢。"

老政最生气的是："我他妈的按政策做，退休以后再申请回沪，结果还回不来。而那些偷着跑回来的早就报了户口。退休工资比我们高，医疗保险比我们高。"老政说到这块儿，突然就会很沮丧，很无奈地摇头。不过，沮丧很快就会过去，他的面前好像突然站着一个警察似的。"我们新疆人可不是好惹的，惹急了警察我也敢打。"这时的他，大概又想起户口问题了。为了证明他不是吹牛，他会再讲一遍他骂警察"在你娘肚子里转筋"的故事。有时候，他讲完了，他会自嘲地说："你们知识分子是不会干这样的事的。我们大老粗，管他妈了个B，抓我进监狱我还省饭钱了。"

有一次老政突然神秘兮兮地对我说："王老师，我带你去个地方，你敢去吗？"脸上是一副得意扬扬的教唆犯的样子。

"是什么危险的地方？"我好奇地问。

没想到老政摇摇头，好像后悔自己一时冲动把一个什么秘密泄露了出来。"唉，那种地方你不去也好。"

我越发被他挑起了兴头。

“我们新疆回沪的在搞静坐，每星期三，在汉口路。”老政压低了声音说，“有很多老外在拍照的，但是也有很多便衣。”

6

从我书房的窗口望过去，隔着一条村街，正好看到一个老人坐在他家的门口或者屋角处。从我买房住到这个村子里时，他就好像已经在这两个地方坐了好多年了，我来之后，他还继续这样坐着。夏天穿得单薄一些，冬天穿得臃肿一些。但不管夏天还是冬天，他手里永远拿着一根木头拐棍，即使坐着，也拄在手里。拐棍是原木色，被手摸得发亮，有微微的污痕。

我起初以为他的年纪大约七八十，但从他老婆的年纪看，他应该是六十岁不到的年纪。他缩着背，瘦小，五官紧凑得像一个孩子，看上去，略略有些滑稽。他的表情有些木，只是看到小孩在他旁边玩时，会“喔喔”几声。老伴经过他身边倒垃圾，孙子经过他身边去上学，儿子站在他旁边与邻居聊天，他都无动于衷。他只是看着眼前的路，路这边是一个池塘，天光云影在水面上荡漾，他似乎也是视而不见。有一条硕大的黑狗，有时候会躺在他脚边，他们好像生活在同一个世界里。不过，他的儿子一声呼哨，那只大黑狗就颠颠地跑走了。在狗的世界与人的世界里，还有这一声呼哨联系着，而他与这个世界的关系就是坐在门口或墙角，就像一棵枯树，无声无息，只存在着而已。他可能是生了某种大病，坐在那里只是等待死亡的到来。我觉得邻居们对在他周围谈话好像感到某种不安，说完什么就散，不在那里唠嗑。

另外，不可思议的是他的妈妈还活着，像他一样，手里也拄着一根发亮的木头拐棍。她也很老了，是真正的老，满头灰白的头发，佝偻着背，脸上的五官都深深地隐藏在皱纹里。只是她很少坐着，她好像跟她的儿子作对一样，不是站着，就是走着，很少看到她坐在哪里。村里人她还都认识，或者说，她每天都走出来，将这些认识的人复习一遍，以免忘记。连我这个新来的外来户，她好像也认识，每当我路过她的身边时，她就冲我咧嘴一笑，点一点头，有时候还会说“回来了，下班了”之类的话。不过，我几乎也没见到她跟儿子说话的时候。

就在小安来前不久，坐着的老人终于过世了。从敞开的大门里，可以看到院子里搭起了帐篷，架起了大铁锅，新鲜的木柴堆成了垛。然后就是他家附近——他坐过的地方，没有坐过的地方，停了一溜儿汽车、摩托车和自行车。直系亲属的腰上缠了一圈崭新的白布，非直系亲属则简单地在胳膊上用别针别了一块黑布。锅底下燃起了熊熊火焰，菜下锅发出“哧啦”一声巨响，满村子都能听得到都来吃葬礼饭。小孙子门里门外地飞跑，儿子忙着招呼客人，整个院子里突然变得生机勃勃，好像这里不是在举办死者的葬礼，而是在办一场期待已久的婚礼。

那个家里只有一个人没有参与忙活，那就是死者的妈妈，那个一样也拄着一根发亮的拐棍的老太太。而且，老太太不仅没有参与忙活，她还一反常态突然像她儿子生前那样搬了个凳子坐在了门口。她不再像以前一样溜达，忙着跟人打招呼，而是呆呆地坐着，表情木然，来来往往的客人她浑然不觉，客人当然也不跟她打招呼，仿佛儿子的灵魂附到了她的身上。

到了夜里，葬礼上灯火通明，哭声却稀稀落落。晚上有道士念经，锣鼓声欢快地响了一个晚上。

一切都过去以后，那家门口发生了两个变化：一是老太太代替逝者开始坚持不懈地在门口坐桩一样地坐着。二是突然又多了一只漂亮的大狗，样子像北极熊，很顺服，逝者的儿子站在哪里，北极熊狗就站在哪里，让蹲下就蹲下，让握手就抬起一只腿儿。他让别人试一试，但别人看着这只一米多高体形庞大的已经脱离狗形的动物，都是望而却步，只作远观。

另外一个变化是慢慢到来的。大约是过了半个多月，一天晚上，我突然听到隐隐约约的哭声。仔细地听，又好像没有，不去听，它又来了。哭声抽抽噎噎，有气无力，又绵延不断——那断了的地方只是声音太低，低到耳朵听不到，就像倒立的抛物线，那沉在下面的部分虽然不显露，但从那显露的地方你却能感受到不显露的部分的存在——一种更坚韧更揪心的存在。

三月初，就是小安住过来的时候，这哭声仍然时断时续地存在着，到了晚上，夜深人静，这哭声像扯在村子里的一根弦一样，风一吹就轻轻地颤动着。这是老太太在哭儿子，一边哭还一边在呼唤。虽然细听下来，声音苍老、沙哑，而且有点喘不过气，但是感情饱满，好像死去的儿子不是那个快六十岁的形容枯槁的老汉，而是一个孩子。大约在母亲的眼中，不管孩子长多大，长到六七十，都是孩子的模样吧。

在她的哭泣声中，郊区的天空变得异常的高远空漠，树影幢幢，路上暗夜中还在赶路的人也仿佛成了来去无踪的鬼魅，令人起疑。

乡下的夜晚安静，我因为熬夜，临到要熄灯睡觉时，就会突然发现周围万籁俱寂，风清月朗，不忍睡去。我住的这地方其实离城市并不远，因为被一条河阻断，发展缓慢。城市的灯光将远方的天空照得光灿灿的，连天上的白云黑云都看得清。即使在深夜，也有飞机远远地降落在这座城市的深处，它无声地飞过天空，前后的两盏灯闪烁着，慢慢地出现，慢慢地划过和消失。我喜欢这种夜深人静的感觉。但是自从老太太的哭声出现以后，这样的乐趣就没有了。开始还行，那哭声对我还有一种镇静的作用，就当听到了二胡，可以使我的心渐渐地往下沉，好像要与这寂静的世界融为一体了。但是，慢慢地，心沉得太深了，恍然不知所处。村里突然爆发出的一声狗吠，能让我毛骨悚然，陡然一惊。深夜里的安静不再是一种美，而是成了一种恐怖，我会没来由地想象屋檐上倒挂着一个戴面具的黑衣人。

倒是小安解了这暗夜的符咒，消除了我心境的幻象。

有一天，我们都在家里，我们是度周末，小安是一时没有方向。中午，我坐在院子里晒太阳。小安坐在他睡觉的房子里好像在写什么。不久他也从他的房间里出来，跟我一起晒太阳。

“王老师，我的小说你看过了没有？”

“还没有呢。”我说。

“那你抽空帮我看一下嘛。”

“嗯，我手头上有很多稿子要看，没有这么快啊。”

“哦。”他顿了一下说，“我刚才写了一首诗，你帮我看一下吧。”

他变戏法似的从口袋里掏出一张折叠的稿纸来递给我。我接过来，展开来一看，果然是一首诗——因为上面的汉字是分行写的。

诗的题目是：夜晚的哭声。字写得挺像出自一个小学生之手，横要往下耷拉一下，竖在拉到一半的时候会稍微扭一下腰，每一个字都像用纤细的芦柴棒搭凑起来的，但是虽然写得很不工整，可作者对这种字体显然已经非常熟练，写得非常顺手，横竖之间都有连笔。整个字体略显瘦，从书法的角度讲，其格瘦硬，实际上是有点僵硬，这总比软塌塌的那种字体好。一看题目，我就知道小安也被夜里老太太的哭声骚扰到了。随时随地地用诗歌来表现自己的生活感受，他还真有点“文学家的气质”。

夜晚啊，如此安静，
突然响起了哭声。
我独自在异乡飘零，
这哭声听得分外清。

全诗共分三节，这是第一节，全部押韵。事实表达得准确，感受写得平静而自然，将哭声与自己的流浪结合起来，有凭有据，不是无病呻吟。我微微有点吃惊，几乎有点不愿意相信眼前的事实。不会吧，我抬头看了一眼小安，发现他站在我的面前，半笑不笑地也在看着我。好像对于我的反应都在他的预料之中。

好像是母亲在呼唤儿子，
悲悲啼啼一夜不停。
美好的夜晚无法入眠，
呜呼，谁家的妈妈如此苦命？

读到这里，我的心稍稍平静了一些，我可以感受到他真挚而朴实的感情，但是没有什么奥妙，并没有出乎我的意料，虽然小学生写不出这样的诗歌，但是一个二十岁左右的小学生写出这样的诗歌也属正常。我觉得小安半笑不笑看着我的样子并非像我想象的那样——暗含着一种得意，而是这本就是他的常态。

但愿母亲把身体保重，
不要学孟姜女哭倒长城。
生活要记住一点
——人死不能复生。

诗歌最后的升华虽然老生常谈，我觉得还过得去，但老太太的夜哭跟孟姜女哭倒长城有什么关系呢。虽然这样写确实有点语出惊人的效果，但也暴露了作者不牢靠的修辞训练和混乱的民间文学的教育。不过，他没有像老政那样从孟姜女再联想到嫦娥就不错了。我无声地笑了——倒真值得一笑，然后摇摇头，又点点头，把那张薄薄的稿纸对半折好，递给小安。我说："嗯，写得还是蛮好的。"小安把诗歌接过去，打开，又递到我的面前，说："王老师，这首诗歌我是送给你的。你看，我上面写着呢。写得不好。”顺着他的手指，我看到在稿纸的最底端，有一行细小的字：此诗作于上海王老师家，赠送王老师留念。2001.4.5。

我只好重新把稿纸折叠好，放在哪里呢，我旁边只有窗台可放，但是放在那里肯定会忘记的，我只好把稿纸再对折一次，放进口袋里。我依旧坐在板凳上晒太阳，小安就在院子里站一站，走一走。院子里就这一只小凳子，有一级台阶倒也可以坐，但小安没有选择坐下，而是时而站时而走，以一种行家的眼光打量着我的院子，冬日温暖的阳光洒在院子里，晒得袖子热烘烘的。我们一直没有交谈。不是我不想跟他交谈，而是千言万语不知从何说起啊。我劝他回去读书的话显然已经刺激了他的神经，背诵《孟子二章》在前，赠送诗歌在后。为了不至于他继续向我炫耀他的文化实力，看来我还是少说为妙。俗话说虾有虾道，蟹有蟹路，我认为走不通的地方，在别人未尝就没有希望。当然如果他不住在我的家里，我原本也不会关心什么小学中学的问题。我倒是满心希望出现一个什么奇迹，希望小安一头扎进茫茫上海滩，几年之后，上海冒出一个什么世纪之星什么的，再不济，冒出个平庸的腰缠万贯的小老板也行啊。只要他不一头扎进我的家里，从我这里开始他的征程，我是双手赞成。实际上也并不是我不想帮助他，而是我在这方面比他现实得多，要是我小学没毕业的话，我肯定只会在家里本分地劳动，娶一个连小学也没上过的老婆，过老婆孩子热炕头的生活。

小安在院子里转悠了一会儿，突然就在我面前站住了，很严肃地说："王老师，不知道有一句话，当讲不当讲嘛。"

我吃惊地看着他，难道我们对他的厌烦被他觑破了。我点点头，说："你讲啊。"

"我觉得像你这样有文化修养的人，还缺少一个东西啊。"

"缺少什么？"

"杜甫说破万卷书，行万里路。我觉得你肯定读了不止万卷书，但是行万里路，肯定还没有嘛。"

"我老家到上海一千公里，一个来回就两千，我一年回家一次，到现在也不止万里了啊。"

"王老师开玩笑，我说的不是这个意思嘛。"

"那你是什么意思呢？"

"我觉得生活中有很多是书本上学不到的东西，南宋诗人陆游说过：纸上得来终觉浅。全国各个地区都有各自的特点，有一份游历就会有一份收获，你们做编辑的，都是文学家，如果有丰富的旅游经验，对创作会大有好处嘛。”

“我只是个编辑，不是文学家啊。”

“王老师骗人。”

“我为什么骗你啊？”

“这是不可能的嘛。”

“为什么不可能呢？”

“我也不知道嘛。”

“你说得是有道理的，但是你这些说法不也是从纸上来的吗？”

“我这个不是从纸上来的，我这个是我的社会经验，是我从旅游中得来的。在来上海之前，我已经去过广州、长沙，去年我到过北京，每一次旅游，我都有很大的收获，我这是经验之谈嘛。”

原来他真的到过北京，难道他也在那位给他写信的“副主编”家里住过？难怪那位副主编在信里会劝他不要到处流浪，安心在家。

他说话仍然不看人，但是话说得平静而坚定，有板有眼，至少在他的世界里纹丝不乱。我一时也找不到更有力的话来。我在阅读自由来稿的时候，也会经常读到这样的作品，他的语言也不错，故事也不错，写的都是自己的生活经历，而且主题也不错，人间需要真善美，自私是苦难的根源云云，都挑不出毛病，但毋庸置疑是一堆垃圾。这个时候我就不知道怎么跟作者说意见，支支吾吾，妄想蒙混过关。自信的作者往往很生气，既然我的作品这么好，为什么不能发，看看你们杂志上发表的那些作品，一个比一个差啊。这个时候，我就知道，世界上不仅存在着“秀才遇到兵有理说不清”的故事，秀才之间也有说不清的地方。

不过在小安和我之间，幸运的是我有家有工作，不用为衣食担忧，而且对于我的学识我也有我的信心。所以我能像小安平静地讲一样，我能平静地听。他那黑黝黝的脑壳看起来足够硬，我估计铁榔头也敲不开。不过，我有时会幻想铁榔头敲在上面的情景，那一定是金属碰金属的感觉，一定会发出铮铮的清脆而有质感的声音。

7

我的房子虽然是比较简陋的农家小院，但是足够大，而且还有两层，小安住下来后确实也没有给我带来什么麻烦。而且，自从拜读了他的诗歌后，对面老人的哭泣再也没有影响我对夜晚的感受。这仅仅就是乡村的夜晚，不是世界黑暗的象征，也不可能唤出小偷强盗什么的。有时候我听不到她的哭声，我会故意静下心来去捕捉。虽然她的哭跟孟姜女的哭没有任何关系，但是自从小安写了诗歌后，他们就有了关系。老太太的哭声变得有些滑稽了。

除了吃饭，我一般都在楼上活动，小安不出去的话一般也只待在他楼下的房间里，或者在院子里活动一下，有时候也到村子里逛逛。他很少到楼上去。去了，如果我不和他搭话，他就站在露台上，放眼望一望，待一会儿就会下去。他走路很轻，连上楼梯都听不到脚步声，他是本来就这样，还是他有意识这样做，我不太清楚。刚开始，我觉得这是他的一个优点，但是，时间一长，不免也会带来一些麻烦。比如，我和苏云在楼上有个什么亲热动作的时候，一抬头看到一个人影出现在窗户前面，自然要吓一跳。有时候，他下午从外面回来，可能顺便会买一些水果。他自己做主洗好以后，悄悄地给我们送上楼来，即使我们正好端坐在书桌前面，也会吓一跳，至少感到不自在。但是我们也不能说："小安，你以后上楼来把楼梯跺响一些。”所以，有一天苏云突发奇想说：“要是小安悄悄地把我们两个杀掉怎么办？”我吃惊地看着苏云说：“你脑子出问题了吧，他杀我们干什么？”苏云想了半天，没有想出什么说法来，大概这个念头也是突然跑到她的脑海里的。她摇摇头也笑了说：“一种感觉。”我说：“不要瞎感觉啊。”苏云没有说什么。

但是自从苏云说出这种感觉以后，我们两个的生活也不自觉地发生了一点变化，即使在楼上，我们生活得也很严肃，甚至睡觉的姿势也一本正经的，我采取右侧卧式，右手枕在头下，左手搭在左髋骨上。她正好相反，采取左侧卧式。我们屁股对屁股，中间一大片开阔地。这样的姿势特别容易使心绪安定，快速进入睡眠。但是有一天，正当我们关了灯要睡觉的时候，发现窗外明月高悬，月光从窗户照进房间里，安静宜人。苏云突然戳了我一下说：

“哎，我们好像好久没有做爱了吧，你不喜欢我了？”

“瞎说了吧。”我说。

“事实嘛。”

“要不我们现在就做。”我笑嘻嘻地说。

苏云好像也来了兴致，翻身过来抱住了我。但是很快她又停止了动作，接着又从床上坐起来，停了片刻。郊区的夜晚真的很安静，老太太也没有哭，偶尔有一两声狗叫，很远处似乎有一种隐隐的啸声，好像是火车穿过城市。真是一个美好的夜晚。我等着苏云躺下来，但是苏云好像一只灵敏的狗一样在安静中感受到了什么异常的动静。她竟然起身披了棉衣下床去了。她先是把半敞的窗帘拉严实，然后我以为她会回来了，结果，她又打开门走到门外面去了。

她回来时直接进了她的被窝，还嘟囔了一句："下面的灯还亮着呢。"

8

自从老政说要带我去一个什么神秘的地方，我们之间的秘密就又加深了一步，显得更加亲近了。但这种亲近又非常含蓄，仔细想想又没有什么，也就是在我进门的时候他会给我一个会心的微笑，眨眨眼什么的。做这种亲昵的举动使老政显得有点古怪，跟他那严肃的外表和领导般的神情不相契，我也觉得怪别扭的，不知道如何应对。他要带我去什么地方，也一直没再提起过。他不说我也不问，久而久之就好像没有这回事了。而且，有了这种亲近以后，我们在门房里坐着时，突然间往往找不到什么话了。当然，也可以说，我们不需要说什么话也可以坐在一起了。这确实是亲近的人才有的关系。不过，坐久了，我也想找个话头。话头很好找，只要问一下他户口的事，他就立刻说出一通话来。

"倒霉啊，王老师，做人不能太老实。我吃亏就在什么都按照政策办事上了。"

我正在琢磨老政算不算老实人的时候，他果然又说道：

"不过，这也是老子理直气壮的地方。有一次，嗨——"

一辆桑塔纳开进大门，老政突然拉开窗冲着司机大叫一声。桑塔纳应声停了下来。老政拉开门要出去，我正想借机走掉，没成想，老政故事没讲完，不甘心。"你等一下，王老师。"他说，才出去了。

我从窗户里看着老政跟那个司机说着什么，然后，桑塔纳就倒出去了。

"想在这儿停车。这是什么地方啊，哪能说停就停。"他进来后嘟囔着说，"我刚才讲到哪里了？"

"派出所。"我说。

“对，派出所。”他说，“有一次，我跟派出所的一个副所长吵起来了，我去办户口，你猜这龟孙说什么话，他说：你以为上海是你想来就来，想进就进的。他妈的，这句话把我说恼了。但是，我也不着急，我走到他身边，一把拖住他的胳膊，就朝一辆出租车拖过去，这家伙蒙了，直往后躲，一边躲一边问：‘你把我往出租车上拖干什么啊？’我说：‘去人民政府。’这家伙更蒙了，‘去人民政府干什么啊？’‘干什么，去问问黄书记允不允许我来上海啊。’”讲到精彩处老政停了下来，拖着我胳膊的手也松开了，脸上露出了胜利的笑容，脸上的白癜风皮肤白得发亮。

“王老师，我给你讲，世界上当官的不可怕，这是我的生活经验，为什么？当官的头上有政策啊。他妈的，我在新疆也是做过领导的，不管你背地里干什么，当面是谁也不敢说违背政策的话的。从那以后，这个副所长再也不出面过问我的事儿了。”

“那现在你的户口办得怎么样了？”我问，虽然老是在老政面前演反面角色，但是我还是很佩服老政。但是我这一问，立刻把老政打回了原型，脸上的得意劲儿倏地一下就不见了。

“老子的户口肯定是要落下来的，他们就是刁难我，也不能阻止我。老子落户口是符合政策的。”老政不觉得使用“老子”这样的词儿对我有什么冒犯，我也就不觉得有什么冒犯了。但我对老政的难题也只能摇摇头，表示一下同情。

“我们这些下新疆的，咦，可不是好惹的。”老政说，“你去问问，在新疆，当地老乡怕上海知青得很。六八年的时候，我们抬着棺材游行示威，都惊动中央了，哪个怕？不给老子办，老子磨死他。”

我没有办法问。而且，他好像也不是要我问，他是想让刁难他的警察去问。慢慢地我感觉得出来，他生活中有一个潜在的谈话对象，他一直在向这个对象证明着什么。我想都是户口这件事惹的，他没有他说的那样强，他毕竟是下放到新疆的上海人，而不是真正的新疆人。

有一天，他终于又想起了小安。他问："那个盲道怎么样了，后来有联系吗？那个娃可怜得很。”

我又冲他摇摇头，没有告诉他小安住在我家里的事情。

9

时间一天一天过去，小安的命运还在未卜之中，春天还是很明显地到来了。门前的桃花开了，地上的草芽展开成了嫩黄的叶片。有一种学名被称为娑罗婆那的小兰花更是开得到处都是。随着气温的增高，池塘里的水开始发绿，但是绿得不洁净，好像是在发酵。空气也在发酵，世界好像在这种发酵中微微地颤动着。这种颤动让人隐隐地振奋，又隐隐地感到不安。不过小安好像对此没有任何反应，也许是因为他心里对前途没有着落感，也许他来自云南，那里一年四季变化不大，江南现在到来的春天景象他在从家里出发时就如此了，所以没有什么新奇感。他仍然一如既往地平静着，至少表面上是这样。他对自己的前途不可能没有他的忧虑盘算，但是，那只是在他心里，表面上我和苏云都看不出来。热带地区的人的表情看上去都有些木然，有着北方人要经过世事的艰苦熏陶才可能养成的喜怒不形于色，在南方，尤其是云南这样南的南方却是出自天然，再加上小安脸色黝黑，更是让人难窥心机。虽然住在我这儿，没有什么开销，但是到外面转一圈，车票钱还是要花的，一顿五块钱的盒饭也是要消耗的，而他身上早就没有几个子儿了，花到现在，差不多是两手空空了吧，而工作没有任何下文，换了我可能精神都要抑郁了，但是小安好像还是一个没事人一样，住在我家里仿佛是住在老熟人家里一样，一点也不见外。如此的信任，使我也不由得把这种事当作天经地义来接受下来。这也算是诗人气质之表现吧。听说，八十年代，一个诗人或者号称诗人者，身揣五十块钱，就可以从北京逛到云南以南呢。

大概正是这种气质使小安处困而不惊吧。我认为他现在是前途未卜，而他自己——他没说，我是从他的气度猜出来的——上海滩正是他施展拳脚的地方，只是差一个机会，他在静伏。苏云则说："他在上海根本就没有前途。""要是他很老实地把自己当成一个农民，踏踏实实地打工，也许还能找个活儿，养活自己也不是没有可能。他还把自己当作家看！"苏云说得也不是没有道理。以他所受的教育，当一个作家比他在上海找一份工作确实难得多，这已经不是五六十年代了，农民做总理、工人当作家的神话显然行不通了，这个时代已经泾渭分明，连发财甚至做官都需要文凭了，哪怕是个假文凭呢。保守地估计，当一个作家至少需要高中毕业吧。女人似乎永远比男人更现实，不过也许是苏云没有见到小安当初伸出的那双手的缘故。虽然那双手在我眼里已经变形了，变得抽象而纤细，但是小安的那股气还隐隐地影响着我，气在理先啊。

不过，如果小安不出去找工作，我心里还是有点烦，因为在家里等待，是不会发生任何奇迹的，哪怕在家里写诗也不行。有一天，下班回来，我正在楼梯口换鞋，小安从他的房间里出来迎接我，意在言外地说了几句话后，就略显羞涩地从口袋里掏出一张折叠好的方格纸来。我问这是什么，他说是他写的诗，请我看看。我展开来看，是一首与前面那首同样格式的诗歌。题目是“教师：燃烧的蜡烛”，题目下面一个长长的破折号后面写着几个字：献给苏云老师。他显然也感觉到了苏云的敌意，所以写一首诗歌来讨好她，而且自己还不敢直接呈给她看，从我这里中转。但是，他不知道苏老师最讨厌的恰是他的诗歌或者说是他的写作。

“今天没出去啊？”

“没有嘛。”

“在家里可是等不来工作的啊。”

“不是嘛，我本来是想出去的，后来，突然有一个念头想要写诗，我怕一出去，这个念头就没有了，所以就没有出去嘛。”

“哦。”

这确实是符合诗人气质的行为，只是我没有把小安的这种诗人气质讲给苏云听，也没敢把小安写的有关教师的诗歌呈现给苏云老师。

10

也许确实应该和小安好好谈一谈了。眼见着日子一天天过去，情况不见好转，我的朦朦胧胧的期望也渐渐淡薄了，不光是小安要面对现实，我也要面对现实了。我和苏云的生活质量已经开始受到比较明显的影响。以前我们两个人生活的时候，逢到星期天，尤其是像现在这种春暖花开的日子，听到远处布谷鸟隐约的叫声，总要到附近风景好一点的地方去转转，或者邀请一些朋友到家里聚一聚。自从小安来了以后，这些活动自然而然地都取消了。出去玩或者邀朋友来，也未尝不可，但是总感觉有点什么不对头，也就没有这个劲头了。日子正过的时候好像也没有什么，但是回头一想，就会觉得生活挺乏味的。而且，更重要的是苏云心头的疑虑也在日渐增长。晚上睡觉总要关紧门，稍有什么动静就会惊醒，竖着耳朵听半天，有时候干脆就睡不着了，第二天早起去上课，就一副无精打采的样子。然后，放学回来见到小安，脸色就不太好看。而因为白天给了小安脸色看，到了晚上，心里又感到不对劲儿，心情更加不好了。

我先做苏云的工作。相对于跟小安谈，我觉得跟苏云谈更容易一些。我不知道跟小安谈话到底意味着什么，我能想到的最好的结果是能劝他高高兴兴地回家，老老实实地做一个农民。或者，回去踏踏实实地从小学课本开始补课，至少补到高中，然后再想着去做作家。这不是一天两天的功课，说起来有点残酷。

所以，我觉得还是跟苏云谈容易一点。

“现在最苦的还是农民啊。”我说。

“是啊，怎么了？”苏云警觉地问道。

“尤其是农民想当作家。”

“就是。”

“这实际上是值得同情的事情啊。”

“你什么意思啊？”

“我没有什么意思。”我赶紧说，苏云已经有点急了。

“你不觉得吗？小安是个野心家，我不喜欢野心家农民。”

“他的野心是可笑的野心，正因为此——”

“我同情善良的农民，我不同情野心家农民，我就这点觉悟。要是我只有他这样的文化，我就老老实实地在家种地。”苏云的脸色已经有点变了，眼里似乎要涌出泪水，但说话的腔调已氤氲着愤怒。

“他也应该有他的梦想。”

“他是可以有他的梦想，但是不要来烦扰我——你不要再说了，你再说，我只会更加恼恨他。”

11

和小安的谈话是在晚饭后。我和苏云已经上楼，小安待在他的房间里。虽然表面上看他住在这里没有什么不适感，但是他大概还是能感到一种隐隐约约的压抑感。饭桌上，苏云一句话也不说，我也变得日益严肃，只听得噼里啪啦吃菜的声响。作为作家和诗人，小安对空气中渐渐弥漫的这股压力，不可能没意识到。他夹菜的时候，碰巧苏云也会去夹同一块菜。苏云迅速地撤回筷子，快得小安把筷子停在半空不知所措。我们无力或者说无意去打破这种沉闷，倒是小安大方，夹一口菜，尝尝，说："苏云老师的菜做得很好吃啊。"苏云应该说："好吃就多吃啊。"但是苏云说出的却是"没事，没事"。好像透过话语的表面，苏云立刻领会了小安内里想表达歉意的意思，远远地就接住了他的话。对话也就此结束。

我下楼上厕所，发现马桶两边的地砖上有两道黄黄的尿迹。我用拖把拖掉，又在水龙头下面狠狠地冲了一会儿。刚来的时候，他小便竟然不知道掀起马桶的垫子，把尿滴到了上面，而且被苏云老师发现了。那时候苏云老师还没有发现他是一个"野心家"，所以很耐心地教育他如何使用马桶。

小安的门没有关死，从门缝里透出昏黄的灯光。我在他的门外犹豫了一会儿终于还是进去了。小安正坐在桌边，手里拿着一本破旧的《中国民间故事选》看。房间里有一股衣服发馊的味道。

"还没睡啊？"我说。

"没有呢，王老师。"他从座位上站起来，一道巨大而飘忽的黑影出现在墙壁上。

"这个灯太暗了，你把另一盏灯也打开嘛。"

"看清楚了，我的眼睛很好嘛。"

"工作找得怎么样了？"我尽量说得若无其事。

“上海不好找工作嘛。”他倒很干脆。

“你出来晚了，人家打工的过了年初五大多就出来了。现在工厂招工都结束了。”

“有个公司招文员，我已经交了200块钱押金，说让我等消息嘛。”

过了好长时间我才明白过来，我从车站接他回来的时候，他就说身上只剩一百块钱了，他怎么现在还能交“二百块钱”的押金？

“是什么公司啊？”

小安从口袋里摸索了半天，摸出一张皱巴巴的名片来。我接过来看。名片设计得很干净，左上角写着：上海时图广告公司；右下角写着地址，就在我们附近的一个镇子上。

“你把钱交给谁了，公司还是中介？”

“交给中介了。”

“哦。那你要去催问一下。”

“是的。”

“你在上海一个老乡也没有吗？”

“没有，我们那儿打工都去广州、深圳，没有人到上海来嘛。”他停了一会儿，又说，“我有两个妹妹都在深圳嘛。”

“嗯，那边比较好找工作，你妹妹在什么单位打工啊？”

“这个我也不晓得嘛。”

“你和她们没有联系吗？”

“没有。”

“如果这边不好找工作，你也可以到深圳那边去啊。”

“这个我也想过了。不过，我从家里出来也不全是为了打工——”他沉吟了一会儿，眼睛看着地面，好像在踌躇要不要把一个秘密说出来，“王老师，我给你说实话吧，我在家里生活也不错，在我们家乡，我还算一个名人嘛。我们县的宣传部长都知道我。他和我是朋友嘛。后来他开始嫉妒我了，因为我在家乡的名声越来越大，他就想把我排挤出来嘛。所以，我出来不仅仅是为了打工，我要做一番事情回去嘛。”

小安低着头，身子侧对着墙上那只巨大而飘忽的影子，好像是在跟我说话又好像是在对着影子说话。对于他的任何话，我都已经见怪不怪了，但是还是忍不住问了一句。

“部长排挤你？”

“是嘛。”

要说宣传部长瞧不起他，多少还沾点边。说宣传部长排挤他一个小学毕业的农民青年，怎么说都有点耸人听闻。但是对于我的疑问，他好像一点也不能理解，只惜墨如金地说了两个字。虽然房间里光线昏暗，我看不清他的表情，但是我能感觉到他不具体解释这件事不是出于什么心虚之类。但是，我决定打破沙锅问到底，小安并不像我想象的那样虚弱，即使说一个谎话，他也有能力把这个谎话圆到底。

“你在家乡是怎么有名的呢？”

“这个嘛，我在老家做过通讯员，我写的报道经常上我们市的日报。所以，我还是有点名气的嘛。”

“哦。那待在家乡不是蛮好的吗？干嘛还要出来打工受苦？”

“我说了嘛，他排挤我，他不希望我留在家乡，他怕我的名气盖过他嘛。”

“哦。”

“事情是这样的，”他终于意识到我的怀疑，说，“他想让我给他写一篇表扬他的报道，发到《昭通日报》上。我不想写，他就对我有意见了嘛。”

“你为什么不想写呢？”

“这个，一言难尽嘛。”

小安说着，走到床头，拉过他那只破旧的旅行包来，把手伸进去摸索着。他的巨大而飘忽的影子从墙上挪到了地上，因为灯光在他的头顶上，影子一下子变小了。

小安从包里掏出一堆折了角的磨损得很厉害的纸来，他的头稍稍靠近那堆纸，一只手捏着，一只手一张一张地翻着，终于从里面翻出一张折叠的报纸来。他把那张报纸放在一边，先把那一摞纸放在旅行包里，然后又拿起那张报纸，把报纸打开，然后又折叠好，但是这一次露在外面的部分与上一次不同了。

“王老师，你看，这就是我写的通讯嘛。”

报纸凑到我的鼻子尖上了，我也没有闻到油墨的香味，倒是有一股灰尘的味道，好像是一张在墙壁上糊了好几年又揭下来的。

小安给我看的是一篇二百字左右的小报道。标题是两行黑四宋体：第一行是：今年天气好，山民桔子大丰收。第二行是：交通不方便，丰收成果成垃圾。报道的后面有一括弧，里面写着：本报采写员：安太孙。

我把报纸递给小安的时候，小安的脸上突然露出羞赧的一笑。

“是一篇小报道，写得不好嘛。王老师多批评。”

“蛮好的。”我说。我心里又暗暗吃了一惊，小安确实是个神秘的人物，你说他讲的话全无实据吧，他又有影子可捉。如果你真信他的话吧，那就等于不相信自己的眼睛了。

“既然是这样，我觉得你还是回到家乡好，在那里既可以帮助父母干干活，又可以做通讯员，闲时还可以读读书。”

“我们那里是个很美丽的地方，山清水秀，物产丰富，一年四季都有水果吃嘛。”

“是啊——”

“但是我不想待在那里，就是宣传部长不排挤我，我也不想待在那里。我觉得那里的舞台太小嘛。”

“但是，到外面闯，很不容易啊，需要很多东西。”

“我知道，王老师是说文凭。我虽然没有文凭，但是我自信我的文字能力还是不差的嘛，而且我还有其他能力。”

“我相信你有能力，但是社会第一眼看的不是你的能力。”

“王老师，你有没有听说过这么一句话：是金子就有闪光的时候嘛。”

“我听说过。”

“王老师，你如果看过我给你的小说，你就能了解我。我的故事都在小说里写到了，包括我跟宣传部长的事，那里也写了。我刚才说一言难尽，你看过以后就会明白嘛。”

“但是说句实话，凭你的文化程度，你写的小说永远是不可能登上我们的刊物的。”

“这个道理我懂，但是世上无难事，只怕有心人。我现在登不上，不等于永远登不上。”

“恐怕永远也不行。”我狠了狠心说，“有些事情不是靠……”

“王老师，你有没有听说过爱因斯坦做板凳的故事？他第一次做的小凳子是全班最差的，老师都嘲笑他，但是，到最后，谁也没有他做得好嘛。”

“这都是传说的故事。”

“《读者》上都登过的，怎么能说是传说呢。再说，就是传说，它的中心思想是表现世间的一个普遍真理嘛。”

“嗯，那世界上也只有一个爱因斯坦啊。”

“每个行业都有自己的爱因斯坦嘛。”

“那你觉得你可以做什么行业的爱因斯坦呢？”

“这个我也不清楚嘛，我还年轻，我还要探索，我相信爱因斯坦的相对论，世界上没有绝对的事，只有相对的事，只要努力，什么都可以改变。”

“相对论说的不是这个意思吧？”

“我说的是大致的意思。爱因斯坦能发明相对论，就是因为他有不服输的精神嘛，如果他不能经受老师的批评，那世界上也就不可能有相对论这样伟大的发明了嘛。我知道，王老师对我的批评是对我好，这是我前进的动力。”

“哦。但是文学也不是光靠努力就能成功的。”

“我晓得，文学需要破万卷书，行万里路。这个我觉得我都能做到，我毕竟还年轻。高尔基也没有上过学，但是他成了大文豪；华罗庚说：‘我上不了清华，将来我要教清华。’这些事实足以说明一个人要对自己有信心。如果一个人对自己没有信心——”

“你说的也有道理，但是——”

“我晓得，王老师，你是为我好。我非常感谢，这次到上海，多亏你们帮助，你们是好人……将来我会报答你们。”

“我们不需要你报答，你只要——”

“我晓得，你们是那种施恩不图报的好人，但是报答是我自己的事，受人滴水之恩，当涌泉相报嘛。”

……

看在小安对“普遍真理”的偏执上，我相信小安发迹以后一定会对我涌泉相报的。但问题是我现在还很难相信小安有发迹的那一天。如果小安现在被我劝说回家，某日到他家乡旅游一趟，大概他会很殷勤接待的吧。这样一想，我如此坚定地要劝他回家，倒好像有了私心似的。

有一瞬间，我也怀疑，我是不是在抹杀一个天才，至少在小安身上有一种很少看到的百折千折不挠的自信心，虽然高玉宝的神话终究是破灭了，但所有成功的神话总有些出人意料的东西的。我会不会在将来的历史上沦落为一个平庸编辑的形象，与一个大师擦肩而过呢？或者更有可能出现的情况是，小安也没能成为什么大师，而原因正是遭到了我的封杀。那么，这桩阳光下的谋杀案就会无声无息地淹没在历史的洪流中了。我自然也在青史中不用负什么责任，但在阴司中会不会有什么神或鬼给我记下一笔呢？

12

我一直熬到深夜才睡。夜晚显得异常的安静，苏云在我的身边微微地打着鼾。我平躺在床上，望着天花板。那里亮亮地浮动着几块光斑，是村里的路灯把光投到池塘里，池塘又把光透过窗户反射到我的天花板上。我的意识也像天花板上的光斑一样浮动着。浮动了好久，我才发现意识里闪现的都是类似“世上无难事，只要肯登攀”“有志者事竟成”这样乐观的句子。仔细想一下，我原来不也是很喜欢这样的格言警句吗？那时确实觉得没有什么不对，今天却感到特别的令人不安，有些粗鄙、可笑。有人说正是那些想在世间创造天堂的人创造了人间地狱。同理，难不是这些偏执般的乐观精神创造着我们悲观的生活？这样想着，脑子又跳出一个奇怪的句子“吾一瓶一钵足矣”，跳了半天，我才想起这是彭端淑《为学》里的句子。“西蜀之去南海，不知几千里也。僧富者不能至而贫者至焉。人之立志，顾不如蜀鄙之僧哉？”不记得这是初中还是高中的课文了，但是现在脑子里还能背诵的仅有的几篇文章大概就是中学课文了。没想到中学语文里这么多励志文章，不知道小安读过这篇课文没有，若是读了，岂不是让他如虎添翼，更加志如磐石啊？

渐渐地眼睛疲惫了，意识也开始迷糊，有一瞬间，我仿佛置身在一个非常熟悉又认不出的地方，我的父母生活在这个地方，我大学里的同学也住在这个地方，而大学里的同学又好像是现在住的地方的一个邻居，我刚想跟他打个招呼却突然发现他乐呵呵的，手里却握着一支枪，黑洞洞的枪口对着我。我努力把这当成一个玩笑，又暗暗地想脱离这支枪的射程，却不自觉地进入了更为深沉的梦乡。

13

一个星期之后，小安走了。走的时候，他右眼角上的那块乌青还没有完全消褪下去。这是他去讨押金时得到的回报。中介公司说那根本就不是押金，而是介绍费。既然你已经到中介公司介绍的工厂去面试了，中介费自然也就不能再拿回去了。而据小安说他去面试的那家工厂只是朝他要了一下高中文凭，他说他没有，然后就被淘汰出来了。他跟中介公司据理力争，最后还报了警。等了一个小时，警察还真的来了。在等警察的时候，小安妄图去拉中介公司的抽屉，取回自己的钱，吃了中介公司一个“四十岁女人”的一记老拳。警察居中调停，要中介公司退给他五十元钱。中介公司那位“四十岁女人”坚持“公司规定”，一分不退。警察也拿那个“四十岁女人”没有办法。“四十岁女人”建议他去消费协会去投诉她，但是钱坚决不退。警察也说：“你有权去消费者协会去投诉她。我只是调解，你能接受这个调解吗？”警察出具了调解书，小安只好签了字。警察把小安护送出中介所一段距离，才跟小安分手。分手时警察语重心长地对他说：“你以后一个人不要再到附近来，没有警察的话他们可能会把你揍得更狠。”小安谢了警察的帮助急急地离开了那个是非之地。总之，小安离开上海的时候对上海的警察印象还不错，对我们单位的门房也就是老政印象也不错，对我和苏云印象也不错。

他走的那一天是一个艳阳天。他犹犹豫豫地向我们提出借一千块钱。苏云爽快地答应了。如果小安提出借三千块钱，我想苏云也会毫不犹豫地答应的。一方面，小安已成了我们头顶上的一块乌云，给我们的生活罩上了一道很深的阴影，现在乌云散去，我们重见天日，有一种解放感在心头荡漾。另一方面，小安住在这里虽然影响了我们的生活，但是他这样一副面孔离去——尤其是他已经决定要走的时候——我们不免又有点于心不忍。一千块钱，而且是借，就显得无足轻重了。苏云把钱数给小安，小安跑到自己的房间里还工工整整地写了一张借条给我们。

小安的借条是这样写的：

我，安太孙，共借王老师钱1 000元。

其中，我在王老师家吃住已花去大约300元（所以，王老师只需再付700元）。

这700元中：1. 车票大约需要300元。2. 免不了要给家人带一些纪念品，大约100元。3. 去云南路遥，中途需要住宿一晚，大约50元。4. 吃喝大约需要50元。5. 有备无患：大约200元。

我看完借条，把它递给苏云看。我想苏云看了，大概跟我会有同一种感觉。那就是小安。虽然写得有点滑稽，尤其是给家人带纪念品这一项。但仔细想想，也都在情理之中。而他把自己在我们家里的花销也算在内，虽然钱不多，但颇让人感到欣慰。即使我们不指望他还钱，有这一说，你的钱借到了实处，而不是打了水漂或者说“借了冤枉钱”，感觉也是蛮好的。苏云看完以后点了点头，眉眼感觉也疏朗起来。

太阳非常好，我们坐在楼上的走廊里晒太阳，没想到我们离别的气氛是如此的暖意融融。

小安把钱放进贴身的衬衣口袋里，然后又在外套的口袋里摸索了半天，掏出一个纸包来。

“王老师……”他话说了个开头悬在那里，然后让他的两只手接着“说”，我们不自主地就把注意力集中在他的小纸包上了。纸包的纸就是他用来写诗歌和小说的稿纸，边缘都磨出毛来了，看来放在口袋里很久了。他嘴巴里衔着话，剥开了他的小纸包，结果纸包里面是个小布包。我和苏云交换了一下眼神。我心想，小安不会一层层地无穷尽地剥开他的小包吧，最后，剥出个“逗你玩”，那可真就有意思了。实际上，除开蜡染的小布，小安的谜底就揭开了，纸包里是一枚古币，样子像战国时期的铲币，拇指大小，有点发绿，看上去是比较旧了。小安不看我，只盯着手中的古币看。

“王老师，这枚古币是我从云南一个朋友那儿淘来的，我也不知道值多少钱，你帮我放起来吧，我东颠西跑，带在身上也不保险嘛。”

他一边说一边把钱递到我的眼前。我和苏云立刻又交换了一下眼色，看苏云的意思好像是希望我不要答应他的要求。

但我想了想，竟答应了。

“王老师，我还有一句话，不知当讲不当讲？”

“没有什么不当讲的，你说。”

“王老师，你文凭很高，读书也很多，但是还需要到外面多走一走，虽然上海是国际大都市，但是经常待在这里，对外面世界的了解就会减少，书本上的知识就不能活起来嘛。高尔基没有上过学……”

这样的话他已经跟我提起过，我也没有什么惊讶的，只是他把它作为临别赠言给我，更显示出他的诚恳来。提起高尔基，也许他也有为自己辩护的意思在里面，我如此看重文凭，他也要提醒我一下，但重点还是劝我去“游历”，意思也没有什么不对，就像他理解爱因斯坦做小板凳的故事一样，与书本要宣传的道理并没有什么出入，只是书本上的知识要“活”起来，似乎没那么容易。因为他要走了，苏云也觉得没有必要跟他理论了，所以苏云也没有说什么。

天气实在好，吃过午饭，我们一起到苏州河边散步。田地里静悄悄的。在苏州河边，有一块地曾经租给什么单位堆放垃圾，积少成多，现在都成了小山包了。因为现在已不准再放垃圾了，所以垃圾山上长出了茂密的青草，有农民还就着比较平坦的地方种上了小青菜，长势极旺。可能这是附近唯一可以登高望远的地方，垃圾山上被人踩出了一条小路。我们沿着小路爬上去，苏州河两头可以看出去很远，运送货物的轮船不时开过去一艘，开过来一艘。开到上海市的都满载货物，沙子、砖头把船压得低低的，甲板几乎与水面齐，轮船随时都准备潜下去一样；而开出上海的轮船，却高高地行驶在水面上，速度也快很多，荡开的波浪哗哗地撞击着堤坝。每艘船上都有一只小狗船头船尾地跑。天空白茫茫的，但透着蓝盈盈的底色，远处氤氲着淡淡的雾。一群鸽子在天空中盘旋着，鸽子拍打翅膀的时候，一闪一闪地亮着。这群鸽子的主人好像没有给鸽子系鸽哨，但是，看着它们在空中自由地飞翔的时候，总感觉有一种隐隐约约的哨音在耳翼间回响，让人心胸豁亮。

小安走到了垃圾山的另一头，站在那里也在眺望。我想当然地认为他是在看远方的闪着玻璃反光的高楼大厦，看那座颜色红乎乎的东方明珠，从我们这个位置看过去，显得很小，像三根火柴搭起的模型，刺向空中的尖头隐没在明亮的空气中。过了一会儿，苏云捅了我一下，我扭头一看，小安不知不觉又把双手叉在了腰间，这双手曾经在编辑部里骄傲地摊开在我的面前，似乎能把整个上海都托起来，现在只是有力地掐在小安单薄的腰上，外套被叉在两手的后面。他旁若无人地站在杂草丛生的垃圾山上，思绪大概正像混浊的苏州河水一样翻滚着。

“我猜想小安还会来上海？”苏云突然面带忧色地说。

一辆绿色的火车从北往南开过去了，轰隆轰隆的声音传到我们这里的时候，已经比较小了，听起来倒有点辽阔旷远的感觉。火车很快从我们的视野消失了。我们看着火车消失的方向，小安则眺望着黄浦江方向的东方明珠。

14

有一天，我突然感觉有好一段时间没有见到老政了，门房里多了一个陌生人的面孔，但是我没有放在心上，以为老政调休了。又过了一段时间，我才确证老政不干了。我问门房里搞收发的师傅：

“怎么好长时间不见老政了？

“老政？”他摇摇头，没说什么。

“回家了？”

“你不知道啊？”

“什么，辞职了？”

“要是辞职就好了。”

“那是——”

“说实话，我也搞不清楚，我是瞎说说啊。”

“瞎说说？”

“老政是被请走的。”

“另有高就？”我一下子想到的是老政果然做门房是屈才了。

“高就！”收发师傅从鼻子里“哼”了一声，让人猜想他跟老政平日里大概有过节。

“到什么单位，知道吗？”

“不是高就，你真不知道啊，有一天下午快下班的时候，突然来了两个陌生人，一老一少，还没下班就把老政叫走了。”

“抓走了？”

“我可没说啊。”

“为什么啊？”

“这个谁知道。”

“进去了？”

“那倒没有。”

“那怎么不来上班啊？”

“这个得问领导。啧。”

师傅摇摇头，不再说什么了。

“是不是跟他们新疆人闹事有关系？”我突然想起老政神秘兮兮地跟我讲起的什么静坐的事情。

收发师傅一边分发信件一边摇头。他摇头的姿势很有意思，从左边到右边共一百八十度，一点都不含糊。这显然是有意做出的，可以理解成不知道，也可以理解成不想说，也可以理解成事情很明白有什么好说的，真是隽永至极。

有一天我去汉口路附近办事，突然想起老政说的话，就特意在汉口路上走了一遭。路上都是来来往往的行人，没有见到有什么聚会，更没有看到很多拍照的外国人。后来才想起那天不是星期三。我回到家在Google上输入新疆知青和汉口路两个关键词，网页上立刻下拉出许多跟这个关键词有关的消息，但是一点开都是一个“i”字母和一句话：

无法显示网页。

15

大约半年后，才有小安的消息。他思前想后，还是决定出去闯荡。他已经从家乡出发，还好，他选择了他们的省会昆明去打工。这次的奇遇是他在那儿结识了八十年代就已经以着装大胆而著称的女作家江北，因为她仍然单身，小安说他正展开对她的追求。按小安信中字里行间的意思，作家江北很矛盾，一方面对他颇有意思，一方面因为年龄差距，始终不能迈出关键性的一步。信末，他希望我以上海一名编辑的身份，为他说几句好话。我独自摇了摇头，没有搭这个茬。

又过了一段时间，他来信说，在昆明工作也一时难找，生活很苦闷，每天在美丽的高原明珠滇池附近“徘徊”，在海埂公园游荡，别人都玩得兴致盎然，唯独他呆呆地看着浩淼的……我和苏云商议了一下，给他寄去五百元钱，以免我们在读完这封信后，听到他投池自尽的消息。

二〇〇三年，云南举办大型书会，我们刊物的两位同事去参加，带回昆明有关书会消息的报纸，上面登着一篇文章：农民作者安太孙的写作之路。过了一段时间，我又接到小安的来信，信中他问我为什么没有去参加云南书会，说他见到了我的两位同事等，信中夹着一张剪报，上面赫然有我前面看到的那篇文章。我突然想到他留在我这里的那部书稿，我翻箱倒柜地去找，竟然还找到了。稿纸放得都发脆了。第一页已经无法阅读了，我就从第二页开始读，读了两页我就放下了。心想，如果他来信索要稿子我就给寄走，如果再过两个月不问，我就处理掉了，不管他是上了报纸还是上了电视台。

有一位略通古币的邻居来家里玩，苏云找出小安留下的那枚战国铲币请他鉴定。铲币自然是假的，但由专家鉴定完以后，苏云好像很生气，催我赶快把这枚假币给小安寄走。小安好像有感应似的，不久就写了一封信来，说了一大通道歉的话，说他年轻时不懂事，为了生存，不免使用了一些计谋，请两位老师海涵。随信寄来两张名片，一张是前名片：某某机械厂推销部主任；一张是现名片：某某餐厅大堂副理。信中还说因为对餐厅的业务不熟，不日将赴苏州进修，届时将去上海家中拜访，并取回那枚假币，而且还要归还借款，连本带利共计二千元。

看他讲的事总感觉有点玄，但是经验也告诉我，他讲什么事也不完全是空穴来风。时位移人，他不在我眼前，我倒很希望他那钢铁般的自信心能帮助他实现奇迹。看我身边的生活好像都是在按部就班地进行着，但是看报纸或网络，中国大地上到处都有奇迹发生，一个农民竟然能忽悠政府把呼和浩特的公安大楼炸掉以便盖一座号称“西北第一高楼”的CBD，而这个农民同样也只是小学文化。

苏云突然意识到什么似的，拿起信封仔细地看，发现上面盖的已然是浙江萧山的邮戳了。

正当我们以为小安要卷土重来的时候，他又没了消息。而且，两年过去了，也不见有什么动静，只是在二〇〇五年著名作家巴金在上海逝世后不久收到他的一张明信片，上面写着：“王老师：请代我向巴金老人的逝世致以深切的哀悼。”还附了一首哀悼小诗。我和苏云都不急着去看他的诗，而是检查邮戳。这次的邮戳是宁波，还好，比萧山似乎又远离上海了一些。

那枚铲币放在抽屉里，一直让苏云隐隐地担忧。有几次她催我干脆给小安寄走，不要等他来拿。我说他写信从来不留地址，现在住在什么地方都不知道，怎么寄呀。苏云也只好作罢。马加爵杀人事件曝光后，苏云把那枚假币用棉布包好，重新安置了地方——跟她的仅有的几件首饰放在一起，以免丢失，而且慢慢地发现，家中没有一个地方是真正安全的地方。先是把它们锁在抽屉里，但是所有上锁的地方都是小偷最容易下手的地方。然后放在不上锁的抽屉里——那就更不安全了，伸手就可以拿走。我对苏云说，一枚假币你那么当真干吗？苏云愣了一下，好像觉出了自己的滑稽，但是紧接着又摇摇头说，不行，我得完璧归赵。

就这样，过一段时间，苏云就会想着给那枚假币换一个地方，如果忘了，也会在翻其他东西的时候突然看到它。每当这时，就不可避免地想到小安，想到小安也在换地方，既然他可以突然出现在萧山，出现在宁波，也完全可能突然出现在上海，出现在我们面前。但是他又一直不出现。有一次，又要捣鼓这枚假币的时候，她突然说："这怎么有点像一句古诗啊？"

"什么古诗？"

"只在此山中，云深不知处。"

回乡记

1

去年春节，母亲让我一个人回家。小原小，北方冷，受不住。但是，阿米一个人带不了小原。我说：来年清明放假一起回去。

快到清明的时候，小原感冒了，咳嗽。我打电话给母亲。

母亲体谅地说："咦，就是。这里也有很多小孩感冒了。"

母亲又说："孩子感冒了就别回了。"

我说："嗯。五一放假，我们一起回。"

母亲说："好吧，挂了吧。"

母亲说挂了吧，就是把手机从耳边拿开。她不会按停止键。

我听到她在手机那头说："是啊，一晃六七年没回了。孩子小，又感冒了。"手机大概还攥在她手里，声音一远一近，冷幽幽的。

母亲现在住在县城里，是父亲退休前买的单位自建的一个很小的家属院，在郊县，很旧了。前面是一个废弃的木料市，堆满了合抱粗的松木。据说是从东北运来的，同来的还有一种叫“小咬”的虫子。

旁边一条路，从我上学时就坑坑洼洼的。现在也没有改善，汽车开过去，扬起很高的灰尘。

他们两个单独过，哥哥家在县城，弟弟家在乡下。

我们都是很孝顺的孩子，但是北方的父母跟孩子都不亲近。双方都习惯了。没有事孩子都不往父母跟前凑。现在他们年纪大了，明显感到孤寂了。

到五一节，小原又感冒。我给母亲打电话说：收麦子的时候，天热了。我们一起回去。

母亲说：“要是不方便，你一个人回来一趟。”

我愣了片刻说：“我们一起回。”

2

过了五一节，小原三岁了。会走路，会叫爸爸妈妈，哥哥有时候能叫出来。其他还不行。我们觉得可以回去了。说话晚的小孩是常见的。母亲就说村里林芝家的小孩三岁了还不会叫爸爸妈妈呢。小原的两个眼睛有点对视，小原的堂哥说他的小孩小时候也对视。

他看上去只是发育晚，看不出其他。如果五岁了，他还是这样，那就遮不住了。那是有可能的。

我们先坐火车到济南，再乘汽车回家。从济南回家的路上，两边都是白杨树、麦田。

阿米说："白杨树、麦田，麦田、白杨树。真单调，看到一棵其他的树都很稀罕。"

我倒没觉得，我小时候就这样，现在这样很正常。当然也感到单调。要是冬天来就更单调了。白杨树没有叶子，麦田里只有贴地的麦苗。

现在白杨树有叶子，麦田里的麦子快熟了，兖州那边的麦子已经在收割了，茌平的麦子颜色还深，到了家，麦子的颜色又浅一些，也快收了。

阿米指着外面的麦田对小原说："麦子。"

小原说："啊。"

阿米说："麦子。"

小原说 :“妈妈。”

我看着车窗外面的麦子。

阳光很好，路过小河的时候，可以看到波光粼粼的河水延伸到很远。但是这里的小河很少，开几十公里看不到一条。一路上，小原倒是没有闹，除了睡觉，就是在吃饼干。没有闹。

我看着车窗外急速往后退的麦地。

我对阿米说 :“你说什么是麦子啊？”

阿米说 :“什么？”

“我在想怎么告诉小原什么是麦子。”

“嗯。”

阿米不再说话了。

3

那条路果然还是尘土飞扬，路还是坑坑洼洼的。门口那个变电站房子还在，发出嗡嗡的声音。

父亲、母亲还有大嫂都在路口等着。

母亲叫 :“原原。”

小原“嗯”着摇头。

父亲上来叫：“原原。”

小原也是“嗯”着摇头。

大嫂说：“我就不叫了。爷爷奶奶都不给面子。”

大家都笑了。

大家往胡同里走。他们住在胡同最里面。胡同里面的门都紧闭着。电话里，我觉得胡同很幽深，其实也就几步路。

胡同是砖铺地，当中高，两侧低。

我们走在前面。母亲和父亲走在后面，两个人都蹒跚着走。父亲因为是中过风，一只脚有点跛。母亲就是因为老了，已经像我小时候见过的姥姥了。我觉得她想跟上我们，努着劲儿往前赶。

4

小原不受时空变化的影响，一直缠着妈妈，除了我偶尔能抱一下，其他人都不让沾边。他不知道爷爷奶奶是什么意思，大伯大娘更不知道。也不知道老家的意思。妈妈陪着他，他就很快乐，别人要抱他，亲亲他，他立刻就哭起来。

母亲也看出了阿米的辛苦。大家都看得束手无策，好像对着一个刺猬。

后来，小原找到了一个乐趣。就是进堂屋的时候有一个水泥斜坡，他小心翼翼地走上去，然后再小心翼翼地走下来。

这个时候他不需要阿米陪了。

他就这样一直走上走下，不进门，下坡的时候也不摔倒。

大哥端详着小原说："他还挺稳当的。这下好了，终于找到一个乐子。"

大哥知道情况。回家之前，我跟他商量过，是不是要告诉老人。大哥犹豫了一下说："算了，别说了。"

院子里的香椿树长得像杉树一样高而细。阿米也有时间发个感慨说："终于是一棵非白杨树的树了。"

我坐在院子里抽烟，和大哥聊天。大哥也老了，人胖成了个球，头发倒是黑的。

他嘿嘿一笑说："染的。"

他也退休了。在工商所上班的时候还是个副所长呢，现在到一个民办学校里看宿舍。一个月七百块钱。

阿米突然说："你给赵胜打电话了吗？"

我说："还没。"

阿米说："他知道我们回来吗？"

我说："不知道。"

阿米"嗯"了一声。在院子里抬头看天。

她第一次到这里来，老是爬梯子上屋顶。我们这里是平原，怎么也看不远，她觉得闷。后来每次来，母亲都给她准备好梯子。

这一天来了很多人，小原的大伯大娘，小原的叔叔婶子，小原的二堂哥二堂嫂，小原的堂姐堂姐夫，小原的三个侄子，最大的已经十二岁了，小原的外甥女和外甥。只有那个外甥比他小两岁。

大家都跟小原打招呼，小原都不理。他不知道他们是亲人。

到饭店里，挤满了一间屋子，爷爷还是蛮高兴的，一定要小原坐在他的旁边。

小原不干，小原只要妈妈，他不知道一屋子人吃饭是什么意思。

他吃了一会儿就不想吃了，开始哭闹。大娘想带他，他哭得更厉害。奶奶想带他，也是一样。阿米匆匆吃了几口就带着他到街上玩了。

父亲说就喝一杯白酒。

父亲割过一个胃上的间质瘤，但是他不知道。他一直全心全意地对付脑细血管的毛病。脑细血管里经常给他闹点乱子，而肿瘤则真的割干净了，好像从来没生过一样。

喝完一杯说："给我倒上。我看着。"过一会儿，酒杯又干了。

父亲工作的时候，经常有酒局。他的同事对我说："谁要是一提你考上了上海的大学，你爸爸就高兴，酒量就没底了。"

这大概是他们享我的唯一的福了。

母亲坐在席间只是提醒父亲不要喝了。她肚子里装不了食，多吃一点就胃胀。一桌子菜，就挑个白菜尝一尝。看到阿米拖着小原走了，她心神不定的样子。

5

下午人都走了，院子里一下子又空了。父亲骑着三轮车去遛鸟。母亲总想坐在我旁边，跟我说说话。阿米陪着小原在屋里睡觉。

我站在院子里，看了一会儿香椿树。

刚回家都是很热闹的，但很快就变得孤寂。

我给赵胜打电话。电话打通了。电话里赵胜用低低的声音说："你在上海还是回来了？"

我说："回来了。"

赵胜说："我正在开会，过一会儿我去看你。"

我说："还没放假吗？"

赵胜说："没有，明天放。"

我挂了电话。

母亲说："给谁打电话呢？"

我说："给赵胜。"

母亲说："嗯。好久没看到他了。"

6

这次回家，我就想见见赵胜。

我们是最好的同学，初中在一起上了两年。后来又都考上了一中，但是他上的理科，我上的文科。我们都考上了大学。毕业后，他分配到镇上我们上过的学校教书，后来又调到一中教书，教化学。

上大学放假的时候，他还到我家里帮着干农活，他个子高，有力气。吃饭的时候，我先吃完，他就一个人慢慢地吃。母亲说你陪着吃啊。我说不用。他也说不用。

他回家，我送他到五里外的公路上，在公路的一棵树下聊半天再分手。

聊天的内容现在只记得一句。

他说："我要是像你一样学习好就好了。"

我说："我要是像你长得高，宁愿不要学习好。"

好像是谈到找女朋友时说的。他认为学习好能找到更好的女朋友。我认为长得高才能找到漂亮的女朋友。

母亲也很喜欢他。

每次放假我一回到家，母亲就不放我出去了。只有我说到赵胜家去，她才同意。有时候我放假是腊月二十，我就给家里说是二十三放假，然后，直接到赵胜的学校里玩两天。

他真的找到了一个漂亮的女朋友，几乎跟他一样高。他学的是化学，但是体育也好。他参加学校里的体育比赛，找了个体育系的女生做指导。后来他就跟教练相爱了。

教练叫周芸，除了长得高，一点也不像体育生，赵胜说她长得像蒋雯丽，我觉得比蒋雯丽还漂亮，至少比她文静。喜欢看书，也喜欢赵胜看书，不喜欢赵胜喝酒。

她比赵胜有主见，赵胜说她是他的精神导师，不仅是妻子还是知音。

因为我不喝酒或者说喝酒有节制，她也喜欢我到他们家玩。赵胜喜欢钓鱼，我就跟着他们去钓鱼。有时候也打牌、打羽毛球。

有一年寒假，我住在他们家，正赶上下大雪。到夜里十点多了，我们一起到田野里看雪。天地白茫茫的，又静又清净。我们在田野里深一脚浅一脚地走。看到有农民留在地里的玉米秸秆，我们就点着了，然后跑得远远的，看着火苗在雪地里飘。

他们两个都喜欢看书。她原先喜欢看余秋雨，我就给她推荐了泰戈尔。她看了泰戈尔，就不怎么喜欢余秋雨了。

7

黄昏的时候，他们两个来了。

赵胜提着一串香蕉，周芸笑眯眯地跟着。两个人真是一般高，看上去周芸还要高一些。

赵胜说："没有，我比她高两厘米。是吧，周老师。"

周芸笑眯眯地不说话，转身叫小原。

小原不理她。她就看着他笑，笑里有淡淡的忧伤。赵胜也在打量小原。他们俩也知道小原的事情。

母亲问："孩子没有来啊？"

周芸说："没有，他想来呢，没让他来。"

母亲说："咋不让孩子来啊？"

赵胜说："没有，没让他来。"

小原盯着阿米的手机看。

赵胜说："小孩不能盯着手机看。"

阿米说："没事儿，看一会儿。"

赵胜还在打量小原。

"站得很稳了。"他说。

我说："走路也比较稳了，急了还想跑呢。"

赵胜说："哦。"还点了点头。

周芸不说话，就一直笑眯眯地看着小原。两个人交换了一个眼神。

母亲说："你看，你的头发也白了很多。"

赵胜笑笑，摸了一下头说："是，好操心。"

母亲要留他们吃饭，他们说晚上还有事，得走。

我们送他们出胡同。

赵胜说："你明天有安排吗？"

我说："没有。"

赵胜说："那你明天跟我回家吧，我包了村里二十亩地，你帮我参考参考，看看干什么好。"

阿米很高兴说好。

周芸走路时一个手掐着腰，她还是很瘦，因为高，显得更瘦。她掐着腰好像是扶着自己一样。

我说："你的胃怎么样了。"

她笑眯眯地说："好了，现在。"

赵胜微微扬着头，打量着周芸，说："算好了呗。"

周芸又笑。

我问："现在工作吗？"

赵胜说："没有，在家休息。"

赵胜把车开过来，周芸看着我笑一下，看着阿米笑一下，说："阿米，那我们走了。"

阿米说："看上去，周芸的身体还不太好。"

周芸上学训练时落下了胃下垂的病，十几年前到上海去看过。好像一直也没有痊愈。他们一起调到一中时，她还教体育，后来做学生工作，办校报，再后来做了清闲的计生工作，然后就病休了。

阿米说："他们看上去真像'伉俪'"。

我说："说不定他们看你也像'伉俪'呢。"

阿米说："'伉俪'要两个才行啊。"

我笑了笑。

我们往回走，阿米说："你看周芸笑眯眯地看我们的样子真好。"

"嗯，"我说，"还像少女一样腼腆地笑。"

"不是。"阿米说，"我们的事她都装在心里呢，但是她什么也没说。"

"嗯。"

8

晚上，他们都睡了，我一个人坐在院子里抽烟。后来，我去关了院子里的灯，我看到了满天的星星。

每次回家，都会看到满天的星星。

上学的时候回家，我经常到一条马路上玩。我喜欢的一个女孩还在上高中，她回家会从那条路上过。两个月的暑假大概就能碰到一回。碰到了，打一声招呼就过去了。

工作了，我都是春节回家了。我开始读托尔斯泰，又读《薄伽梵歌》，我觉得大地都是我身体的延伸，仿佛真的体验到天地一体的感觉。

后来我开始学佛，食素。那次，对父母的影响是最大的。也是晚上，我在院子里过，听到父母屋里聊天，父亲叹气说：“没想到培养了一个和尚。”然后，父亲又说，“城里这条脉就断了。”

上次回家，是父亲病了，大便出血，很厉害。我回来了，病情却稳定了。然后我住了两天就回了。走到半路，哥哥又打电话，说病情突然恶化。我们一起把父亲带到济南。医生给我看胃镜拍出的片子，离贲门不远的地方有个直径五厘米的肿瘤。在病房里，我把笔记本电脑里的京剧放给父亲听。父亲很高兴。那个时候笔记本电脑还不多呢。而且我也不食素了。

这次我带了小原回来。他三岁了，说月亮，他知道往天上看，说星星他还不明白是什么意思。

9

第二天，太阳还是很好，就是风比较大。我们坐着赵胜的车去他家去看他包的地。

他家在县城南边，叫赵屯，十里路。

我闻到赵胜身上有酒味。

“没事。”他说，“中午学生家长请客，喝得不多。下午咱们回家，我没敢喝多。”

“不行的话，我来开。”我说。

“保证没事。”赵胜说，“周老师知道。”

周芸坐在后面笑眯眯的，没有吭声。我想周芸大概觉得没有问题。如果有问题她肯定会说。我就不再说了。但是，感觉得出，赵胜还是有点兴奋。

“你来，我太高兴了，我不能喝醉。”赵胜说，“要是我喝醉了，周老师肯定不答应。是不，周老师？”

“咱管不了你。”周芸说。

“不用管，我自觉。”赵胜说。

阿米打趣说：“看来周老师是你的舵手啊。”

“要是没有周老师——”他一边开车一边回头看了一眼周芸说，“那我在这个县城里还不得孤独死啊。”

我们都哈哈笑起来。

“是真的。”赵胜说，“我越是喝多了，越想找周老师聊天，我跟周老师有聊不完的话呢。”

周芸说 :“你是喝多了，睡不着觉。难受。”

赵胜说 :“你说得也对，但主要不是这个。”

马路两边还是白杨树。右边一条河，有三十米宽。以前不知道叫什么河，上了高中学历史，说有一个西捻军的将领张宗禹在鲁西投徒骇河而死。老师说就是这条河。

两边还是麦子，有的在收割。马路上不时开过一辆高大的收割机。

“我今天带你去个地方。”赵胜说。

“什么地方?”我问。

“你先别问了，到了就知道了。”赵胜说。

马路不宽，他总是从汽车的右边超车。他开得很快，我多少有点担心。他们是去年买的车，开的时间不长。我记得自己刚开始开车的时候，越是有朋友坐在旁边，开得越快。

转眼到了十八里铺，就是我们上初中的地方。他刚毕业也就是分在这里教书。我们雪地里点火就是在学校边上。

镇上变化不大。

下了大马路，到了村里马路。麦子就在边上，我打开车窗，风灌进来，我闻到了麦子的味道。二十多年我没有在麦收的时候回过家了。最早的时候是用镰刀割，割完麦子，手上脚脖子上都是麦芒扎得细细的伤痕。割完了拉到场里用拖拉机压，压完了还得扬。扬完了晒，晒完了装麻袋，拉回家入仓。一个麦收下来，人都精疲力尽了。现在收割机在麦地里走一圈，拉回来一车厢干净的新麦。

但是还得晒，小马路上到处摊着麦子。

我扭回头说："小原，看，麦子。"

小原看着我说："爸爸。"

到了他们村口，有一伙人正站在田边看一辆绿色的收割机在田里忙。赵胜把车停下来，对着一个赤膊的人说："二哥，你给我排了吗？"

那个人低下头说："明天行吗，你有空吗？"

赵胜说："明天行。明天我回来。"

到了他家门口，他对阿米和周芸说："你们先下去吧。"阿米抱着小原跟周芸下车了。他调转车头又出了村子。

10

“我们去哪儿？”我问。

“张寨。”他说。

我吓了一跳。从县城到他家十里路，到张寨从这里算还有四十里路呢。而且张寨是山东最西边的一个镇。过了张寨就是河南了。

“去干什么啊？”我问。

“我帮你找了一个算卦的。”他说，“她算的还是比较准的。”

“嗯。”我说，心里略感惊讶。以前那么多年，我回来，他可从来没有给我介绍过算命的。

“我怕阿米不喜欢，所以没有让她去。”他说。

“嗯。”我说。

“命这个东西不能全信，也不能全不信。”他说，“我给你说个事。”

“什么事？”我说。

“我们邻村有一个男孩，长到十一岁，突然说他的家不在这里，在冠县的某个村子里。一直说，一直说。大人都奇怪了，就跑到他说的那个村子里打听。还真有他说的那个人家。冠县在河北，他从来没去过啊。”

“嗯。我以前也听说过类似的事。”

“这个世界它存在着，有很多事不是我们的理性能完全理解的。有些方面科学家可能不如一个没文化的人知道得多。”他突然由山东话改成了说普通话。

“小原的病是器质性的。”我说。

“很多方面都可以看看。”他说。“我给你介绍的这个老太太比较实在，她不让你乱花钱，也不胡咧咧，算得出就算得出，算不出就说算不出。我跟周芸商量了一下，觉得她比较好。”

“你经常算吗？”我说。

他踩了一下急刹车。

“怎么了？”我问。

“摄像头。”他说。“这条路上摄像头特别多，我去年半年被罚了三千多。我性子急，开车快。”

他开车确实快。我们很快就到了朝城，刚才是往南开，从朝城就转向西开了。拐弯的地方有一座破旧的老建筑，接近屋顶的地方横写着几个大的宋体字：人民供销社。字体已经斑驳，房子肯定也不是供销社了。

小时候来朝城赶集，进供销社买东西都有点发怵。现在看到“供销社”三个字还有敬意。

从这里再开一会儿就是张寨了。因为这个镇在省边上，小时候我觉得这是个很遥远的地方。大哥曾经在那里工作了十几年。我上小学的时候去他单位住过几天，感觉是长途跋涉才到的。在那里，我平生第一次吃西瓜可以吃个够。不知道为什么，我后来再也没去过那里。上一中的时候碰到是张寨的同学，我都觉得很亲切。赵胜选了这个地方帮我算命，也变得容易接受了。

“这周围算卦的我都熟悉，有一个还是我学生的家长呢。”他说，“他算得我觉得不在行。我给你介绍的肯定是最好的。”

“很实在？”我说。

“不光是实在。”他说，“当然，如果这个人不实在，其他的也不可信了。”

“要给钱吗？”我问。

“不用。”他说，“给她买一条烟就行了。”

“不是老太太吗？”

“老太太吸烟。我每次去都是给她带一条烟。”他说。

“有什么规矩吗？”我说。

“嗯，”他犹豫了一下说，“得朝上磕两个头。她敬的是关公，把烟放在桌子上。”

“哦。”

他一边开车一边向两边看。过了一会儿，他把车停到了马路边一家杂货店门口。

“买一条玉溪吧？”我说。

“不用，买一条云烟就行了。”他说。

我买了一条云烟，又买了两盒将军烟自己抽。赵胜要付钱。我说，这个还是我自己来吧。他就没坚持。

11

车子进了村，村里几乎被白杨树遮住了。相隔几十里，这里没看到一家收麦子的。他将车子停在路边。

他说：“你得问。想问什么就问什么？”

我“嗯”了一声。

他找了个断墙撒尿。撒完带着我往一条胡同走去。这个胡同比母亲他们住的胡同长，赵胜一个门一个门辨认。胡同里面一个人也没有。这个时候大家都在地里忙呢。

我们终于在一扇红漆铁门前停住了。门两边的对联还在，上联是春色明媚山河披锦绣，下联是华夏腾飞祖国万年青，横批是山河壮丽。

他犹豫着，前后看看。他嘴里嘟囔着："应该就是这里了。"他敲了两下门，里面一条狗跑到门口，隔着门缝朝我们叫。然后，听到里面有老太太的声音："谁呀？"

"我。"赵胜说，"对，就是这里。"

门打开了，赵胜往后躲了躲，一条黄狗围着我们闻。

老太太把狗唤回去。老太太长得就是农村的老大娘的样子，六十岁左右，脸晒得很黑，很多皱纹。但是个子很高，额头宽，颧骨高，脸型有点男子气。

"来来来，进来。"她很亲热地招呼我们。

院子很大，三间红砖到顶的堂屋，盖了也有些年数了，两间西屋，东边靠南的地方还有一个猪圈。堂屋前面靠东，有一棵香椿树，比我们家院子里那棵粗，得有几十年了。

进门一张八仙桌，八仙桌后面果然供着关公，用的是电子莲花灯。

桌子右边是一张坐得发黑的老式圈椅。

赵胜把烟放在八仙桌上，老太太没有说什么，桌子上有一盒开了口的将军烟。

赵胜在八仙桌正前面站定，我也跟着，磕了两个头。老太太也没说什么，我也觉得很自然，就是现在回家过春节，初一拜年走亲戚都是要朝人家家里的祖宗牌位磕头的。她的这种摆设跟普通祖宗摆设一模一样。只是普通人家春节一过，祖宗牌位就撤了。她家的大概一直这样摆着。赵胜真的很熟门熟路。

“孩子怎么样啊？”老太太问，声音很利落。

“考完了，还不知道怎么样？”赵胜说。

“今年肯定没问题。”老太太说。

“你还给他算着吗？”赵胜说。

“算着呢。这不，纸条给这儿呢。”老太太说。

老太太领着赵胜往屋里左边走。靠西墙是一张大炕，炕这边北墙上还有一个用搁板做的供。老太太拿了什么给他看，赵胜也扒拉着什么看。

赵胜说：“这么多纸条啊。”

老太太说：“河南那边都有人来。”

赵胜说：“哦。”

老太太说：“这个，昨天给我打电话，说今年考得不孬。”

赵胜说：“哦，那你看，我孩子还是该往南走？”

老太太说："往南，往南。"

赵胜说："是西南好呢，还是东南好。"

老太太说："这个没讲究，只要往南就行。"

赵胜说："哦，那就好。我想让我小孩跟他去上学呢。他是从上海来的。"

老太太说："行啊，上海好啊。"老太太看了我一眼。

老太太说："孩子他妈身体还好吧？"

赵胜说："还行。"

老太太说："家里摆仙人掌了吗？"

赵胜说："摆了。"

老太太说："得摆，常年摆着，靠南窗户。"

赵胜说："一定得靠南窗户摆？"

老太太说："南窗户好，南窗户能晒着太阳。"

12

老太太坐在那张椅子上。我靠门坐在一个板凳上。

老太太若无其事地说："您俩不是直接来的？"

赵胜和我都没搞清楚什么意思。

老太太说："您俩来我这里的路上拐了个弯儿呗。"

赵胜看了我一眼说："是。"

老太太说："肯定是。"

赵胜说："是。那您给算算吧，他小孩身体不太好。想问问。"

老太太说："在上海啥工作啊。"

赵胜说："您给说得详细一点，他不太好说话。"

老太太说："咱有啥说啥，行不？"

赵胜说："麻烦你了。"

我说："编杂志。"

赵胜说："就跟编报纸的一样。"

老太太说："工作不错。报一下生辰吧？"

我说："我的吗？七月二十八。"

老太太说："嗯，占三个八。时辰呢？"

我从小就听母亲讲，男占三八有马骑。三个八，是指八日、十八日、二十八日。"有马骑"是什么意思我一直没问过，但母亲的口气都是赞许的，意思肯定是好。老太太的口气跟母亲的口气一样。

我说："时辰不知道。"

老太太说："是早上呢，中午呢还是晚上。"

我摇摇头。

老太太说："孩子的呢？"

我说："三月十五，早上。"

老太太不说话了，闭了一会儿目。

睁开眼睛，她没说话，而是侧身拿起了桌子上那盒将军烟。我以为她要抽烟了。她从烟盒里抽出一根，把它放在了桌子上，又抽出一根，垂直地摆在前面那根烟的一头。一根一根地抽出来，桌子上慢慢出现一个正方形的图案，然后，两个正方形，变成了一个长方形，长方形的一边又出现一个正方形。出现了一个三角形，很快又改变了。

她就这样侧着身子耐心地用香烟摆着图形。

摆了一会儿，老太太说："老家大门朝东。"

我起先没听懂，刹那明白了，想了想说："好像朝南。"

老太太没理我，继续摆香烟。

赵胜又去看里面那个供板上的什么东西了。

有时候我看着院子。那只黄狗卧在院子里，突然竖起耳朵，头朝着大门。一会儿又伏下头，下巴颏搁在砖地上，好像要睡着了。有一恍惚，我觉得就是坐在自己老家大伯家的院子里，两家的院子的结构很像。

天好像要阴了。

老太太又说："老宅子没问题。"

我回过头来，老太太还在认真地摆着。

"祖坟也没问题。"

一盒烟差不多都抽出来了，那十几根香烟在她手下变换着图形。我还期望会出现八卦的哪个图形。没有。有一会儿出现了一个五角星的图案，很快又变了。我看不懂里面变化的规律。

一刻钟过去了，桌子上出现了一个很复杂的图案，有点像给儿童玩的迷宫图。她动了几个地方后，不再动了。她盯着看了好一会儿，终于吐了一口气，摇了摇头。她对着赵胜说："不行，这个病咱看不了。不在这个范围。"

赵胜说："哦？"

老太太说："别说我看不了，咱聊城都看不了。这上面显示着呢。"她看了一眼那个香烟摆出的图形。

赵胜说："那有什么需要注意的吗？"

老太太对我说："小孩多大了？"

我说："三岁。"

老太太说："嗯，这个病除不了根儿，除不了根儿。"

我点点头。狗在院子里叫了一声，头扬起来，耳朵竖着，盯着门看。门响了一下，狗摇了摇尾巴，站起来，继续摇尾巴。门洞里又走出来一位老太太，手里擎了一把铁锨。她朝堂屋走来，把铁锨靠墙放下。宽额，高颧骨，有点男子气的脸。这不是算命的老太太吗？我惊异地转过头，发现算命的老太太还坐在原处。

新来的这位进得屋来，见有客人，也不说话，径直坐在里面的炕上，默默地看着我们。

坐在椅子上的老太太又在研究她的香烟图案。

“现在单位上是领导了还是一般人员？”她扭头问我。我愕然地看了她一会儿才明白她的问题。我说：“一般人员。”她又去动了两下香烟，过了一会儿说：“下半年能升升。”

赵胜听到了说：“升得大吗？”

老太太说：“能升升。这上面显示着呢。”

13

出来，太阳没影了，天阴沉沉的，风似乎刮得更厉害了，我感觉好像是从洞穴里出来的一样。风吹着白杨树哗啦啦地响，像是在下急雨。

“她们是双胞胎吗？”我问赵胜。

“是。”

“倒是很少见，一般见到的都是双胞胎小孩，没有见过双胞胎老人在一起的。”

“敢给人算命的都是有点异常的。”

“嗯。”

回去显得更快了。路上，赵胜没有再提算卦的事情。二十分钟后到了赵屯，周芸见到我们还是笑眯眯的，什么也没问。阿米只说小原在村里玩得可高兴了，追着一只小羊跑来跑去。

阿米已经给他穿上了外套，天一阴，加上风大，我穿着衬衫都感到冷了。阿米也没问我们干什么去了。

我们一起走着去看赵胜包的二十亩地。

地里周边种的都是白杨树。里面隔上大约五米宽植一趟白杨树，白杨树中间一畦一畦地种着麦子。

“我后半生就靠它了。”赵胜说，“你给我参谋参谋，种什么合适。”

“包了多少年。”

“二十年。二十年后，我快七十了，差不多了。”

“种月季吧。”阿米说，“我上海一个朋友养了好多欧月，花开得有碗那么大。”

周芸说：“哎呀，种一园子月季就好看了。”

赵胜说：“啥叫欧月？”

阿米说：“欧洲的月季品种。”

赵胜想了想说：“咱这里可能消费不了，喜欢花的不多。”

我说：“这路是你自己铺的？”

周芸说：“是，都是他自己拉土填的。有时候晚上回来干活。”

我说：“呵。”

赵胜曲了胳膊给我看上面的疙瘩，“干活干的。”

我说：“不影响上课啊？”

周芸说：“过星期的时候，放假的时候回来干。有时候晚上回来干。”

我说：“你跟着他干？”

周芸说：“星期天，赵昂也跟着来干。那些树都是俺俩栽的。主要是他干，一千多个坑，主要是他挖的，赵昂也挖了。栽树的时候我给他扶着。”

赵胜说：“周老师也干，有几次都累哭了。”

周芸说：“我没劲儿。”

赵胜说：“主要是得有个说话的。”

风似乎越来越大了。小原迎风站着，老是被呛着。但是他很兴奋，还模仿被呛着的样子。

回县城的路上，赵胜说：“我再工作五年吧，争取五年后退休，我就专心干这个。现在先种上树，种一季麦子，一季棒子。那里面不全是白杨树，现在里面有二十棵核桃树，十五棵枣树。靠南边准备再栽一溜葡萄。二十亩地不多，我猜摸着得搞立体养殖什么的。这个得研究研究，先不急。等我这个园子成熟了，从粮食到水果到肉食品，我给你直供。”

我想了想说：“五年，那时候你才五十出头，会让你退休啊？”

赵胜说：“得想办法。”

我对周芸说：“让赵昂到上海去，你舍得啊？”

周芸说：“呵呵，我想他在济南上才好呢。”

赵胜说：“那不行，这个是算好的，我不是在一个地方算了，都说得去南方。咱不能光凭自己的意志办事。”

我说：“五年退休是算出来的吗？”

赵胜说：“这个不是。”

周芸说：“好在有你们在上海。”

阿米说：“有赵昂在上海，我们吃直供就更方便了。”

14

第二天，中午就开始落雨了。小原憋在家里不能到外面玩，特别烦躁。给他找出来爷爷原来玩的健身球，一晃里面叮叮响，玩了片刻就没有兴趣了。

给他一块糖，他能消停片刻。我让他叫奶奶，他不叫，叫爷爷也不叫。叫爸爸，他就叫一声爸爸。

母亲说："咦，爸爸叫得多清楚。你们门口没有那些年纪大的人吗？"

我说："有，都不怎么熟。"

母亲说："在家里住一段时间就会叫了。"

我笑了笑说是，又对小原说："叫爸爸。"

小原一边吃饼干一边叫声爸爸。

父亲和母亲都很艳羡的样子。

吃了两块糖，也不想吃了，又开始烦躁。拉着阿米就想往外走。阿米说："外面下雨。"他嘴巴一撇就哭了。阿米抱着哭，身体打挺；放下更是哭，腿弯着不落地。奶奶从哪里找出个铜盆，用个棍儿敲着逗他，他哭得更响，好像铜盆是来助兴的。

爷爷徒劳地在一边叫着：原原，嘿，原原，嘿，小原。

我对小原说："叫爸爸。"他突然停住了哭声，叫了一声爸爸，然后像受了骗似的又哭起来。

大嫂正好迈进门来说："我的妈呀，这是怎么了？"

阿米说："想出去玩。"

大嫂说："别哭了，我打着伞抱你去玩。"

不料小原的哭声瞬间又提高了八度。有一会儿，眼睛往上翻着，好像只剩下眼白。

大嫂赶紧说："好，好，好，我走，我离你远远的。"

母亲说："这是哭啥呢？玩也不想玩。"

阿米摇摇头，不知道他为什么哭。但是我们都知道他为什么会这样哭。母亲说他这是在老家不熟地儿，阿米和我都知道不是因为这个。

看着小原哭，我心里还有点愿意的意思，愿意他哭得厉害。

六七年不回家，母亲心里肯定有怨怼。看到小原的样子，也许她心里的怨怼能少一些。但是看到小原哭得翻白眼的时候，我还是有点紧张。

这时，我的手机突然响了。我拿出来一看，是赵胜打来的。

"你们在家吗？"赵胜说。

“在家。”我说。

“有事吗？没事的话，我开车带你们去县城新建的公园去兜兜风吧？”赵胜说。

“我问一下阿米。”我说。

我对阿米说，赵胜要带我们去逛公园。

阿米摇了摇头，说：“我不想去。”

我说：“小原喜欢坐车玩，一坐车就消停了。”

阿米又摇摇头说：“我不想去。”

我看着阿米，阿米不看我。

我对赵胜说：“今天算了吧，小原闹得厉害，正哭得不可开交呢。”

赵胜说：“那行。反正我这两天都有空，你想出去玩就叫我。大后天我可能要出门。”

我说：“好的。”

15

住了六天我们就往回赶了。除了一天阴雨外，其他都是大晴天，运气还不错。县城里流行电瓶车，很多电单车、电三轮。父亲就有一辆电三轮。小原后来喜欢上了坐三轮，他坐在车斗里，我慢悠悠地骑着。一条街一条街地逛，他一声不吭，好像睡着了一样。过一会儿我对他说："小原，叫爸爸。"他立刻叫一声爸爸。然后就又不吭声了，也不闹。

大哥请我们到他家吃了一顿饭。母亲说她现在老得快做不动饭了，以后怎么办。我对大哥说了。大哥说，家里的事情你不用管了。他们做不动了，我就把工作辞了伺候他们。家里还有老三呢。我把大哥的意思给母亲说了，母亲很高兴。还说，你不用给家里打钱了，父亲的工资够用了。

临走前一天，家里又来了很多人。晚上，我和哥哥坐在院子里聊天。母亲和阿米还有侄女小彤在屋子里不知道在说什么。过了一会儿，母亲出来说，我刚刚跟阿米商量了，她也愿意，要不给小原认个干娘吧。小彤婆家三姨会算，说是认个姓刘的比较好，不姓刘也不要紧。我扭头朝屋里看，阿米也正看着我呢。

走的这天早上，大嫂赶过来跟母亲一起包了饺子给我们吃。吃完饺子，他们看着我们上车走。以前，不管是结婚前还是结婚后，每次离开家，看到母亲站在原地，一直看着我离去，心里总会有伤感，这次却一点也没有。

我们没有再见到赵胜他们。

火车开到安徽境内，外面不再是麦田和白杨树了。小河、水塘明显多了起来，阿米好像松了一口气似的说：“还是南方好。”

我脑子里一直转着什么，突然记起来了，说：“我们老家的院门是朝东的。”

阿米说：“什么院门朝东啊？”

我说：“你知道赵胜那天带我去干什么了吗？”

阿米看着车窗外面说：“知道。”

我说：“嗯。”

过了一会儿，阿米还是看着车窗外说：“他为什么带你去算命啊？”

我说：“他自己就喜欢算命。”

阿米：“那不一样。”

我说：“有什么不一样啊？”

阿米顿了一会儿说：“是没有什么不一样，我就是忍不住想。我觉得我们会失去所有的朋友。”

我说：“不会的，忍住就不会。”

邻居

1

一九九九年，旧历年年底，偶然的机会我在上海的西郊买了一幢农舍。那个地方叫大桥。大桥不是一座桥，而是一个村子。

房子坐落在村子的东头，右边是一个池塘。池塘边上长着芦苇。

房子的左边是一家苗圃，大约有八十亩的面积。我喜欢站在家里的露台上往这边看。

苗圃的格局如同种地，一块一块很整齐。离我的房子最近的一块种着凤尾竹，从此向东，都是育苗棚，一年四季都盖着塑料膜。下雨的时候，会把雨声扩大几倍；向北，种着白玉兰树。从白玉兰向东种植着云南黄馨；向北，种着海棠。从海棠向东，有含笑、芬木、茶梅、红叶树；向北，是一大片月季……苗圃中间有一条南北向的路，我说的都是路这边的苗木，路那边，都支起了大棚，大棚里培育各种盆景。

苗圃里大都是苗儿，但在苗圃的中心有一棵巨树，大约有五六米高。大树分两枝往上长，粗可合抱，像小人国里来了一个巨人一样。这是一棵刚移栽不久的树，树头被截掉了，树干和主枝还包着草绳，细枝都剪去了。单从外表看，很难分清它的品种。每次有客人来，我都会问："猜猜这是一棵什么树，猜出来了我把这棵树送给你。"

没有一个人能猜出来。我也不知道，问了苗圃的人才知是桂树。那么粗的桂树，至少有三百年的历史了。

都说"人挪活，树挪死"，这么大一棵桂树，要是死了，真是非常可惜。

苗圃过去是另一个生产队，名字叫东八图。东八图再过去就是苏州河了，河水比市区要清一些，平缓地从西边流过来向市区流去。有时候，看河水的表面又好像是向西流，阿米说是黄浦江涨潮的缘故。河两边稀稀疏疏地长着芦苇。河上运载沙子和垃圾的机械船只来往频繁。从我家的露台上，可以看到船的篷顶，在房屋和树木之间游移。如果是一只空船，就可以看到船的甲板，看到甲板上站着的人。

呜呜的沉闷而缓慢的船笛声，不时地响起。

我第一次参加放生活动，就是在这儿的苏州河里。那次放的是螺蛳、鲫鱼和泥鳅，出钱买这些的是一个家庭，他们给过世的父亲过周年。放掉这些即将成为盘中餐的生物，是为了积累功德，回向给过世的人，使他轮回的时候有更好的命运。

我坐在一辆小昌河里从遵义路七弯八拐过来，下了车以为到了江苏界了。那时这里的路还是土路，两边是金黄的稻田，空气中是稻谷的香味。农舍都是黑瓦白墙，家家都没有院墙，敞开的院子很干净，都有一口水井，颇有一点“畎亩交错，鸡犬相闻”的气息。

2

池塘的左边有三幢房子，是三兄弟造的，沿池塘南北方向次第坐落。第一幢是老五，他的房子造得最晚，房子还很新，墙裙是水泥抹的，墙壁都贴了水花石，但是二楼只有两间，没有配房，没有院墙，现在他们一家还住着。第二幢，也就是我买的这一幢，是老大造的。据说老大曾是个厂长，房子造得很规整，三上三下的正房，一大间配房再加一小间储藏室，而且有院墙。院墙是镂空的，墙头盖了黑瓦，黑瓦呈人字形向两边展开。院门像一个变窄的亭子一样，很讲究。第三幢只有两上两下，配房倒有两间，但是楼上的走廊和露台都没有护栏，水花石也只贴在了廊沿上，有几处已经脱落，露出里面的红砖来。房子灰头土脸的，风一吹，似乎到处在落土。这是老三的房子，按兄弟成家的早晚，这幢房子应该建得比我这幢晚，但是从破落的程度看，它似乎早盖了十多年一样。

到我们这儿，这两幢房子已是第二次转卖了。第一次，是卖给了一家姓董的阿姨，她一下子买了两幢。她是城里人，不知为什么，两年以后要把它们都卖掉。第二幢卖给了我，第三幢据说是一个从新疆回沪的男人。我厨房里放了很多旧家具，董阿姨说就是他寄放的。

新疆人没有住在乡下，董阿姨说他在北新泾开着一个理发店。等我准备正式搬进来住的时候，似乎没有通知他，他就匆匆赶来了。这是典型的一个北方汉子，身高在一米七五左右，年龄大约五十岁，但身体结实，走路生风，说话嗓门大，很豪爽的样子，董阿姨说他是上海人，我已经完全看不出了。和他同来的一个人比他还要显得身高马大，说话走路完全是北方人的做派。

他问我："您贵姓？"

我说："我姓王。"

他又问："您做什么工作？"

我说："教书。"

"那您是知识分子了，王先生？"

我说："我不算知识分子！您不要叫我先生。"

"教书先生，怎么不算知识分子，怎么说呢，事实就是。"

这"事实就是"四个字说得斩钉截铁，像盖公章似的盖在了我身上。

东西很快就搬光了。他们在后边房子里说话，然后又出现在露台上。我从后窗里看着他们对着苗圃指指点点，我突然想起我忘了问他姓什么了。他穿着一件黑色的羽绒服，羽绒服的袖子上各有一道二指宽的黄颜色横杠，像运动服一样。这使他很精神，显年轻。另外，我觉得他嘴巴有点突出，右下颌上有一块紫红色的胎记，梨树叶子那么大。他的样子像个什么，我想了一下没想出来。

"王先生，再见。"他说话的时候，还在我面前，说完，已经走到前面的大路上了。又走了大约五十米的距离，他回头时正看到我出现在阳台上，还扬起胳膊跟我道别，好像刚才是在我家做客一样。

董阿姨说他是一个“老单身”，从他的神气上看略有相似，但从他的举止言谈上看，一点也看不出。

3

刚出校门不久，在城里还是租一室户住，突然拥有了这么一大幢房子，还有点不适应，就像正做着办家家游戏的孩子，一眨眼却长成了大人要过正经的日子了。有时候，站在墙根下，敲敲墙壁，忍不住想抱一下这幢房子。

房子共有八个房间，六间正房，两间配房。正房每一间都有二十多平方米。我们没有农具，也不存放粮食，家具也少，书又大部分送了人，房子里面空荡荡的。我们夫妇两人，投身其中，仿佛入了庙宇一样。这在冬天绝不是一件好事，乡下本来比城里气温要低两度，加上密封不好，房间大，我们点一个一千五百瓦的油汀就像没点，始终觉着冷，总要瑟缩着身子才好，但即使这样，我们还是愿意跑到露台上去，空气因为寒冷而显得洁净，天空澄澈，蓝莹莹的，仿佛透明一般。因为没有灯光，月光分外的明亮，照着天空下一片一片的黑瓦房顶，照着苗圃里各种各样的花木。九点左右，村里的人差不多就休息了，偶尔有狗叫以外，村子几乎没有声息，寂静得就如同在山里。有时候，我在房间里看书，看到深夜，然后关了灯，从房间里出来，突然看到月光越过窗户，安谧地铺展在宽阔的走廊上，心里就如同读了经书一般的清凉。

老马——就是后面的房主——不常来，但每次来，都做很多事。把房间打扫一下，把房子周围的地开垦一片，种上鸡毛菜、小青菜、米苋……然后，菜都变老了，他还没有来。他来了，把一捆菜放在我的门口，说："王先生，我种的菜，你来摘，老了也就不中用了。"有了他的邀请，我时不时地就去他的菜地摘，有时候摘青菜，有时候摘小葱，因为是刚摘下来的，吃起来味道就不一样，至少感觉是这样的。

他来回都骑一辆八成新的山地车，车的三角架是红色的，车座窄得像一个箭头。骑车的时候，他像年轻人一样，腰塌下去，也许他骑的速度并不快，但这个样子使他的速度显得很快。每次，他都是从小路来回，他说从这里到他的理发店大约有十多公里——他没说到理发店，是说到他"住的地方"。他一直没提起过他的工作。

天气转暖的时候，他偶尔也会住下来。村里还有几户是新疆回沪的，都是他在新疆时的朋友。他来了，一般不开火，或者到东场生产队里的唐师傅家吃饭，或者到同队的王阿姨家吃饭。晚上，他们一道来到他的露台上坐，用很大的声音聊天。他会说上海话，他们都会说上海话，但是，他们好像是在用说普通话的腔调来说上海话，个个嗓门大，说话好像是争吵，一点也没有吴侬软语的味道了。虽然来上海已经七八年了，对上海话还是听不懂，他们谈什么，我不得而知。但乡下寂寞久了，听到这么热闹的谈话，心里还很高兴。

客人走了，他就坐在阳台上拉二胡，什么曲子都拉，《马儿啊，你慢些走》《二泉映月》《我的中国心》《掀起你的盖头来》……他的技法娴熟，轻重缓急控制得好，好像是老走江湖的艺人一样。我和阿米猜他在新疆时大概在某个兵团的文工团里干过。他不仅会拉二胡，有一天，他竟搬出一把吉他弹起来。我估计那是一把破吉他，他始终拨的是单弦，拨的曲子是《山楂树》。

他平时主要还是拉二胡，吉他我就见他弹过一次。

乡间的夜晚安静，二胡的乐音显得非常清亮。他一拉，常常一两个小时，拉得夜凉如水。

次年三月里的一天，他在院子里铺了一条砖路。我去感谢他，说每次都在他的菜地里摘菜。他说："王先生，没问题，尽管摘，你摘就是帮忙呢。"说着，又动手给我摘了一把米苋塞到我的手里。我看着他铺的砖地，说："你准备搬过来？"

他说："不是，我表弟要从乡下过来。他们在老家也是乡下，我让他过来，有这个房子住，随便打打工，总比在家里强，你说呢？"

我心里微微一怔，我们两家的房子相距只有一米，几乎是紧挨着，从我的后窗都可以看到他的后窗里的风景了。假使来一个很闹的人，再加上他的吹拉弹唱，岂不是会很闹腾吗？但担心是心里担心，嘴上则说："是的，是的，现在种地不划算，种一亩赔一亩。"

4

不久，老马的表弟真来了。老马把他送过来，正好我在家，等他们收拾得差不多了，我就走到他们的院子里去。老马一见我就大声地说："王先生，今天休息啊。"我说："对啊。”老马指了指旁边的表弟又说：“这就是我表弟，今天刚到。这是王先生。”表弟说：“啊，王先生好。”

表弟虽然是正宗的北方人，长得却很单薄，个子大约在一米六六左右，皮肤黑黝黝的，但并不亮，神情也比较沉静，听你讲话的时候，非常专注，五官都暂时停止了活动，听完了，脑袋下意识地向后一仰，嘴里“啊”一声，表示听懂了，然后再说话。比如你说“吃了没有”，他就会说：“啊，吃了。”听你说的时候，他脸上一直有笑容，但这种笑容引而不发，蓄在脸上，待“啊”的时候，才像获得解放一样，一下子在眉眼嘴角上荡漾开来。这种笑容，使他看上去不大像农民，倒有点像一位谦逊的乡村教师。

表弟姓郭，四十多岁，一来就去上班了，大概工作在他来之前就找好了的。每天天不亮，就听到后面有动静了。阿米教中学，五点钟起床上班，经常能看到月亮。他比她起得还早，听到他骑车离家的时候，我们还躺在床上。晚上，他一般是在七点左右回来，有时候九点多钟，听到他停放自行车的声音，我们觉得挺踏实。

老马偶尔来一下，平时就表弟一个人住，上班的日子几乎不在家吃饭，晚上也不吃，只在这里睡睡觉。轮休时把菜地捣鼓一下，还插枝种了两行葡萄。

后面还是像往常一样安静，甚至比往常还显得安静一些。

5

四月份，就是春天了。

原来的房主在院子里的花坛里栽了一棵郁李，我搬来的时候，因为是冬天，只见光秃秃的一丛树枝，现在，密密的花骨朵突然从树枝上钻了出来，随时准备绽放。树枝青红青红的，饱含汁液。

在房子前面和右面的菜地边上，或者在路边，在池塘边，一种细小的蓝色花最早开放。不知道它叫什么名字，好像是草一样，冬天枯萎得什么也没了，春天一到，它原来就在那里，好像还没有发芽，花就开出来了。有的地方开一片或一堆，有的地方则开得零零星星的。打远看甚至站着看，都是蓝莹莹的一片，只有蹲下来，你才会看清一个个的花瓣——只有玉米粒大小，每一朵开四瓣，花瓣的边缘呈蓝色，中心则变得粉白，花蕊上的两根须上各有一点黑。花瓣菲薄，没有风吹它，也似乎在轻轻地颤动。

后面人家的房子周围长出了好多向日葵，不知道什么时候撒的种子。郭大哥见我惊奇的样子，就说要给我移栽两棵，但是找来找去找不到合适的地方，只好作罢。

不记得我送了一件什么东西给他们，有一天早上，郭大哥突然跑到我的门前，叫道："王先生。"

我跑出屋子，见他拎了一只水桶站在门口。

"王先生，我捞了一些河蚌——"他摇着水桶说。

我听到哗啦啦的声音，但我没听清他说的是什么。等我走近往桶里探头一看，原来是河蚌，忙往后一缩说："我不吃这个。"

"很好吃的。"他有些尴尬，辩解说。

"不是，我是说，我吃素，不吃肉的。"

"啊，是吧，呵呵。"他干笑了两声，不由自主地又说，"这个很好吃的。我们家乡都吃。"一边说，一边端着水桶走掉了。

6

转眼间，后院的向日葵长了一人高，花冠盘子大小，都是金黄的颜色。

郭大哥一个人过，除了上班，在家的时候就翻弄宅基周围的地，那些地加起来统共不过三分吧，除了向日葵，他还种了豌豆、玉米、高粱，种了茄子、辣椒、卷心菜、青菜、南瓜，有一次我们一起数，数出了十几种，郭大哥很少见地露出了得意之色。每一种都长得旺旺的。他身体不强壮，但完全是一个庄稼里手的样子，听老马讲他在老家就是种地，那伺候这几分地是小菜一碟了。有时候，我觉得青菜还远远没有摘完，他就把它们翻下去了，翻完后平整，又撒上了其他种子。地里一根杂草都没有。

我按一般人的心理推想，他突然到了上海，有房住，有工打，还能种种菜，心里肯定是如意的。

不久我这个推想就被印证了，郭大哥把他的老婆孩子接来了。

那几天，后面每天都很热闹，不停地有客人来，有附近村子里的，我还认识，有的是从城里或其他地方来的，我从来没见过。有年轻人，完全是城里时髦的打扮。他们大多带着一些东西来，什么脸盆啦，席子啊，旧凳子啦。老马每天来，每天还走，常有一个女孩跟着他来去。女孩的年龄估摸就是二十左右，身材比较矮，一米五五左右，长得很清秀，脸色白净，头发扎成一根辫子搭在后面，刚刚过肩。她好像来了以后就待在屋子里，不太出门，也听不到她说话的声音。她和老马每人骑一辆自行车，有时候傍晚就走了，有时候吃了晚饭再走，悄无声息的。

几天以后，后面来人就少了，慢慢没有人来了，老马也不来了。

后面又安静下来。但也不像前面那么安静了。三个人的谈话不多，常听到的就是女主人叫孩子吃饭的声音。不过，他们多了一个收音机，时常开着，评书、歌曲、新闻、广告等一路听下来。从收音机的声响判断，大概是一台小型半导体，不会超过课本的体积，声音不算大。开着窗能听到，关上就不太能听见了。

很快，小男孩穿上了当地小学的校服，开始上学了。每天早晨就在村里的路边上等一辆很破的中巴车，里边坐满了背书包的小学生。他的娘一直陪着他等，把他送走以后才回来。

郭大哥照常上班，只是每天晚上都是回家吃饭了。有时候，他回来晚，就会听到小孩说："爸爸怎么还不回来，饿死我了。"

后面院子里也有一口井，之前都是用水桶打水，村里的人都是用水桶打水。家人来了之后，井上突然多了一个压水井的装置，井边一圈用水泥抹了一块水泥地。

女的经常蹲在井边洗衣服，他们好像有洗不完的衣服。听他们的朋友叫她“小兰”，但姓什么不知道。“小兰”是怎么写的也不知道。后来熟了，我们叫她大嫂。她叫“小兰”，如果是按她的个头来说，倒是很相符的，有一米五多一点。跟郭大哥的单薄相比，她倒显得很壮实，可以说是敦实。她的脸色红润，表情却淡漠，像有满腹心事一样。她不喜与人讲话，讲话的时候也不太看人，讲起话来又直来直去。有一次她在露台上打儿子，打了好长时间，反复就说一句话："你气死我了。"

她的儿子显然是个倔种，不管怎么打，嘴里老是说“就不就不”，而且站在一个地方，躲闪的样子也不做。

他既然上了学，年龄肯定在八岁左右，个头也比较小，好像五六岁的样子，但是身体也像母亲一样结实，表情严肃，甚至有些深沉，像妈妈一样不爱说话。他好像明白见了熟人要打招呼的礼节，所以，如果他看到我站在门口，就不会走过来。他宁可再回去，或者绕道走。如果他放学回来，恰逢我站在门口，他会走着走着，即将要经过我身边的时候突然想起什么事似的疾奔而去，那样子好像我知道他曾经做过的一件令他抬不起头的事儿一样。

要是他爸爸让他给我送菜来，他就在门口轻声地喊“叔叔”，轻得像一个女孩子。其实，我经常听到他在后面尖叫：“妈妈，给我拿纸来。”每一个字都要拖很长的音，声音里含着怨恨，好像他妈妈忘记了他正在屙屎一样。

刚来时，他很孤独，常常一个人在附近闲逛，扒扒这里，戳戳那儿，蹲在地上看半天。不久，村里的几个小孩开始和他接上了头，而且好像做了山大王，因为那些孩子总是跟在他的屁股后面，而不是他跟在其他人后面。

7

有一天下午，我正在楼上看书，忽然听到老马的大嗓门响起，然后就断断续续地不停了，中间有大嫂的插话，不久大嫂的声音也大起来了，接着就像吵架了，但自始至终，没有听到郭大哥的声音，也许他说话了，但因为声音低而消弭在了其他两人的声音中了。吵了好长时间，我只听到老马说的一句话，“你在这儿种种地多好，你根本不了解城里人多坏。”

我从楼上下来，从后窗里看到后面院子里停放着两辆自行车。小男孩正蹲在他们家的东屋门前，一下一下地用小刀在一丛小叶黄杨旁边挖坑。夕阳照在墙壁上，也照在他的脸上，他脸色很平静。过了一会儿，一个女孩从屋里走出来，就是那个扎着辫子的女孩，她走到小男孩的旁边，也蹲下来，看着小男孩挖坑，表情很和蔼。她开始和小男孩说话，但小男孩一直没有停下手上的活儿，我感觉那女孩在说："你跟我到城里去吧。"小男孩摇摇头说："不。"女孩说："我给你买一支手枪。"小男孩摇摇头说："不。"女孩说："那你要什么？"男孩说："都不要。"女孩笑了："那你真是大傻瓜。"

房间里的吵声渐渐地小了，老马从屋里走出来，说了一句"你好好想想"的话，大嫂也从屋里出来了，手里却拎着一个煤球炉子。老马走向自行车，女孩也站起来了，用手摸了摸小男孩的头，小男孩则还在一刀一刀地挖，也不站起来送。两个人推了自行车向外走，这时郭大哥也从屋里出来了，郭大哥说："你们吃了饭再走吧？"老马答非所问地说："我过两天再来。"然后两个人跨上自行车走了。

果然，过了没几天，老马又来了。他是下午来的，在这儿吃了晚饭，晚上又开始吵架，还是老马和大嫂的争吵声。

王阿姨夫妇也来了。这次我只听到王阿姨的一句话："好了好了，都别吵了，我说一句……"王阿姨说了什么，我也没听见，然后，吵架声就戛然而止了。

后来就平静了，郭大哥照常上班，也骑上了一辆山地车，每天早出晚归。大嫂早上送儿子，然后就在家里忙，不停地洗衣服。有时候她到王阿姨家去坐坐，有时候王阿姨到她这儿来。王阿姨嗓门很大，有一次，我听到她说："小兰，你可以喂几只鸡，吃鸡蛋。"然后，后面就多了几只鸡，刮南风的时候，鸡粪的味道就会飘过来。

八月份是上海最热的季节，连自来水管里出来的水都是热的。老马比平时来得勤了，那个扎辫子的女孩没有跟他一起来。有时候，他来了会在这里住上两天。他常常搬一个小钢丝床架在二楼没有围栏的露台上，上身穿一件短袖衫，有时候还会赤膊，下身穿一条宽大短裤，手挥一把蒲扇躺在上面。晚上他会教小孩拉二胡。他会对小孩说："你听这个啊。"然后他就拉一个曲子。这时候他拉的都是欢快活泼的曲子，很有点炫技的味道。拉完了就给小孩拉，小孩满怀期望地接过来，可是一动弓弦，却发出了哧哧啦啦的声音，把自己都吓一跳，想把二胡还给老马。老马就会嘎嘎地笑起来。

他们在没有围栏的露台上活动，我心里总感觉不踏实。

8

不知从哪一天起，大嫂也开始去上班了。夫妻两个一起走一起来，感觉好像是在一个厂子里上班。作息时间跟郭大哥以前一样，也是早出晚归。常常是我们吃完晚饭在路上散步时，看到他们一起骑着自行车回来。黑暗中，我们问他们：“回来了？”郭大哥就会说：“啊，呵呵，回来了。”“吃了没有？”“啊，呵呵，还没呢。”有郭大哥回答，大嫂就不说话，当自己也回答了。

小孩子好像是托后面的王阿姨照管了。但是，黄昏的时候，经常见到他独自一个蹲在他们家前的路边，拿着一根树条在地上抽打着，不时地抬眼瞟一下大路……

9

在乡下，夏天最有意思的是可以在院子里吃饭。如果是六点左右吃的话，天还亮着，小米汤足够稀的话，低头就会看到蓝天映在里面。村里人轻易不到屋里去，进院子就自然多了，透过院墙上的栅栏，看到你正在吃饭，就问一句："今天吃什么啊?"边问边就走了进来，一边走一边探头，"啊，香菇青菜，黄瓜粉丝，一点肉也不吃啊?"然后就会问："鱼吃不吃?""鸡蛋吃不吃?""鸡蛋要吃。"有的人说两句就走了，有的人还会意味深长地看着我们吃。如果有两个人进来，他们就可以站在旁边自顾自地聊天了。给他们搬凳子，是决计不会坐的，即使你搬过来了，他们还是要站着说话，说着说着就走掉了。

10

十月份，后面邻居家又来了一个成员，郭大哥说是她的岳母，年纪大约七十左右，穿着一身黑，上衣还是对襟的粗布衣衫。

老人额头很方正，背比她的闺女和女婿挺得都直，看上去很硬朗。有一天，我看她一个人站在门口望天的时候，食指和中指之间夹着一根香烟，一口一口很在行地吸着。看到我时，她好像不自觉地把拿烟的手往后一缩，但也就一缩，随即又自如地把烟戳到嘴上，深深地吸了一口，还从鼻孔里往外冒烟呢。

以前没见过她抽烟，这次见了后，便经常见她手里夹着香烟了。

这样，小孩就不用到王阿姨家去了。如果下学以后，父母还没有回来，他就和姥姥作伴，有时候，他搬一个矮凳子，端坐在上面，把二胡架在大腿上来回拉。而郭大哥夫妇即使回来再晚，也有现成的饭吃了。到这个时候，我觉得后院的生活变得很完满了：老小能互相照应，当家人有活儿做。

郭大哥的岳母来的那个星期天，扎辫子的女孩又来了，还是和老马一起来的，脖子上系了一条白色的小纱巾，像系红领巾一样系着。当天便又走了。我正好碰上他们回去，我和老马打招呼的时候，女孩的头微微低着，专心致志地推着自行车。

11

第二年春天来的时候，我们买了一棵石榴树、一棵桂花树，买了五棵水蜜桃树。石榴树栽在院子里。院子是水泥地，我们俩借了一把锤子，一根铁钎，凿出了方圆一尺的一个洞，挖出石块、石子，填上肥料，把石榴栽上。桂花树种在院子里的花坛里。桃树两棵种在院门前，两棵种在水边，一棵种在靠路的屋角上。桃树只有大拇指那么粗，栽上浇水，浇了几次水，桃花就开了，门前的两棵最先开，然后是水边的两棵，然后是屋角的一棵，仿佛是按照种植它们的顺序开一样。门前两棵的花最多，但加起来也就是四五十朵，不像是桃花，倒像腊月的梅花。

这年三月份的时候，从云南来了一个小伙子，背着他厚厚的一部手稿，说是要找作家叶辛。叶辛没有找到，身上的钱快用光了。第一天到上海就赶上了一场雨，他在雨中过了一夜。他来上海是想出书，然后再找个工作待下来。等我知道他初中都没毕业时，我觉得出书是不大可能的，找一份工作，端盘子洗碗，或者到工地上做小工倒有可能。可他一段时间跑下来，原本兴冲冲的样子不见了，兜里所剩无几的钱也变成了中介费，还挨了一顿打。最后，小伙子很文气地说："上海没有我的立足之地啊。"

我觉得郭大哥在工厂里做，肯定也是打工性质。于是，我记得我是站在池塘边和郭大哥说的，我说：“你现在做活的地方，还需不需要人手啊？”我记得郭大哥长长地沉思了一会儿说：“啊，好像不需要了。”空气有点冷，我们还说了什么，不记得了，反正是我们两个站在池塘边，很闲地说了一段话，我还不自觉地站在云南小伙子的角度上羡慕起郭大哥来，他们一家人都来了上海，有房子住，小孩能上学，大人有活儿干，离乡不背井。

12

实际上有一段时间没有见到郭大哥了，而且也没有见到过郭大嫂，只见到祖孙俩。黄昏的时候，郭大哥的岳母会站在路边，招呼小孙子吃饭。但是没留意其中发生了什么变故，或者留意了，也没往深处想。因此，等再一次见到他们时，也觉得如同刚见过不久。这已经是四月初了，天气比较暖和，但是乍暖还寒，郭大哥回来以后，一直就在家待着。碰到邻居，脸上还是笑模笑样的，但走起路来，总是小心翼翼，好像衣兜里装着鸡蛋一样，右胳膊总微微地架着，而且回来以后就一直待在家里，没再去上班。我和他碰过几次面，但是都只打了个招呼，没有聊天。

有一次，黄昏，我正好站在大路边老五家门口，和老五夫妇说话，郭大哥一家从东边走过来。郭大嫂提着一个水桶，走在最前面，他们的儿子拿着一根旧芦苇走在当中，郭大哥披着一件浅白色的夹克衫，走在最后面。

郭大嫂走过来了，见到邻居，她的表情也没有多大变化，老五妻子探头向桶里张望，一边问道："抓的什么啊？"郭大嫂把桶稍微倾斜一下，让老五妻子看得容易一些，一边有点讪笑地说："癞蛤蟆。"一边说一边就走过去了，儿子也踢踢踏踏地走过去了。

等郭大哥走近了，老五妻子说："你们抓的那个是什么？"

郭大哥站定了说："呵呵，癞蛤蟆。"

"你们吃啊？"老五问。

"我不敢吃，是她吃。"郭大哥说。

"这一段时间怎么没有见到你啊？"老五问。这一问，我倒醒悟了一样，觉得确实有一段时间没有见到他了。

郭大哥说："病了，在住院。"

"什么病啊？"

郭大哥说："呵呵，肺癌。"

老五妻子说："这个病要传染的。"

郭大哥坚定地说："不传染，这个病不传染，肺结核传染。"

"那你现在不能工作了？"

"不能了，呵呵。"

我们一起往回走。我问怎么治的病，郭大哥说开刀了。他用左手认真地在右肋下找到一个位置，然后慢慢地一直划到前胸，点了几下再找到一个位置，说："全打开了。"

他说话的时候笑眯眯的，好像在讲一件很自豪的事情似的。

以我对肺癌的了解，如果医生对癌症病人开刀的话，说明病还没有到晚期。

"现在在做化疗吗？"

"刚刚做完一个疗程，等恢复一段，再去做。"

我下意识地看了一眼他的头，他立刻领会了，说："已经开始掉头发了。呵呵。"

晚上，我和阿米说了，阿米吃惊地啊了一声。

13

第二天，吃过晚饭，阿米和我提着一袋苹果，揣上五百元钱到后面去。村后头的王阿姨也在，她养的四条小狗围绕着她转来转去。郭大哥还没有吃饭。郭大哥的岳母和儿子都到楼上去了。

这是我们第一次到他们家里来。房间里的墙壁只抹了石灰，没有刷涂料，有的地方石灰也脱落了。屋里堆满了旧家具，一番暂住的光景。郭大哥吩咐大嫂给我们搬凳子，倒水，一切停当之后，我们就问起他得病的前后来。郭大哥说先是咳嗽，没有注意，后来咳出了血。王阿姨接过话头说："那是五月份，是五月，小郭跑过来说，大姐，我咳嗽出血，我就领他到北新泾医院里去，给的都是治咳嗽的药。吃了也不管事，后来，我对小郭说，不行，到大医院去吧。到那里一检查，这才检查出来。我当年的头开刀，小郭你知道的，先拍片子，拍出来后，给一个实习医生看，他说没什么，你姐夫赶快请来一个老医生，人家一看，就说赶快住院吧……整个头都打开了。"

王阿姨用手扒拉开自己的头发，低着头送到我们面前。

郭大哥笑眯眯地往前探了探身，点点头。四只毛茸茸的哈巴狗不时地把前爪扒在在座者的膝盖上。王阿姨徒劳地呵斥着。大嫂把郭大哥要吃的饭端上来，他没有吃的意思，端坐着跟我们说话。我们都劝他把饭吃了，他才开始吃，一会儿就吃完了。他吃得很少。

大嫂说："他没病以前吃得就少，早上不吃饭就去干活。搬一上午麻袋，等到中午才能吃饭。"

郭大哥说："早上吃不下。"

大嫂说："他吃得都没我多。能不生病吗？"

郭大哥把上衣脱下一半，我们看到一条几乎有一尺长的伤口像蚯蚓一样趴在身体的右边。郭大哥说，"肋骨抽出来两根。"

"现在还疼吗？"

"现在还好，"郭大哥说着摇了摇右胳膊，笑了笑，"现在好多了。"

大嫂说："早知道这样，还不如不到上海来呢，得了这么一个孬病。"

我安慰大嫂说："这个病也不是一时半会儿得的。"

大嫂说："反正不如不来呢。"

王阿姨说："小兰，你不要这么讲……我们闯新疆的人不信命，但是，去，你们烦死了。"

王阿姨招呼着一群小狗走了，然后我们也告辞，郭大哥和大嫂送出门外，阿米把五百元钱给大嫂，大嫂起初不知道是什么，后来明白了，拼命缩着手往后躲。郭大哥在旁边也说："你们挣钱不容易，早出晚归的。我们心领了，心领了。"阿米嘴拙，只是硬塞。经过一番撕扯，他们勉强收下了。

第二天，阿米去上班，我一个人待在家里。刚吃过早饭，我正在楼上看书，听到下面有人叫"王先生"，探头一看，是郭大嫂站在院子里，捧着一大把菠菜。我下楼，接过菠菜，菠菜上还沾着露水。郭大嫂犹豫了一下，从兜里掏出一把什么，就往我手里塞，嘴巴里说："你们也不容易……"推托几次，见郭大嫂态度坚决，我只好接下。

中午，见到郭大哥。郭大哥又说："心领了，心领了。谢谢。"

14

有一天，我对郭大哥说："得病不能怕。"

郭大哥呵呵一笑说："我现在不怕了。"

我给郭大哥讲了一个故事，说是四川有一个信佛的人，得了胃癌，每天他都对胃癌说，你不要来骚扰我了，我知道你是没有实体的，我给你喂药，你会非常痛苦的，结果，有一天，他突然吃下一大碗饭，到医院里一检查，癌细胞不见了。

这是一本传记书上记载的真事，但我讲得像故事一样，"没有实体"是什么意思，我没办法讲清楚。

郭大哥笑眯眯地听着。

15

郭大哥说他是河北吴桥人。

郭大哥说吴桥是杂技之乡，"农忙的时候，就在家里干活；农闲了，就拉个班子去演杂技。家家都会的。

"小孩一生下来就要练杂技，大人抱小孩都是用手掌抱，就这样，用手托着。大人没事儿，吃完饭坐在一起说话儿，一边说一边就扔小孩，你扔给我，我扔给你，没事的。我不会我不会。”

16

人一生病就真正闲下来了。郭大哥手里拿一只小收音机，还没有书大，慢悠悠地在路上散步。我早上去上班，碰到他在散步，下班回来，还能碰到他在散步。

他有时就在池塘边上散，看着池塘里的鱼游动，不知不觉停住脚，细细地打量，用手指着，对我说：“你看你看——有一条大鱼。”顺着他的指引，我就能看到一条鱼的脊背，在水里静静地游弋。

池塘边的芦苇长起来了，第一窝小燕子也长大了。有一天黄昏，他指着池塘对面的芦苇让我看，我看不见什么，他说：“小燕子，看到了没有？”有五六只小燕子齐刷刷地落在一根芦苇上，芦苇被压弯了，都快压到水里去了，颤巍巍的，不时地有一只站不稳，扑棱一下翅膀，其他的也只好跟着它扑棱一下，好重新立在芦苇上。

“它们就在这里过夜吗？”

“这肯定是第一窝小燕子，老燕子把它们赶出来了，因为老燕子还要抱一窝，它们还没造好自己的窝呢。”

有时在苗圃里散步，他告诉我，苗圃里有野兔子，还有黄鼠狼。“你知道黄鼠狼是怎么拉鸡的吗？黄鼠狼那么小，鸡那么大，它怎么把它拉走呢？

“它咬住鸡的脖子，鸡不就得使劲扑棱翅膀吗，黄鼠狼就借鸡的这个劲儿，把鸡带回自己的窝里。”

17

有一天，大约是郭大哥出院一个月左右，他突然问我：“王先生，现在火车票好不好买？”我说：“现在肯定是好买的。你要买吗？”郭大哥说：“对，我岳母要走了。”“什么时候走？”“就这几天吧。”“我儿子也走，跟他姥姥一起回去。”

说话第二天，我正好在家休息。早上吃过饭，我站在门口的路上闲望，郭大哥的岳母也正好站在他们院子前面的路上，站在这条小路上唯一的一棵水杉下面。老人吸着烟，面对着他们的院子。我一出来，她就看到了我，又回头看院子，然后就犹豫着朝我这边走过来，那样子像是要跟人秘密接头一样。

走到一半，还隔着十几米的距离，她就说："你吃了没？"

老人说的是河北土话，我是山东人，听得一清二楚。我说："我吃了。"一边说一边就走到我的跟前了，走到我的跟前还不停下来，径直又向我的门口拐过去，但样子明显不是要到我的家里去。果然她到门口就停住了，冲我招招手。我走过去，跟她站在一起。这样，从她刚才站的地方就看不到我们了。

我还是第一次这么近地打量老人，她的牙齿几乎掉光了，嘴唇往里凹陷着。

他王老师，你知道吗，我过两天就走了。你是个好人呢，你给他们五百块钱，你们是好心。我那闺女傻，她觉得你们挣钱不容易，她就硬要还给你们。我有五个闺女，一个老儿子。这个是老五，没心眼。两个人都是稀里糊涂地过日子。我不跟他们过了，我家里一大家子人，他们都要我回去呢，家里的小孩没人看呢。现在他们两口子都不工作，我跟着他们喝西北风啊。我那女婿不行了，没熬头了，怕得跟什么似的，晚上都睡不着觉，又老想着睡，一会会儿就睡倒了，喊起来，走一圈，回来又睡了，一个大老爷们儿，一点胆儿都没有。饭也吃不下，这不，每天早上我闺女都到镇上给他买牛奶喝，这不是糟蹋钱吗？他王老师，你别看我是个女的，我很二虎的，我这个人有点二百五，我啥都不怕，你看我现在活得很硬朗吧，我跟你说，我得过乳腺癌的，要不是家里人让我去看，我都不想看，费钱巴拉的，该死就死，不该死就活着，有啥好怕的。我也能吃也能喝。当初我住院，有一个护士跟我说话，我听不懂她说啥，就觉得她说得不是好气儿，我把针头拔下来就要出院，我就是不要命也不能受她的气儿。后来，你猜怎么着，院长都出面了，院长给我说好话，他说护士不是冲着我，对我没意见，但还是让那个护士给我道歉。你看我就这么个二虎的人。我这身上开过好多次刀呢，我就没怕过，得病，怕能行吗，怕能治好病吗？我这女婿没熬头了，快完了。我这闺女也不行，缺心眼，两个人不会过日子。我不陪他们了，让他们过去吧。我把这个外孙带走，孩子跟着他们也不行。过一段日子，他们还得到医院里去化疗。孩子就没人看了。

你知道我女婿这病是从哪儿得的吗？他这病是气的。这事儿论起来我不该说，但我是个直肠子，心里憋不住事儿，这不我就给你讲讲，我看你是个口儿挺严的人，我说出来我这心里也好受。你知道老马吗？老马老马的，他跟我女婿啥关系呢？我这女婿的妈死得早，他妈死了以后，他爸又娶了一房，这新娶的一房就是老马的妈。他们就是这么个关系。我怎么说他的病是气的呢？他王老师你听我说。我这女婿还有一个女儿，你见过没有，长得不高，人挺秀气。她来过的，来得不多。她到上海来两年了，是那个老马带来的。她跟老马学理发，然后她又把她爸爸妈妈接过来了。他们两口子一过来，才知道，他们的女儿跟了这个老马了。这一个二十还不到，这一个已经五十多了，再说，这辈分也不对呀，他们两个不同意。但是，我这个女婿熊，他个子矮，打不过老马，你看老马五大三粗的，他怕他。他女儿也不表态，我琢磨着，病就是从这儿落下的。现在弄成这个样子，你说谁管啊？我这个人挺二虎的，我谁也不怕，可我也管不了呀，老了有屁用，我这就要走了，我也就能放点狠话了，我已经给这个老马说了，我说，我不管你是什么，还守着后面王阿姨，春儿他爸的病你得负责治，你要想甩手不管，我这条老命也不值钱了，我可跟你没完。唉，我这个女婿熊，我的女儿也不顶事儿，要不也不会落到这个地步。你说，他王老师，要去法院告他，你说法院能给处理吗？

老人跟我说话的时候，我看到郭大哥出现在水杉下面，他好像知道他的岳母在跟我说什么，远远地站着，没有过来。过一会儿再看，水杉下面就没有他了。又过了一段时间，他儿子出现在水杉下面，他扯起嗓子喊："姥姥，吃饭了。"老人一边答应着，一边走到路上。小孩看到姥姥，又说了一声："吃饭了。"头一低就跑回去了。

老人跟我招招手作别，并且又问了我一句："你吃了没？"

18

池塘边的芦苇一节一节地生长，桃树上的叶子一天之间就布满蚜虫，刚才还是长着尾巴的小蝌蚪，转眼就长出四条细长的腿儿来了。郭大哥好像什么都知道，他说桃树不光生蚜虫，还会生毛毛虫。桃树的毛毛虫颜色有黄有青，非常鲜艳，身上的毛风一吹就飞，要是落到皮肤上，你的皮肤就会发红，痒得难受。我栽的那棵石榴树，郭大哥端详了半天说，你这是一棵观花的石榴，不结果的。我说，石榴树好像是不生虫子的。郭大哥说，生，生，但是这个石榴上生的虫子不容易发现。他用右手的拇指和食指比画着说，大概有二指这么长，头上两个尖刺儿，颜色跟石榴树皮的颜色一模一样，它趴在树枝上，要是不动的话，你就分辨不出来。一般是热天生，现在也快了。他一边说，一边在树枝间寻摸，突然，他很兴奋地叫道，啊，有了，有了，已经生了。一边说一边轻轻地拨开树叶，把一根树枝凸显出来。早上阳光很好，但是前面的房子挡住了，石榴树处在阴影中。我和阿米辨认了半天，没有看到虫子。郭大哥用手一拨，树皮突出的部分被拨开了一边，这种虫子和树皮真是一模一样的颜色，伏在上面，和树枝浑然一体。郭大哥把它拿下来给我们看个仔细，然后，他走到路边，把它扔到了路边的芦苇丛里——他知道我们“不杀生”。

不久，郭大哥去化疗了。回来后，他说：“跟我一起住院的一个病友，已经不在了。呵呵。”

他说话的时候还是笑眯眯的，一点也看不出“怕得跟什么似的”样子。

我有一棵灵芝，是朋友从泰山带来的，我不知道怎么吃，就送给郭大哥。郭大哥说：“你自己留着吃吧。”但终于接受了。

19

郭大哥采了一把马蜂菜。

我说："你采这个菜做什么，喂鸡？"

郭大哥庄重地说："不，我自己吃。"

我说："这个也能吃呀？我们老家都是喂猪喂羊的。"

郭大哥说："好吃的，本来这就是一味中药，可以通肠，要是便秘，吃这个就管用。"

我也采来吃，味道有点像空心菜。我对他说："挺好吃的。"他就很高兴，说："我现在就喜欢吃这个，其他的都吃不下去。"我说："那你还是要多加一些营养。"

以后，郭大哥去地里采马蜂菜，都会给我捎一份。有时候，我们还一起去采。有一天下午，郭大哥说："苏州河边马蜂菜可多了。"我说："去采吧。"郭大哥说："好啊。"我们拿了塑料袋，骑着自行车，向苏州河边骑去。我们散步到苏州河边也就是八九分钟，骑车一眨眼就到了。

苏州河边是一片开阔的田地，种着各种各样的蔬菜。有两块荒地，里面就密密麻麻地长满了马蜂菜，还非常嫩。郭大哥连梗一起采，我只掐尖儿。所以，郭大哥一会儿就采满了塑料袋，我采了半天才采了半袋。我看看菜地里的马蜂菜都没有尖儿了，就向河边寻。

太阳明亮而柔和，照得苏州河波光粼粼。就是因为隔着这条河，交通不便，虽然是大城市的郊区，还特别像农村。

苏州河上，不时地驶过轮船。向东边进城的船只满载着货物，船体深深地没入水中，行得平稳而缓慢。向西行驶的船只吃水很浅，船员站在高高的甲板上，有时是一个女的，用吊桶从河里打水，有时还会有一只小狗，在船上窜来窜去。

郭大哥饶有兴致地看着轮船慢慢地驶离，他的大拇指和食指指尖儿沾满了绿汁儿。

在他的左边，我看到一座低矮的坟茔，长满了野草。野草中插着一根细棍儿，棍儿头上系着几串雪白的纸钱，随风轻轻地飘荡着。

回去时，我们又发现一块荒地，地里也长满了马蜂菜。郭大哥说，“嘿，下一次来摘这一块。”

20

我在房子的右脚边种了两棵南瓜，因为地势高，长势不好。不过秧子一天比一天长，也开花了，也结纽儿了，最后叶子多得把纽儿都遮住了，而且秧子都蔓延到了郭大哥的南瓜地里。我每次下班回来喜欢到瓜叶子里面翻一翻，看看南瓜长得怎么样了。但是，本来结的几个瓜纽却一天一天黄了，只有一个还在长，叶子倒是在疯狂地长。我左翻右翻，确实只有一个。

郭大哥有一天说："南瓜秧子也可以吃呢，呵呵！"

我说："南瓜秧子怎么吃啊？"

郭大哥说："吃嫩尖儿。不过得把秧子上的丝抽出来。"

果然，有一天，郭大哥不知从哪里摘了一小捆南瓜秧子，硬是分给我了一大把。我把它炒了，味道比马蜂菜好吃，马蜂菜有一股腥味儿。但南瓜秧子，就像青菜一样，没有怪味。后来，郭大哥说，南瓜秧子就是龙须菜，乾隆皇帝下江南指名要吃这个菜呢。但是，吃龙须菜，要拔丝，叶子上的丝纵横密布，很难拔，比择韭菜还麻烦。郭大哥说，这都是他小时候父亲给他讲的。

慢慢地，我的那颗南瓜终于熟了，我们迫不及待地把它吃掉了。但是，有一天，郭大嫂送过来两只南瓜，说是我们藤上结的。我们将信将疑，高兴地接过来。又过了一段时间，我们到后面玩，郭大嫂正在南瓜地里，她摘了两只南瓜给我们，又说："这都是你们藤上结的。"

最后一次郭大哥给我们南瓜的时候，没有说是我们藤上结的。那是郭大哥在田野里散步发现的野南瓜。野南瓜长在一个大垃圾堆上，郭大哥摘了半蛇皮袋扛回来，给了我几个。其中一个金黄的像个小蒲团似的南瓜，我们一直留着，没有吃。

21

还没到夏天的时候，郭大哥就在说了，在这儿化疗，价钱太贵了，去一次就要花三千多块钱。回家要便宜一些。但郭大哥迟迟没有走，我猜想郭大哥是不想回去吧。

夏天天气多变。

有一天中午，突然刮起了大风，然后，乌云密布，眨眼间天就黑了。接着豆大的雨点扑沓扑沓砸到地上，越下越紧，越下越大。但是，不久，风渐渐地停息了，天空又逐渐地明亮起来。雨没有减小，但下得很平稳，仿佛要永远下下去一样。乡野沉浸在雨声中，远处只看到蒙蒙的水汽。

我正在书房里看书，从后窗里看到郭大哥夫妇不知什么时候坐在了二楼的走廊上。他们的走廊没有围栏，总给我一脚踏空的危险感。他们坐在那里，面对着东北方向。郭大哥坐在一只高凳子上，大嫂坐在一只矮凳子上。大嫂微微地靠着郭大哥，郭大哥则坐得笔直，双手平放在双膝上。大嫂盯着眼前落在露台上的雨，郭大哥则眼望前方，望着很远的地方。他们一直静静地坐着，看不出他们的嘴唇在动。我看了一段时间的书，抬起头来，他们还是那样坐着。等我第三次看他们的时候，他们还在那里，好像雕像一样。

大雨整整下了一个下午。等雨住了，天快黑的时候，天又晴了。太阳从西北方向出来，很快又隐到云里去了，但它强劲的光辉给还没散尽的黑云镶上了金边，在云薄的地方，漏出一道道光芒。

郭大嫂做好了饭，我听郭大哥高声说："搬到楼上去吃。"不久我就看到郭大哥一手托了小收音机慢慢地走上了楼。他把小收音机放在窗台上，把一台小桌子摆开，然后坐下，等着郭大嫂把饭菜端上来。

22

夏天，乡下的气温要比城里低几度，不知是不是这个原因，老马到乡下的次数比以前多了。他来了，也不急着回去了，有时能住上几天。等到太阳西移，房子把夕晒遮住了，阳台上全是阴凉，老马就把一张钢丝床摆开在上面。他上身穿一件背心，下身穿一件肥大的短裤，手摇一把蒲扇，或者坐在床上看苗圃，或者躺在床上专心地摇蒲扇。

晚上，他偶尔还会拉二胡。有一次，我听到二胡声，就从后窗里探看，郭大哥正坐在他的旁边专心地听着。

23

我总想向郭大哥推荐点什么，比如香功啊，郭林气功啊什么的，但是我对此都是一窍不通，只是从书本上知道一些它们的作用，说了也没什么影响力。后来，郭大哥终于要走了，我把他邀到我的书房里，打开调制解调器，在网上我给他看郭林气功事迹。看了一会儿，郭大哥对郭林气功好像有了兴趣，或者怕拂了我的好意，记下了出售郭林气功VCD的地址。另外，我又下载了一些有关郭林气功的书面资料。下载完后，我开始把它们打印出来。我们一边等打印，一边聊天。

我说："这些资料，你拿回去可以慢慢看。"

郭大哥说："我识字不多的，呵呵！不过没关系，我父亲知识多，我可以问他。我父亲是教师。"

我说："我看你能看报纸的。"

郭大哥说："大路上的字我还是认识的，我上学上到六年级。那时候，我父亲在邻县教书。家里就我母亲和我。我母亲身体不好，早上，我都是做好饭再去上学，中午，还得赶回来做午饭，后来，就不上了。"

资料打好了，我把它们理理齐给郭大哥，郭大哥临走还要了我的电话号码。

24

七月在野

八月在宇

九月在户

十月蟋蟀入我床下

这是《诗经·豳风》里《七月》一诗里的几句。程俊英先生是这样翻译的：

七月蟋蟀野地鸣

八月屋檐底下唱

九月跳过房门槛

十月到我床下藏

《豳风》是豳地的诗歌，豳地在今陕西郊地，它的节气跟江南的节气有很大的差异，但是，蟋蟀由野到床的活动规律好像是一样的。

蟋蟀到房间里来是因为天冷了，郭大哥回家是因为他们没有钱了。几千几千地花钱，不要说是农民了，就是城里人也花不起的吧。

郭大哥是十月份走的。郭大哥走的头一天，我们去告别。王阿姨夫妇也在，身边跟着他们的几条小狗。王阿姨坐在一把椅子上，她的老伴站在通向外间的门廊下面，一会儿到里间来，一会儿又跑到外间去，照顾着那几条狗。小狗欢快地跑来跑去，到处闯，闯到不该闯的地方，王阿姨的老伴就过去赶。大嫂给我们找凳子，郭大哥吩咐大嫂给我们倒水。

王阿姨指着一条狗说："那条老狗最坏，带它出来玩，过不了一会儿，它就想牵着你回去，你不回去，它还生气呢。走开，一边去。"

王阿姨的老伴站在门廊的阴影里说："真是坏的，真是坏的。"

郭大哥说："狗通人性啊，我们以前在家养了一条狗，后来，我们出来打工了，家里都没人了，它也不走，父亲来信说，它白天去找食，晚上就到门口守着。"

阿米问："现在还在吗？"

“现在没了。”大嫂接话说。

当我们有一搭没一搭说话时，郭大哥突然清了清嗓子，像作报告似的说道：“呵呵，我这次到上海来，虽然得了病，总的来说还是非常幸运的，遇到的都是好邻居，大姐帮我看病，给了很多照顾。还有王先生，听说我病了，给我送来五百块钱，这个钱我不能收，但这个心我是领了。后来还送来一棵灵芝，虽然我们是出门在外，可跟在家差不多，真的是非常感谢啊……”

王阿姨双手在额前摇着，“快别说，快别说，我们没照顾好你们。”

25

第二天下班回来，果然看到房门紧锁着。那个晚上，觉得后面特别的安静。

郭大哥一直没有打电话来。

老马也是过了一段时间才来的。但是，我们都没有提起郭大哥。老马走的时候又送来一抱菜。

二〇〇二年，过了春节，我们从老家回来，老马送来一袋红枣。他说是郭大哥捎来的，阿米接的红枣。那个扎辫子的女孩也过来了，阿米不知道那个女孩就是郭大哥的女儿，她也不知道郭大哥家的变故。她接了红枣，但是没有敢问郭大哥的病情。

红枣非常甜，阿米说，还是北方的枣像枣。

相见欢

1

黄昏时起了风，天空也阴沉下来。不远处隐在樟树叶子里面的路灯提前亮了，发着惨白的光。

我好像听到了布谷鸟咕噜咕噜的叫声。

到了晚上，风变大了，尖细的呼啸声不时传进来。

我躺在沙发上，阿群坐在另一只沙发上，我们在专注地看电视。风啸声突然尖厉起来的时候，我们不由得会对看一眼，然后接着看电视。窗户都关着，但仍感觉有冷风灌进来，吹在脸上，冷飕飕的。

电话铃响时，我们同时惊了一下。阿群看了我一眼，继续看电视，我拿起了话筒。

现在我们都有点害怕听到电话铃响，总觉得会有什么意外的消息传来。但是，这怕也只是潜藏在心里的一种感觉，我还是能正常地接电话。阿群看我的样子，我就知道她心里很期望我能主动一点。我主动一点，好像能使她感觉轻松一些。

话筒里面刺刺啦啦地响，噪音很重，好像是风声顺着电线进到了话筒里。

“喂，喂，听得见吗？噪音怎么这么大啊?”

还没等我说话，对方就把电话挂了。但是，我已经听出来是谁。我告诉阿群说:“是秦言。”

“嗯，挂了?”她说。

“电话里噪音很大。”

“哦。”

过了一会儿，电话铃又响了。我再次拿起话筒，里面的噪音消失了，很清静。好像要验证这清静似的，对方没有急着说话。

“喂。”秦言说。

“喂。”我说。

“呵，这次清楚了，刚才是怎么搞的啊，你们还好吧?”秦言说。她似乎永远是一副懒洋洋的口气，即使隔十年打通一个电话，也没有什么改变，如同昨日刚通过话一样。

“刮风，还好。你们呢？”

“大概是我开电视的……啊，刮风？我们啊，我们也还好。”

电话是从巴黎打来的，也许是距离遥远的原因，我们说的话要传到对方那里总有些延时。要过一会儿，才能互相适应对方的说话节奏。

“春节怎么……”我说。

“刚才你们出去了？……春节啊，这里一点也没有春节气息，他们不过春节。”

“……”

“春节前，我们倒是和几个中国人聚餐了一次，也就是包了顿饺子，结果，赵琛调的饺子馅大受欢迎呢。”

“他不是南方人吗？”我说。

“说说你们……啊，他在济南上大学，又在济南工作了好几年，学会了。我也不知道怎么回事，反正他挺在行的。”

“哦。”

“说说你们怎么样了吧？”

“我们……”

“和柳原他们经常见面吗？”

“也不经常，不过我们前几天见到了。”

“丁艳那个神人呢？她还跟那个西班牙人在一起吗？”

“已经换成奥地利人了。”

“又换了？”

“嗯。”

“×××呢？”

“好久不见了。”

“×××呢？”

“去年……”

阿群专注地看着电视，但是我说的话她肯定都听到耳朵里了。秦言是我们共同的朋友。

“对了，前几天我见到柳原的时候，他还提起你了呢。”

“是吗？这个人，还提起了我。”她好像在自言自语，又好像找不到下面要说的话，用这句无意义的话延宕着。

“是的。”我说，“他突然就提到了你呢，就像你突然打来一个电话一样。”

“呵呵，突然。”她说，“你们也不常见面啊？”

“是，不怎么见面。”我说。

她问到的这些人，都是她出国以前我们经常在一起玩的朋友，每次打电话，她都要例行问一遍。她每年大约打一次或者两次。每次她一问，我都有“不知有汉，无论魏晋”的感受。她对国内的印象大概一直停留在她出国时的情境。实际上，她问到的这些人，我们大多就是在她的问候里“团聚”一次。×××去了天津大学教书了，×××突然信了基督教，虽然同在一个城市，倒比去了天津的人离得更远了。她说的“神人”倒一直在这个城市里，但是，她就像秦言突然出现在电话里一样，只是突然出现在MSN上，深更半夜地聊一下她新结识男朋友的无穷优点，又是半年三月地不见踪影。×××进了监狱她是知道的，他做记者时报道黑幕“失实”，被起诉进了监狱。听说她和赵琛作为海外人士还在一份抗议书上签过名。所以，她一般不会问我们是否见过他的话，说不定她比我们还了解他的状况。倒是柳原还一直联系着，因为我们有业务上的关系。我在一家文化刊物做编辑，而他诗歌成名后离开了发工资的单位，有时写专栏挣点钱。虽然我们的刊物不怎么样，但我们给的稿费比较高，所以他不时地会在我们这里发表一些散文。恰巧，我前几天见到他的时候，他突然就提起了秦言，“不知道秦言怎么样了，现在是不是还那样专心致志地听人讲话，听一会儿就睁大眼睛问：你说的是真的吗？”他还把头半伏在饭桌上模仿秦言的样子，在“是”字上加重语气，眼睛夸张地睁着，一副不相信又想相信，相信又不怎么相信的样子。快十年过去了，秦言的样子突然就浮现出来了。

“我跟你讲啊，”她在电话那头突然把声音一压说，“哦，不怎么见面啊……我们决定今年回国一趟。”

“啊，那太好了。”我说，“你们早该回国一趟了。”

“这次是赵琛提出来的，你猜他怎么说？他说，我要是再不回去一趟，我就老死在外面了。”她还是压低着声音，好像赵琛就在旁边电脑上打字，而她不想让他听见她说的话，“很好玩的，他说这话的时候气嘟嘟的，好像是我一直拦着他不让他回国一样。”

“不是他一直不想回来吗？”我说。

“是啊。但是，这一次他突然就起了这个念头，那样子好像是我一直不让他回一样。”她说，声音慢慢恢复了正常。

“你们是该回来一趟了。”我说。

“也是啊，都这么多年过去了。”她说，“但是，你说，要是钟离不回国，他是不是就不会这么早死掉啊？”

“这个——”我一时不知道说什么好了，她好像也知道这个问题是天问，没再说什么。然后，我们不知道往下说什么了，出现了短暂的停顿。听筒里不是什么声音都没有，虽然不刺刺啦啦响，但还是有一种细细的啸声，真像是外面的风声灌到电话筒里了。

“你们这次回来，有什么事吗?”我说。

“事啊，也算有一件吧，赵琛翻译的一本书要出来了，编辑要他定封面。其实，在巴黎也能定的。”她说。

“哦，”我突然想起来说，“那你们最好春天回来，柳原他们搞了一个诗会，好像四月份在H城举办，正好一起玩。”

“诗会啊，挺好的，我听一个朋友说过，我们争取吧。赵琛有一个月的休假，除了七八月份，都好请假的。”她顿了顿，突然提高了声音，好像刚刚伸了一个长长的懒腰，无限憧憬地说道，“这下好了，等回去了，我们可以好好地聊一聊了。”

我放下电话，阿群转过头来看着我。

“秦言说，他们可能春天会回来。”我说。

阿群“哦”了一声，继续盯着电视看。我重新回到沙发上，跟她一起看电视。

只要盯着电视，我们就可以暂时忘记一下自己，就会感觉好一些。

2

大约过了一个多月，我突然又接到了秦言的电话。

她说："我们已经回来了，现在在北京，住在朋友家里呢。"

"啊——"我倒是吃了一惊，一点都没想到他们这次的行动这么果决。

她说："你们的反应怎么都是一样啊，都是一副不相信的样子。"

我把这个消息告诉阿群，她果然睁大了眼睛，说"铁树开花了"。我很高兴她竟然用了一个比喻，我对着话筒说："阿群说铁树开花了。"秦言先是"啊"了一声，接着就笑起来了，说，"哦，有那么严重吗？"

秦言他们虽然一直没有回来，但是提起回国的事却不止一次两次。

有一次说是要回来卖掉济南的老房子，没有来。过了两年，又决定不卖了，准备回来重新装修一下出租，据说他们那个房子的位置租金涨得很高了，原来一直是她弟弟住着，她弟弟后来到其他地方工作了，房子就一直空着。但也没有成行。

最像要回来的一次是她的一颗牙齿坏了，准备回国内修补。因为在法国修补牙齿不算在“公费医疗”范围内，而且费用非常昂贵。我都帮她打听好哪家医院补牙技术好了，最后还是黄了，“贵就贵点吧，反正回国一趟也是很麻烦的，也要花很多钱。”……所以，上次又听她说回国的事，我是半信半疑，“姑妄听之”，也没有替她宣传。现在，她突然就说落脚北京了。

“他们回来有什么事吗？”阿群问。

“秦言说没什么大事，就是赵琛翻译的一本书要出了，出版社让他来定一下封面。”我说。

“定封面在巴黎也能定啊，现在通信这么发达。”阿群说。

“是啊，也许家里有什么事吧？”我说。

“这次，这么干脆，倒是蛮奇怪的。”阿群说，“不过，我真想见见她——”

阿群还想说什么，却欲言又止。我也就“嗯”了一声，没多说什么。

3

好多年了，这是我第一次听到阿群说想见一个人。

秦言应该是二〇〇二年走的，距今竟然十年多了。

其实我们交往时间很短，也就是她出国的前一年才认识的。初识是在一个朋友的饭局上，没有留下什么深刻的印象。她不是很爱说话，说话也是慢声细语的，只是她听你说话时，会一直睁大着眼睛，好像你说的是世界上从来没人讲过的话一样，看上去，跟她的年龄不相称，有点特别。

大概因为我们有共同的好朋友，初识以后，又得以不停地见面，慢慢地就熟络起来。熟络起来后互相了解的东西也不多。她北大历史系毕业，还是研究生，曾经在大学工作，后来辞职，当时在上海好像从事的是服装外贸的工作，具体干什么不清楚。我认识一些人原来都是学文科的，九十年代后慢慢地都改了行，做起了完全不同的工作，有的干脆出了家，所以，她虽然算是中国较早的研究生人才，还是北大生，但改做其他工作我也没有什么好奇，没问过她为什么改行。

她出国是因为她先生已经定居在巴黎。

奇怪的是在这种有意无意的交往中，我们成了好朋友，成了“知交”，后来不需要原来的朋友搭局就可以随便在一起吃饭了。那种感觉有点不真实，只有在童年时才可以这么快地交到朋友。阿群和我谈起这个事情时，一方面觉得幸运，一方面由衷地感到蹊跷，觉得要是秦言对我们有点什么不可告人的图谋，才合情理一些。

秦言总是说“这个人太好玩了、那个人太逗了”。我们怀疑因为她是那种能广结善缘的人，我们两个落落寡合的人才能成为她的朋友。所以在跟她的交往中，阿群又喜又忧。喜的是难得找到了一个合得来的人，忧的是人家只是容忍她，并没有她这种“难得”的感觉。阿群心浅，藏不住事，终于把自己的纠结告诉秦言。秦言一如既往地瞪大眼睛，郑重其事地拖延着说：“你不觉得我其实也是落落寡合的人吗？”

秦言说：“我其实也没几个真正好朋友的，我也不知道为什么跟你们谈得来。”

阿群听了这话，开始很高兴，后来又担心自己配不上“真正”这两个字，因为秦言说自己没有几个好朋友，就说明她的眼界高啊。

一会儿高兴，一会儿又担心，说明秦言在阿群的心里真是占了一个位置了。以至于后来我们的生活发生了剧变之后，阿群会说，要是秦言不出国，我们的生活可能就是另外一个样子了。

如果南美洲的蝴蝶扇一下翅膀，就可能引起亚洲地区的一阵台风，那么阿群的话也是有道理的。

但是秦言确实是出国了。

她出国的前几天，我们相约在七宝古镇玩。坐在临河的茶楼上喝茶，我们消磨了整个下午。河对面的茶楼上有一对老夫妻，相对坐在一个靠窗的茶座上，“陪了”我们一下午。他们好像也不怎么交谈，老太太双手支颐伏在栏杆上，老先生则一直端坐着，目视前方，好像隔着墙壁看到了茶楼外面那座凉亭上两个拉京胡唱京剧的人。这个安静的场景一直留在我的脑海里，觉得从老夫妻的角度看我们的情景也是差不多吧。

4

过了几天，秦言又打来一个电话，说他们已经到黑河了。

电话里她的声音竟有点兴奋，她说：“你猜，我们这里正发生什么事?”还没等我猜，她就迫不及待地说了，“老天，这里正下着雪呢，而且是鹅毛大雪，快冻死我了。你们肯定不能想象，江南肯定是桃红柳绿的季节吧?”

“是的。”我说，然后极力想象了一下上海这边的季节，我想到的只是路边的樟树正在换叶子，樟树在春天落叶，落叶是赭红色，新生叶是嫩黄色。这就是我上下班看到的风景，下了班，我一般都待在家里，对季节都有点隔膜了。

“你们确定去参加诗会吗？在朋友家的时候，朋友说他也去，邀我们也去玩，赵琛都不想去呢。”她说。

“哪个朋友啊?”我问。

“是李度啊。”

“啊，你们认识他啊?”

“是啊，他不是后来到法国去了吗？经常来我们家聊天，他，还有钟离，加上赵琛他们三个，在一起经常密谋似的。他这个人可好玩了。”她说。

“哦。钟离不是在德国吗?”我说。

“不时地会到巴黎来玩。后来他们两个都回国了。”

“哦。”我说，“那一起去吧，柳原组织的呢。”

“好的，那我们也去。”她说，“阿群还好吗?”

“还好。”我说。

“怎么老是你接电话啊。她不接电话啊——不过，反正要见面了，见了面就可以好好聊聊了。”她说。

“她上卫生间了。”我说。

阿群在旁边突然紧张地朝我摇摇手，竟然真的起身去卫生间了。

5

过了几天，秦言又打电话来，说他们已经在湛江了。

“湛江还是很漂亮的，要不，你们过来玩吧？赵琛的哥哥有一套房子空关着，有地方住。”她说。

“秦言要我们去湛江玩。”我对阿群说。

“去湛江？”阿群的眼睛一亮，随即又黯淡了，“我得上课啊。”

“阿群得上课。走不开。”我对秦言说。我知道不是因为上课的原因。

“哦。走不开啊。”秦言说，突然又压低了声音说，“你猜怎么着，赵琛这次回家，突然就喜欢上了老家了，他都想把巴黎的房子卖掉，回湛江来住。是不是真的变老了，想叶落归根了？”

“湛江的房子也很贵了吧？”

“是啊，一年比一年贵。”秦言说，“你说奇怪吗，二十年了，我没听赵琛说过家乡好，这次回家，显得特别兴奋，我们谈恋爱的时候，我到他家来，看到大海很兴奋，他好像只是尽职似的带我走了一圈。不过，他前几天跟我到东北去，看到下雪也很兴奋，把脖子还扭了。”

“要紧吗？”我说。

“不要紧，开始有点怕，以为脊椎要断了，后来到医院检查了一下，就是扭了一下。”

“哦。”

“他现在说话都梗着脖子，很好笑的样子。”她说。

我挂了电话，阿群问：“发生什么事了？”

我说：“赵琛到东北看到大雪的情境很兴奋，把脖子扭了。”

阿群说：“要紧吗？”

我说：“好像不要紧。”

阿群说："哦。"停了一会儿，她又说，"他们到底来不来上海啊？"

我说："来的啊，说好我们一起去H城的啊。"

阿群说："哦。你说他们会回国居住吗？"

我说："不知道。"

6

我们见面的时候，赵琛的脖子还没有好利索。他们住在朋友的家里。秦言在卧室里叫他，他的头和脖子一起转过去。他说："来了。他们。"

秦言从房间里走出来："呵呵，你们好啊，我们终于见面了。"

她站在离我们两米远的地方，很瘦，我以为她会过来拥抱一下阿群，但是没有。

"啊，你怎么这么瘦啊？简直是瘦骨伶仃啊。"阿群说。

"啊，是吗？"秦言说，"你们先坐啊，我找一件衣服，你见到我把那件褐色毛衣放哪里了吗？"

后面那句话是对着赵琛说的。

“你的衣服我怎么知道?”赵琛嘟囔道。

秦言转身去卧室里找衣服了，赵琛忙着给我们倒茶。这阵势好像我们不是隔了七八年的见面，倒是像昨天还来过一样。

她真的是像阿群说得那样，瘦骨伶仃，而且，在她转身走开之后，我突然觉得她停留在原处多看了我们一眼。她脸上是一种真挚又淡漠的表情。

赵琛端来两个纸杯子。我们这是第二次见到他。我们跟秦言熟，跟他不熟。他好像显老了，脑门秃了很高。但是非常亮，像涂了油一样。他抽出健牌香烟给我，我们一边喝茶一边吸烟。

他抽烟的时候坐得也很端正。他个子不高，穿一件黑风衣，扣子系到领口，表情严肃。他应该还会戴一条围巾。十多年前，我记得他就是这副穿戴。我至今还记得他说的两句话。那时候，中国处在疯狂的商业大潮里，连一些著名的知识分子也认为讲道德严重妨碍社会的发展，应该选贤与能，发展经济，让一部分人先富起来，再带领大家富起来。然后一切会好起来，包括政治。一种新的伦理，围绕发展的伦理正在形成。我和他谈起这个现象，他说："这是资本主义发展的必然阶段，西方国家也是这样过来的。"我原以为会听到他的批评，没想到是这样的一句话，有点吃惊，还感觉到一点安慰。所以一直记着。

还有一句是我向他约稿，他摇摇头，他说："我主要是不想让朋友为难。"

"是吗？我这样说的吗？"当我提起这件往事的时候，他突然流露出腼腆的神色来，"其实，我到了法国就不太写文章了，我就是搞搞翻译。"

"怎么不写了呢？"我问。

他本来是看着我的，听到我的问话，头向左边一偏，眼睛不停地眨动着。嘴巴张了几下，才笑道："这个一言难尽。"

他的普通话有很明显的广东腔，听秦言说，他以前在济南一所大学里工作，一九八九年出国，当时说是去求学，实际上，他没有在法国上学。辗转几次后，他在法国一家电台找到了工作，每当北京时间九点钟的时候，他半夜起来去上班，开始"对华广播"。

"也就是讲些中国的新闻，可能会从西方的角度看。"他说，"但是也不会很过分，因为，法国跟中国的关系很微妙——嗯，那是，比‘美国之音’温和多了。”

我看着他这么端正地坐在我们面前，感觉还是像大学里的教师，而非那种有奇怪口音的播音员。

7

四月份，江南真是桃红柳绿的季节。通往H城的高速上车很少，开车很惬意。阳光很好，出城以后，可以看到田野里金黄的油菜花。有时候能看到田野里的传统民居，那种黑瓦白墙的房子，在阳光下，白墙很醒目。

秦言说 :“其实中国的乡村里还是这种房子好看。那种新盖的洋房，真是不伦不类。”

赵琛说 :“他们要盖成洋房的样子可能也有他们的道理吧。”

秦言说 :“什么道理啊?”

有时候能看到一两只白鹭飞过公路。我们车速很快，感觉白鹭飞得很慢，像停在半空中一样。

“你怎么这么瘦啊?”阿群对秦言说，“你走的时候，是个小胖子，肩膀这里圆滚滚的。”

“是吗，我怎么不记得啊？”秦言说。

“是有点瘦。”我一边开车一边说，“不过，除了瘦好像其他变化都不大。”

“变老了。”秦言说。

“真的有点瘦。”赵琛坐在副驾驶上，艰难地转过脖子。

“你们别说我的瘦了。”秦言说，“说说你们嘛，你们过得好吗？”

我开着车，没吭声。这条高速公路上的车真少，可以看到很远的路。路被阳光照得发白，路的尽头白茫茫的，好像跟天空连接在一起了。好像借着秦言他们的眼睛我又感觉到了阳光的明亮。

阿群说：“我们还好吧。”

我从后视镜里看了一眼阿群，她此刻看上去心情确实蛮好的。

“好就好，这年头没什么不好的，当然也没什么好的。”秦言说。

“你这句话等于没说。”赵琛嘟囔道。

“不是这样嘛，除了死，还有什么不好的啊？”秦言说。

“干吗老谈死啊？”赵琛嘟囔了一句。

“我没老谈啊。”秦言说。

“谈谈也是正常的啊。”秦言说，“反正谈不谈都是要死的。”

“那不一样。”赵琛在前座上摇了摇头，一副秀才遇到兵的样子。

我向右边看后视镜的时候，总是会被他倍亮红润的脑门干扰一下，他的年龄比秦言大，他跟她说话，既有一种赌气的神态，又显示一种包容的气度。

“你们以前认识钟离吗？”秦言问。

我感觉到赵琛摇了摇头。

阿群突然轻轻地“哎呀”了一声。

“怎么了？”秦言问。

从后视镜里我看到阿群抿住了嘴唇。

“我还是不说了吧。”阿群说。

“你看，你越不说，我越是好奇啊。”秦言说。

“也不是……我想说是不是钟离的死让你们回来了一趟，让我见到了你们。”阿群不好意思地说。

“啊，这个意思啊。呵呵。”秦言说，“也不是。”

“嗯。”阿群说。

“其实……”秦言说，“其实，我们老早就想回来，有一次机票都订好了，又取消了。”

“哦。”阿群说。

赵琛突然僵硬地转过身子，往后面看了看，很严肃地说：“阿群，你说得有道理。”

“不认识。”我说，“是你走后，柳原介绍认识的。我想请他写个在国外生活的专栏。”

“哦，他写了吗？”秦言问。

“没有。”我说，“不过每次见到他，他都说要写了，而且都是信誓旦旦的。”

“啊，是的，他就是这样一个人，很好玩，说什么都信誓旦旦的，转眼好像什么都没说一样。”秦言说。

“呵呵，沸腾鱼。”赵琛说。

“对的，他每次到巴黎来都说要给我做一次正宗的湖南沸腾鱼，到现在也没做。他其实很懒。”秦言说。

“每次原料都配不齐。”赵琛呵呵地笑了。

“哦，我想起来了，你们的朋友李度也很懒。”我说。

秦言说：“怎么了？”

我说：“我是听柳原说的，我本来想通过他约李度也写点稿子，柳原说除非你每天帮他铺好稿纸，两手架着他写字的手搁在稿纸上。”

秦言哈哈地笑了。

“不过，钟离过世后，他写了一篇超长的纪念文章。”我说。

秦言说：“可能也不是懒，是真的没什么可写的了。”

我看到赵琛轻轻地点了点头。

“钟离好像很喜欢吃？”阿群说。

“是啊，他是个美食家。”秦言说，“你们在上海经常聚吗？”

“没有。”我说。我想告诉她，像这样出门聚会在我们几乎是十年来的第一次。但是想了想，又没有说。

“我离开上海时的印象是天天聚会似的。”秦言说。

“你一走，我们就不聚了。”阿群说。

“是吗？为什么？”秦言问，然后她立刻又说，“我是不是在国外待傻了，总要问为什么？”

我们都笑了。

从后视镜里我又看了一眼阿群，她也笑了，她也看到后视镜里的我了，又冲我一笑。

“你们在国内待几天啊？”阿群问。

“赵琛请了二十天的假。”秦言说。

“哦。”阿群说。

“是啊，有点紧。”秦言说，“后天就得回去了，本来想在上海多待两天的。”

“哦。”阿群说。

“你们跟钟离熟吗？”秦言说。

“嗯——”我沉吟了一下，一时不知道怎么说。

“我是觉得，他要是不回国就好了。”秦言说，“国外就是寂寞点，没有那么多事情。”

“你们那边有人玩吗？”阿群说。

“玩啊？”秦言说，俯身向着副驾驶的位置，“赵琛，我们算有人玩吗？”

“呵呵，这个你自己想就行了？”赵琛笑着又有点不满意地说。

“还行吧。”秦言说，“其实，我有时候一星期都不下楼一次。”

“啊？”我说。

“我总觉得要是他不回来就不会有事，国内真是个花花世界啊，太热闹了。”秦言说，“你觉得呢？”

我开着车，也感受到秦言向我这边俯过身来了。我抬眼看了一下车内后视镜，正赶上秦言也在看着后视镜，微微向前探着脖子，神气就像柳原模仿的那样，嘴巴微微张着。

“你总是问这个问题。”赵琛说。

“我没总是问吧？”秦言说。

“你在北京就问过李度。”赵琛说。

“那也不叫总是啊。”秦言说。

赵琛摇了摇头。

我说：“这个我可没有经验。我还处在向往国外生活的阶段呢。”

“嗯。”秦言好像比较满意我这个回答，转头对阿群说：“你见过钟离吗？”

赵琛说：“你怎么总是谈钟离啊？”

秦言说：“你怎么又‘总是’啊？”

“见过，”阿群说，“见过两次，第一次和最后一次。”

秦言说“呵”。

“第一次在七宝，还有柳原。”阿群说。

“七宝？”秦言说。

“是啊，你那一年出国的时候，我们在七宝喝过一下午的茶。你忘了？”阿群说。

“啊，是吗？”秦言说。

“是的。”阿群说。

“钟离可喜欢吃了。”秦言说。

“是的。”我说，“那天他吃了好多东西，千里香馄饨、老鸭粉丝汤、四川担担面、小笼包，一个店一个店地吃，每个店都不舍得吃饱，简直像饕餮，我感觉他在德国几十年，胃里有一个部分一直空着似的，一回国就开始填补。”

“啊哈。”秦言说。

柳原打电话跟我们约好在七宝古街见面。我们到时，他们两个站在一座石头桥上，钟离正低头发短信。背后，河两边的灯光落在水里闪烁不定。他抬起头，一张笑眯眯胖乎乎的脸，我吃了一惊。我在网上看到过他年轻时的照片，丰神俊朗，眉宇间透着英气。那时他明显发福了。他后来说“我是文人武相”，这肯定是他发福以后吧。从他年轻时的照片看，怎么也看不出“武相”来。他听我讲话时嘴巴半张着，绷紧着，随时要舒展开来似的，眼神里透着惊喜，好像我就要讲出什么很出奇的事情似的。他其实不仅对吃感兴趣，对什么都是一副津津有味的劲头。

“他很会吃的。”阿群说，“每吃第一口，都轻轻地“哎哟”一声，不舍得下咽。跟他一起吃东西，觉得东西都变得好吃了。我记得他不时地对柳原说，‘原原，再过一万年，德国人也做不出这么好吃的东西啊。’其实就是一碗福建小馄饨。”

“他自己好像也很会做。”我说，“我们吃担担面的时候，他详细地给我们讲了一碗担担面的火候和配料，把大厨和服务员小妹都讲得围过来听，而且他特别会讨好人。”

“是啊，那么生机勃勃的一个人。不过，他后来吃得也太胖了。”秦言说，“赵琛倒没有怎么胖，但是，头发快掉光了，快成老头子了。”

“本来就是老头子了嘛。”赵琛来回摸了两下自己的光脑门。

“我倒没想到他跟你们这么熟。”我说。

“他经常到巴黎来，还有李度他们三个在我们家小小的客厅里聊天。聊困了，就在客厅里睡了。感觉像地下党密谋似的。李度也是个很好玩的人。后来他们两个都回国了，就剩赵琛一个孤家寡人了。”秦言说。

“赵琛有你啊。”阿群说。

“钟离是个真正的诗人。”赵琛说，他还想说什么，我的手机突然响了。我拿起来一看，是柳原打来的。

“你们到哪儿了？”他问。

我往车窗外看了看，说：“好像到常熟了。”

柳原说：“哦。”

这时，一直严肃地盯着前方的赵琛突然说：“问问柳原，李度到了吗？”

柳原说：“李度到了，我们正在光明塔最高层上喝茶呢。”

我说：“能看到长江吗？”

柳原说：“使劲看能看到。”

听说李度已经到了，赵琛好像松了一口一直憋着的气似的，身子往后一靠，睡了。

8

诗歌朗诵会说是七点钟开始，到七点半了礼堂里还乱哄哄的，喇叭不时地刺啦响一声。我们四个坐在一起，坐在礼堂的右前方。柳原坐在礼堂当中，跟一个翘眉毛翘胡子的新疆人在一起。李度坐在第一排。进场前赵琛跟李度在一起抽了一会儿烟。他微微有点驼背，头发贴在头上，已经花白了，脸色灰扑扑的，表情和蔼优雅。外面穿了一件米色毛衣，透出深褐色的棉衬衫领子。

秦言他们看来跟他非常熟，一见面她就说："李度，你怎么又变老了，比前两天我们见你的时候还厉害了。"

李度微微一笑，头探向秦言，轻轻地说："是吗？是不是因为光线的问题啊？也可能是旅途奔波的原因。我刚从桂林赶到这儿。"

秦言笑了，说："李度，你别这么认真好吗？"

"哦？你是在跟我开玩笑啊？"他轻轻地笑道。

秦言把我们俩介绍给他。

他先把头探向阿群，笑眯眯地看着阿群，再伸手跟她握了握，然后，再把头探向我，笑眯眯地看着我，然后伸出手来说："我知道你们，秦言跟我说起过你们，说你们是她在上海最好的朋友。"

他说话的声音很轻但又很庄重，一副彬彬有礼的样子。我和阿群都有点受宠若惊了。秦言打趣他道："他就这样，非常绅士，用中国话说就是一个老好人。”

“对对对，老好人。我喜欢这个词。”李度说。他听秦言打趣他的时候也是微微探着头向着秦言，唯恐听错一个词一样。我觉得他微微的驼背就是因为老是这副“殷勤探看”的样子造成的。

诗会由两部分组成，一部分是诗歌朗诵，一部分是摇滚民谣演唱，二者穿插进行。来之前听柳原讲会有一个钟离诗歌缅怀会，其实就是在诗会前面朗诵了钟离的三首诗，朗诵的第一首就是他的名篇《兰花》。三首很快就朗诵完了，礼堂里来的大部分人可能还没搞清楚钟离是谁呢。然后一个很瘦的光头人上去用苏北话朗诵了一首他自己的长诗，他朗诵的诗歌本来就听不太懂，转头去看舞台右侧的电子提示牌，发现出现在上面的诗歌比他的朗诵还难懂。

十月信札

去，去，去，去你妈的beedzw

15÷3，三聚÷氰胺'“中国不需要你

EFGHIJKLMN操操操操操操操操操操操操

民主PQ，阴蒂
骗骗骗骗骗骗骗骗骗骗子。混混混混
混混混混蛋。小小小小小小小小
小人。abcdefghijk流氓
……

他念到“操操操”的时候有人在台下吹口哨，还像听京剧一样叫好。他伸出一只手掌，做了一个卓别林饰演的希特勒制止群众鼓掌的手势。台下某个角落里发出一阵笑声。他下去了，有人上来抱着吉他弹唱了两首近似说话一样的歌曲，也下去了。又上来一个穿着中式对襟衣服的人，朗诵了一首叫“望气的人”的诗歌：

望气的人行色匆匆
登高远眺
长出黄金、几何和宫殿
……

本来以为下一个应该是唱歌了，一个高大英俊的男子走上来，留着微卷的长发，穿着醒目的白裤子，很像一个流行歌星的样子。结果他站到台前后，从兜里掏出一张纸来，原来还是诗朗诵。他把遮住右眼角的一缕头发往后顺了顺，开始朗诵，声音有点哑。我看了看电子显示屏，上面打出的题目是《欧洲女子和中国男人交往——给一个欧洲女人》，讲的是一个欧洲女人爱上一个在国外的中国男人并与之结婚的故事。

赵琛一直很认真地听着，样子好像正在课堂上一样。其实礼堂里乱哄哄的，唱歌的时候安静一下，一到诗朗诵就嗡嗡地响，根本听不清朗诵者在朗诵什么。

英俊的男子念两声，用手撩一下掉到眼角的一绺头发。撩了五次，一首诗念完了。

工作人员开始往台上搬乐器，搬上来一架架子鼓，两个吉他手拎着吉他上来了，一个人手上拿着铙钹，几乎是一个完整的乐队了。吉他手开始拨吉他弦，还没有开始，礼堂里突然就安静了。一个脑门比赵琛还亮的人拿着一个麦克风，不时地冲麦克风喂喂地说两声，大概是主唱了。贝司手轻轻地敲了一下，吉他手突然一阵急拨，突然又停了。光头把麦克风拿到嘴巴念出一句诗。又是一阵音乐，光头又朗诵了一句诗。我看了一下电子显示屏，诗歌是德国诗人策兰的《白杨树》。

> 白杨树，你的枝叶把白色闪耀成黑暗
>
> 我母亲的头发从来没有变白。
>
> ……

光头念完整首诗后，又开始重复“我母亲的头发从来没有变白”这一句，来回重复了几遍，一遍比一遍深情，一遍比一遍轻，一直轻到只有哈气的声音。

赵琛就是这个时候突然站了起来，他弯着腰往外走，我们把腿尽量收起来给他让路。经过我身边的时候，他小声说：“我去外边抽支烟。”我说：“我也去。”

我们先去卫生间小便，然后在走廊上抽烟。一时没有话说。他吸两口烟，摇摇头，突然苦笑了一下。我以为他要说什么话了，结果又吸了两口烟。

“你烟吸得多吗？”我终于憋不住，打破沉闷说。

“一个人的时候多一点，如果她在，我会少吸一点。”他说。

“一天一包？”我说。

他沉思了半天，好像在计算一样，然后确认道：“一包。

你呢？”

“我也一包左右。”我说。

“我刚才看显示屏上的显示才知道那个人朗诵的是策兰的诗，我在法国读过《策兰诗歌全集》，没有发现有这首诗。”赵琛说。

“大概是为了朗诵改编过了。”我说。

“也许是。但是，策兰的诗不能这样读。”赵琛说，“策兰。”

“嗯。”我没读过策兰的诗。

“那句话说得还是很有道理的。”赵琛说。

“哪句话？”我说。

“奥斯维辛之后，写诗是野蛮的。”他说，“你知道策兰是怎么死的吗？”

我尴尬地看着他，我对策兰不了解。

“一九九〇年四月二十日，”他说，“从米拉波桥跳进了塞纳河。”

“阿波利奈尔写过的《米拉波桥》吗？”

“是的。”他摇了摇头说，“策兰。”

他已经开始吸第二支烟了，而且没有让我，自己独自抽着。我抬起头，发现走廊的顶非常高，高得让我觉得自己矮了很多，都有点站不稳的感觉了。

“有时候，我想，如果他不写，也许能活下去。”他说，“存在还是大于言说。我的意思是，根本上言不能尽意。有时候当痛苦在现有的言语里仅仅指向虚无时，言语会带领人走向死亡。”

我手里没有烟，很局促地站着。

“其实很多个体都可能经历这样的感受，但是作为人类集体经历这样的感受却是极为罕见的。”

“你是说奥斯维辛？”我说。

“嗯，西方人总是希望通过言语达到澄明之境，而东方人很早就意识到言语的局限，肯定混沌的意义。”

“日凿一窍，七日而浑沌死？”我说。

他摇摇头说：“还不是这个意思，这个世界其实是一个正常人的世界，即使最绝望的文字还是在这个范畴里，一副生生不息的样子，就像刚才那个人的朗诵。其实——”他手上的烟燃到了尽头，他急着走进卫生间里扔烟头。我犹豫着是不是要跟进去，我后悔自己没有带烟，如果有一根烟，我觉得自己会自在得多。他似乎在里面又小便了一次，待的时间有点长。

他出来的时候，脸上竟然有些笑眯眯的样子。他把自己的围巾抻了抻说:“我发现一个很好玩的东西。”

“什么好玩的东西?”我问。

“国内厕所里的小便池上到处都写着一句话：前进一小步，文明一大步。这个太好玩了。”他说，又重复了一遍说，“这个太好玩了。我到黑河秦言家那里发现这个现象，在我家湛江也发现这个现象。”

“法国没有这个问题吗?”我指的是把尿尿在小便池外面。

他想了想。我发现每当我问生活问题的时候，他都像进行哲学沉思一样来思考半天，而刚才他讲那些话的时候好像一点脑筋也没动似的。我感觉他是把在法国上过的所有的厕所回想了一遍以后才终于得出一个结论说:“没有这个问题。至少我没发现。”然后，他似乎害怕自己的结论太武断了，又说，“也许有，我对法国也不是很了解。”

我们重新回到礼堂。

秦言问:“你们在外面怎么待这么长时间啊?”

“我们?”赵琛说。“哦，我们在抽烟。”

这时，台上三个怀抱吉他的年轻人正在演出。他们演唱的歌曲是赵传的《我是一只小小鸟》。其中两个人站着不怎么动，只是在急拨吉他的时候弯弯腰什么的。而另外一个小个子，却是满场跑。一会儿跑到左台角上，一会儿跑到右台角上；一会儿几乎弯腰到台面了，后面的观众几乎看不到他了，然后突然站起来。

站起来也不显眼，他干脆跳到中间的桌子上，先是背对着观众，然后突然一个转身，像小孩子在玩跳房子。

秦言哧哧地笑起来："他这是要干什么啊，倒真像一只小小鸟啊。太好玩了。"

赵琛仔细地看着台上，等了半天说："好玩。"

"你这反应也太慢了吧？"秦言说。

"我在想——"赵琛说。

"这还用想啊。"秦言说。

赵琛看着秦言，好像在想用不用想的问题。

9

九点钟，朗诵会终于结束了。我们走出礼堂，在门口碰到柳原。柳原立刻把身子伏下去，做出一副抱吉他的样子，嘴里唱道：小小小小小鸟。

我们都笑了。秦言说:“我看就他唱得最好了。”

李度也已经在门口站着了，有几个女的围着他拍照。拍完了，他冲我们走过来。

他轻声地说:“怎么样？秦言。”

秦言说:“李度，你怎么还是这么招人爱啊?”

李度轻轻笑了，“这叫‘十年一觉扬州梦，赢得青楼薄幸名’。”

赵琛“啧”了一声，深吸了一口气，也笑了。

我问柳原说:“回宾馆吗?”

柳原说:“先回宾馆，再去吃饭。就在宾馆饭店里吃。”

“还要吃饭?”赵琛一愣，又深吸了一口气，好像要说什么，但是什么也没说。

吃饭的时候，李度跟我们坐在一起，柳原坐在另外一桌。大堂里一共摆了八桌。大概是包场的缘故吧，菜上得特别快。坐下不久，大大的圆桌上就摆满了盘子，有的盘子不得不摞在其他的盘子上面。秦言眼睛不时睁圆一下，很吃惊又很好奇的样子。赵琛端坐着，身体微微收着，每上一道菜，就倒吸一口气似的，嘴巴里“啧啧”两声。桌上有两包苏烟，但是他只抽他的万宝路。他几乎是一根接着一根地吸，根本不像一天才一包的量。

我们这一桌很安静，我们几个认识的人比较安静，还有几个不认识的人大概因为陌生也比较安静，大家都是礼节性地敬敬酒。柳原那一桌的动静最大。那个壮实的生着翘眉毛翘胡子的人，不时地哈哈大笑，像是从一个阔大的音箱里发出来的，大厅里的空气都跟着震颤。没有想到的是平时很沉静的柳原在新疆人的感染下也不停地放声大笑。他们的笑声越大，我们这里越显得安静。

李度说："要是钟离在这里就好了，说起来我们几个也有五六年没有碰在一起了。"

赵琛说："五六年……应该是二〇〇四年那一次是我们三个最后一次碰面。八年了。"

李度说："去年郴州诗会，他还参加了。"

秦言说："我们也有三年没有见面了吧，李度？"

李度探头向秦言说："有吗？"

秦言说："怎么没有啊？你是二〇〇九年回的法国。"

李度笑着说："前几天我们不是刚见过面吗？"

秦言说："什么呀，这只能算一次嘛。我看你头发都白了，你觉得在国内过得好吗？"

李度说："这个，这个——"

赵琛又摸了一下自己的脑袋，摇着头笑了。

李度替秦言解释说："我确实也一直在思考这个问题。这确实是一个问题。"

秦言说："这个问题也需要思考啊？"

李度又对秦言说："啊，对，对。不是很认真地思考。只是——"

秦言说："听说你们在扬州买了个房子，真准备搬到扬州来住吗？"

李度说："是的，扬州，十年一觉扬州梦，我跟扬州还是有缘吧。"

电话里秦言说李度竟是他们的好朋友，我就在网上搜了他的诗歌和文章来读，其中有一篇讲他在巴黎的生活，说"巴黎压垮了我"，有一段时间仿佛得了强迫症，总是觉得自己的鞋上沾了狗屎，不停地蹭鞋。不止一个朋友反映他给他们寄去了空信封。有个朋友写他某次回国，二月三十日这天竟然安排了满满的行程。

秦言说："你看钟离——"

赵琛的头往后缩了缩，好像溅起了水一样。

“哦，你说钟离啊。”李度茫茫然之间突然抓到了一个清晰的目标，“其实，我们老早就交流过这个问题，他有一个观点，我大致是同意的。”

我们正期待着李度说出钟离的好观点时，旁边突然传来一阵爆笑，好像一只喇叭本来是冲着另外一方的，现在突然调转了过来，耳边觉得一炸。我转过头去，看见那个新疆人和柳原一起看着我们笑呢，然后我才看见一个人端着酒杯摇摇晃晃地冲我们这边走过来。他们在笑他，但是不知道他们为什么笑。

我很快就认出来了，这是那个朗诵有很多符号诗歌的人。我们还都穿着厚外套，有的还穿着毛衣，他却只穿着一件衬衫。衬衫上面的两粒扣子没扣，露出瘦骨嶙峋的胸脯。他长着一副丁字脸，下巴尖得像楔子，嘴角上还留着两撇小胡子。

“老赵吧，老赵。”他站在赵琛的背后，一只手拍了一下赵琛的肩膀。

柳原那边一下子又哈哈大笑起来。这个人扭头对着柳原他们也笑了一下。

赵琛愕然地站起身，“我是。您是——”

“你是柳原的朋友，研究海德格尔的专家，现住法国，负责对华广播。柳原老师，我说的是吗？”他念法国的时候特别加重了语调，而且念的是四声“fa”。

“中国听众朋友你们好，现在是法国国际广播电台对华广播时间：凶险不详的天空，垂落得越来越低。”

柳原那边又传来一阵大笑声。

赵琛端着酒杯，很吃惊地看着他说：“啊，你听过我的广播？”

“我是你的忠实听众。”那个人端着酒杯说。

“不可能。我没有说过这样的话。”赵琛说。

柳原他们又哈哈大笑起来。

“你们笑得太淫荡了。”那个人回头对柳原他们说，然后又对着赵琛说，“为对华广播干杯。”

那个人有一半的酒从嘴角漏了出来。赵琛抿了一下酒杯。

“哎呀，李度老师。”那人说。

李度笑眯眯地冲他点点头。

“您从来不拿正眼看我。”他装出一副很委屈的样子说。

赵琛看看这个人又看看李度，一副不解的样子。

李度还是微微笑着说：“没有啊？”突然，李度拍了一下自己的脑袋说，“因为你也从来不拿正眼看我。”

我们还没搞清楚是怎么回事，一直很安静的同桌几个陌生人突然哈哈大笑起来，柳原那边更是笑得胸腔都破了。

“我干，我自罚一杯。”那个人端起桌子上的一杯酒，哧溜一声吸干了里面的酒，好像就等着李度这句话似的。

秦言的嘴巴张着，也不明白是怎么回事。然后她第一个醒悟过来，呵呵笑了。我们也跟着都明白了。这个人的下巴太尖了，吸引了我们的注意力，我们都没有发现，只觉得他的怪异是因为下巴尖，其实他的眼睛有一只是斜的，感觉像假眼一样。

那个人把酒杯倒悬着。脸冲着李度说：“李度老师，你太有才了。”

李度有点抱歉地说：“不好意思，我配合得晚了。”自己也端起酒杯。

旁边酒桌上的人都侧身看着我们，听到李度这句话，又是一波大笑。

“我就知道这些人里面，就李度老师最善解人意。李度老师，我告诉你一个千真万确的事情。”

他凑近李度，李度微微往后躲了躲。“什么事情啊？”他笑眯眯地说。

只见这个人用没有拿杯子的手突然扯开自己的衬衫，往前探着身子说："男人其实也有乳房。"

旁边又是一阵大笑。他好像意犹未尽，补充道："就是不够大。"

10

坐到十一点，赵琛不停地打着哈欠，但还是坚持坐在这里，不停地抽烟，好像很想和李度说话，但又不说什么。秦言说他晚上抽烟抽得太多了，他猛醒似的说：多吗？然后赶快把手上还没燃完的香烟摁灭，好像前面根本不知道自己抽了很多烟一样。

秦言对阿群说："我觉得他回国后的状态就像梦游一样。"

阿群笑了一下，一时不知道说什么好。李度突然轻轻地拍了一下桌子说："哎呀，秦言——"

秦言吃惊地看着李度说："啊，怎么了？"

李度说："我现在可以回答你刚才的问题了，回来的生活就像梦游，'二十余年如一梦，此身虽在堪惊'。"

他端起酒杯喝了一口红酒，好像还有什么要说的话，却随着这口酒一起咽了下去。他放下酒杯的时候，我发现杯子在桌子上轻轻地磕了几下才放好，他的手有点抖。我想起柳原说架着他的手放在稿纸上的话。

秦言肯定也看到了，她说："李度，你少喝一点。"

阿群突然说："杏花疏影里，吹笛到天明。"

秦言说："啊，你们古诗词都这么好。"

阿群赶忙说："不是不是，我是语文老师，正好教过学生这首词。"

李度点点头说："哎呀，我也想到这句，我没敢念出来。这一句让我想到钟离那些甜蜜的诗句。"

秦言说："哎，对了，你刚才说钟离有一个观点，你也是同意的，是什么观点啊？"

李度愣了一下，然后"啊"了一声说："我说了吗？"

秦言说："你当然说了，你不会得健忘症了吧？"

李度说："健忘症——对，对，健忘症，我想起来了，他有一次开玩笑说'老子死了也要回'。"

秦言说："啊，他这不是一语成谶了吗？"

赵琛很冷静地说："是在花神咖啡馆说的。我也记得。"

李度说:“对对。那天我们都喝多了。”

秦言说:“啊，赵琛你也这么想吗?”

秦言和李度一来一往地说话，赵琛一时显得很安详，仿佛一个父亲在看着自己的女儿跟他的朋友聊天一样。他平时受到的纠缠现在由一个朋友来分担了，他乐得清闲，完全没想到会轮到自己回答问题，像受惊了的小鹿一样，眼睛睁得老大，嘴巴噘了起来，说:“我?”

李度突然说:“要是钟离在这里就好了。”

我们好像都没听到这句话似的，但场面一下子静下来了。过了一会儿秦言说:“要是他在，就不会剩下这么多菜了。”

李度立刻说:“这些还不够吧?”

秦言说:“他有这么能吃吗?”

李度说:“不仅是他一个人能吃，他可以把我们的胃口都给调动起来。”

阿群很赞同地点了点头。

李度郑重地对阿群说:“你是不是也有同感啊?”

阿群对秦言说:“那次在七宝跟他一起吃老鸭粉丝汤，吃的感觉真是可以用齿颊生香来形容，后来我们两个又特地到七宝去吃了一趟。”然后，阿群摇了摇头。

李度呵呵地笑了。座中有个年轻的客人突然开言道："我也讲个钟老师的故事。"

我们都把眼光投向他。

"我是钟老师的学生，在我们学校附近有一家很不起眼的川菜馆。有一次钟老师对我说，走，我带你去见识一下什么是真正的川菜。他庄重的神情根本不像是去下馆子，好像是要介绍我入教一样。那个馆子门面很小，没有什么装修，看上去不怎么卫生，吃饭的人倒不少。他略带愧疚地给我打预防针说，你不要太在意表象。我们两个点了四五个菜。上一个菜，他就看着我让先尝一下，然后问怎么样。我吃得拼命点头。到现在我也承认那是我吃得最香的一顿饭。快吃完的时候，钟老师突然忧伤地说：人莫不饮食也，鲜能知味也。这家狗日的川菜馆是北京最地道的川菜了，但是我预感到它快要倒闭了。我惊讶地说不可能吧。钟老师没有理会我的惊讶说：所以——咱们要发动同学以后多来吃饭。"

客人抖出最后一句话，脸上平静地看着我们。我们这一桌第一次爆发出哈哈的笑声。

秦言说："真是很像钟离的做派，那后来川菜馆倒闭了没有啊？"

李度说："呵呵，秦言你总是问这么实际的问题。"

客人点点头说："真的倒闭了。"

秦言"呃"了一声，顿顿说："我总觉得他最后变得这么爱吃还是有点不正常。"

一直沉默地赵琛突然干笑一声说："呵，这有什么不正常。"

秦言说："你不觉得吗，李度？"

李度笑笑说："张岱说：'人无癖不可与交，以其无深情也。'"

秦言说："啊，那你的癖是什么啊？"

李度说："我——"

柳原中间过来一趟，跟我们坐了一会儿。他不怎么喝酒，跟谁也没有碰杯。给我们讲了一下明天的安排，他不跟我们回上海了，他要去连云港参加一个发奖活动，李度也一起去，然后就又去和那个新疆模样的人坐着了。

赵琛打一个哈欠，就拿起一支烟来抽。正赶上别人跟他说话，他就赶紧用手捂住自己的嘴巴。

李度说："好，你们奔波太辛苦了，早点休息吧。"

赵琛愣了愣神说："还好吧？"说话的口气好像不能确定自己是不是辛苦。

秦言说："你不是也在奔波吗？明天还要奔波。我知道了——"

李度说："知道什么？"

秦言说："你的癖就是到处奔波。"

李度呵呵笑着摸了摸花白的头发。

11

第二天，一辆大巴停在宾馆门口，说是去当地一个名人故居参观，然后再去长江边上游览。九点钟我和阿群坐在车上，然后，看到赵琛和秦言也上了车。

赵琛看到我们，一副吃惊的样子冲我们点点头，好像意外碰到了我们似的。然后他就开始在车里环顾："李度没来啊？"

我说："没见到。你们吃早饭了吗？"

秦言说："吃了。"

一个人，好像是个组织者，说："李度他们昨天晚上搞到四点多才散，哪里起得来啊？"

赵琛笑眯眯地摇了摇头说："我们要参观多长时间啊？"

那人说："估计会到下午五点钟。"

赵琛说："哦。"

秦言对阿群说："真是'杏花疏影里，吹笛到天明'啊。你是不是会背很多诗词啊？"

阿群说："没有，我现在就记得课本上的诗词了。每年都要教啊。"

秦言说："你们昨晚睡得好吗？"

阿群说："还行，就是乱七八糟做了好多梦。"

车里人越来越多，到九点半的时候，车开了。车缓缓驶出宾馆，驶到大街上。阳光很好，早上的空气还有点凉，光线显得很清澈。陌生的街道总给人一种清新的感觉。

"要不我给李度打一个电话。"赵琛对秦言说。

秦言说打啊。赵琛拿出手机拨号码，拨了一下又放下了。

秦言看着赵琛。

"他可能还在睡觉。晚点再打吧。"赵琛说。

"柳原也没来啊？"秦言环顾了一下车厢说。

"没有。"我说，"大概一起玩得晚了。"

"我好像睡得蛮好的，不记得做什么梦了。"秦言说，"赵琛好像睡得不好。”

赵琛说：“我还行啊。”

秦言说：“你们来过这里吗？”

我说：“没有。”

秦言说：“昨天那个唱小小鸟的人太好玩了，他唱得那么投入。”

我和阿群都笑了。

赵琛看着我们，也笑了，说：“你们笑什么？”

我们和秦言一起笑出了声。

秦言说：“你们说他像不像梦游啊？”

我们看着赵琛。

秦言做出悄悄的样子靠近阿群的耳朵边说：“我告诉你们一个秘密，他昨晚睡觉做梦哭起来了，哭得可伤心了，把我都哭醒了。你说可笑吧？”

赵琛歪着头看着秦言说：“真的吗，我怎么不知道？”

阿群说：“你们打算回来住吗？”

秦言说：“啊，回来啊？”

她看着赵琛，赵琛看着窗外。她说：“你们什么时候去巴黎玩吧，趁我们还在那里。”

我说："好啊。"

大巴很快行驶到了一个叫峭岐的地方。

秦言说："你打一下吧。他下午要去连云港，我们可能见不到他了吧？"

赵琛看了看手表说，犹疑了一会儿说："好，我打一个。"

电话打通了。赵琛说："你还在睡觉吧？"

赵琛说："我们去参观一个故居。"

赵琛说："嗯。"

赵琛说："是吗？"

赵琛说："好像下午还要去长江游览。"

赵琛说："是的。炮台。"

赵琛说："大概见不到了。"

赵琛说："我本来不想去了。"

赵琛说："嗯。"

赵琛说："好的。拜。"

赵琛说："没问题。"

赵琛说："好的，没关系。"

赵琛说："我是有这么个想法。"

赵琛说："嗯。"

赵琛说:“是啊，没办法了。”

赵琛说:“拜。”

……

赵琛说:“哦，回到法国我会去看他们。”

赵琛说:“那好，那好。没关系，你继续睡吧。拜。”

大巴驶上一条宽阔的马路，速度明显加快了。车厢里很安静，很多人好像都在睡觉。不知道车厢里有多少人昨晚熬到四点钟的。秦言一直看着赵琛打电话，嘴巴慢慢地张开了，仿佛努力想听到手机另一头李度在说什么。

赵琛大约说了有六次“拜”才终于挂断了手机，说:“李度说下午等我们回去再走。”

秦言说:“啊？好。”

“他还说不能陪我们逛，很抱歉。”赵琛说。

“切”，我听到秦言不屑地说了一声。

12

故居几乎是个新建的园子，虽然用的是青砖、琉璃瓦，但太新了，没有什么看头，大家很快就参观完了，然后，大巴车载着我们到了一处生态农业区吃午饭。在进饭厅前，大家都站在一个开阔的水泥坪上等。周围都是农田，视野很开阔。阳光照在远处的塑料大棚上，亮亮的像一片湖水。

秦言说："你们听？"

赵琛说："听什么？"

秦言说："听到了吗？"

赵琛一副迟钝的样子，"没有。"

秦言说："布谷鸟叫。"

赵琛突然呵呵地笑出了声。

有人招呼进屋吃饭。几张大圆桌上已经摆满了盘子，有的还叠起来。赵琛不经意地摇摇头，秦言则半惊讶半喜悦地说："我的天啊。"

一个组织者模样的人照顾我们这一桌，不停地劝菜和酒。慢慢有点熟了，赵琛问："下午到江边能几点回来？"

那个人说："估计得五点多了。"

赵琛说："哦。江边看什么？"

"江边有个公园，公园里面有个古炮台，是明清时期留下来的。还有个国民党时期修建的沿江地道，也值得一看。"

赵琛说："哦。"

吃饭的时候，秦言突然停下筷子，抿着嘴巴看着赵琛。

赵琛说："怎么了？"

秦言说："不对呀，那次你们在花神咖啡馆见面，我也在啊，我怎么没听到钟离说那句话啊？"

赵琛说："你在吗？"

秦言对着我们说："其实，在国外有个具体的工作就好很多，卖水果卖包子都行。要是在外面混着，早晚都得毁了。"

赵琛已经吃完了，直直地坐着。

秦言说："其实赵琛也蛮辛苦的，因为时差问题，他总是晚上三点钟起床去上班，人家睡醒了，他才回来睡觉。剩下这么多菜，多可惜啊，要不你们打包吧？"

阿群笑笑，摇了摇头。

赵琛说："还好吧。"

秦言说："我其实在哪里都一样。"

赵琛说："我也差不多啊。"

秦言又看着赵琛。

赵琛转动着僵硬的肩膀看了看两旁，说："他们都吃完了。"

吃完饭，稍事休息，大家又上了大巴。

赵琛对秦言说:“我估计，李度等不到我们回去肯定就走了。”

秦言说:“他不是说好等的吗?”

赵琛说:“说好……他这个人你又不是不了解。”

在车里，赵琛有点坐立不安的样子，不时地扭身子看看秦言，不说话，把身子又扭正，过一会儿又扭身子看秦言。大巴朝着江边疾驰，我没看到他看窗外，一直在沉思着什么。

开了近一个小时，我们以为快到江边了，结果，大巴又回到了市区，停在一个热闹的停车场里，看不到长江在附近的迹象。跟着人流往前走，慢慢知道是在去长江之前再参观H城一个有名的私家园林。我们一直跟着走，正午的太阳照着我们，身上很快见汗了。穿过一条车水马龙的街，拐进一个胡同。

正要进院门的时候，赵琛突然停了下来。

13

我们回到宾馆的时候，李度、柳原还有那个新疆模样的人等正围着一张留着残羹剩饭的桌子聊天。

李度看到我们露出惊讶的神色说:“参观完了?”

赵琛说:“我们没去江边。”

“怎么不去啊?”李度问。

我们站在饭厅里，赵琛好像没防备李度问这个问题，一时语塞，看看秦言，只好嘿嘿笑了一声。

“秦言，你说得对，赵琛真像在梦游。你们应该去一下，长江边上H城是要塞。”李度用手比画着说，“那里有一个地道，是谁建的?”

柳原说:“我去过那个地道，值得一看的。”

柳原叫服务员给每人泡一杯绿茶，大家换了一张桌子，重新坐下来聊天。

秦言说:“听说你们昨天晚上玩到四点钟啊。”

李度说:“有四点吗?”

柳原说:“我上去的时候四点零五分。”

秦言说:“你们都聊什么啊，聊这么晚?”

柳原想了想说:“也没聊什么。哦，后来那个喝醉摔倒的家伙睡了一觉又回来了。”

那个新疆模样的人突然又哈哈大笑起来，用手点指着说:“那个狗日的好玩。”说着，模仿那个人扯开衣服的样子说:“其实男人也有乳房。哈哈哈。”

柳原也哈哈大笑起来。

李度呵呵轻笑了几声说:“是的是的，所有真实的东西都很可笑。”

柳原听到李度这样说，又哈哈笑了。

秦言说:“李度，你什么时候都这么认真，你累不累啊?”

李度说:“认真?我是开个玩笑啊。”

秦言说:“昨天晚上，李度说人家不拿正眼看人。那个人也不恼。”

“那个家伙好玩。”新疆人说，“像一个小孩子，‘其实男人也有乳房’。哈哈。”

新疆人壮实得像一头牦牛，翘眉毛翘胡子，完全是一副宣传画上的少数民族汉子的模样，但是他突然模仿起那个人时，压细嗓子，扭捏身段，粗壮的身子上立刻呈现出一个瘦骨伶仃的人形来。

赵琛一直坐在一边抽烟喝茶。别人递给他烟，他就放在旁边，他只抽他自带的万宝路，几乎一句话也没说。李度有时跟秦言说几句，更多的是跟另外几个人说话。

新疆人说:“我昨天还发现一个好玩的事情，就是来的几个光头都是锃明瓦亮的，其中有一个就是赵琛。哈哈哈。”

我们都去看赵琛。

赵琛好像隐身人突然被曝光了一样，不知所措地说:“呵呵，我这不是光头，我是头顶上的头发掉光了。”

“那你这个才是真正的光头啊。”柳原说。

赵琛摸着自己的头发，说:“真的吗?”

新疆人摸着自己浓密的头发哈哈笑起来。

这时有人进来说:“车来了，我们走吧。”

李度站起来，说:“好，我去拿行李。”

赵琛说:“我帮你去拿。”

李度说:“就在大堂那里。”

两个人一同过去，回来，赵琛手里拉着一个书包大小的拉杆箱。我们送李度到酒店门口。李度跟我们一一握手，然后就上了一辆雷克萨斯SUV，赵琛又送他到车门口。不知道什么时候太阳没有了，天竟然是阴的，风变得有点凉。李度坐的车开始倒车，然后开走了。

赵琛拿下自己的眼镜，冲镜片哈了一口气，擦擦，又戴上，看着雷克萨斯驶出我们的视线。

我拿出手机看了看，还不到三点半。看来他说等赵琛回来的话完全靠不住，行程根本不是他安排的。

14

等我们开车回到上海的时候已经是夜里十点钟了，从A5高速公路下来转到北青公路，我们家就在附近。赵琛他们住在顾戴路那边。赵琛说："我们就在这里下车吧，然后打个车回去。这么晚了。"

阿群说："这里不好打车，我们送你们回家吧。"

赵琛说："不用，这样太麻烦了。"

阿群说："麻烦也就麻烦一次，十年也才一次。"

赵琛不再说话了。

晚上的路很空，路灯都亮着，显得特别空旷。一时大家都找不到话说了。

秦言说："你们觉得可笑吗？赵琛长江也不去看，急着回去见李度，见了面一句话也不说。害得你们也没有去成。"

阿群说："呵呵，没关系，我们有机会去。"

赵琛说:“唉，你怎么都怪罪到我的头上啊，回去也是你的主意啊。”

我说:“这就叫‘盈盈一水间，脉脉不得语’啊。”

秦言说:“是啊，搞得像谈恋爱一样。”

车子开得很快。到他们的小区门口的时候，赵琛说:“好了。我们就在这里下车吧。”秦言也说:“就在这里下吧。”

阿群说:“送进去吧，都到这里了。”

赵琛摁下车窗玻璃报了门牌号。栏杆起来，我们进了小区。车子一直开到他们门洞旁边。路边的樟树遮住了路灯，车里一片黑暗。

秦言说:“好了，我们到了，看把你们麻烦的。”

阿群说:“不麻烦，你们明天几点的飞机?”

秦言说:“晚上十点钟。”

我等着他们下车，后面一时却没有动静，然后我就听到阿群轻轻的啜泣声。我没有回头，觉得秦言抱住了阿群。

秦言说:“不哭。你们的事我都知道，我们都要保重，好好的，你们有时间了来巴黎玩，啊?”

阿群“嗯”了一声。

我打开车门，下车，赵琛从副驾驶座下来，秦言从后面下来。

秦言对阿群说："你们别下车了。"

阿群说："好，我就不下车了。"

我对赵琛说："书的封面谈好了吗？"

赵琛说："什么？"

秦言说："哦，书啊，赵琛回来之前就谈好了。"

阿群说："哦，再见。你要多吃点。"

秦言说："好的。唉，我都不知道回来是干什么了，稀里糊涂就过去了。我觉得我也像梦游。"

"呵呵。"我说，"再见。"

"再见。"赵琛说。

两个人站在暗影里看着我们开车掉头，目送着我们离开。

15

返回的路上，阿群说："你觉得他们会回国居住吗？"

我说不知道。

阿群说："我觉得他们不会回来。"

过了一会儿阿群又说："我现在倒希望他们不回来了。"

我说："为什么啊？"

阿群笑了笑没吭声，过了一会儿说："还记得我们最后一次跟钟离吃饭吗？"

我们最后一次见面也是在一家饭店。柳原领我们去的，说是他的新发现，还是一家国营饭店。钟离说狗日的国营饭店能活到现在肯定有绝活。我们走进愚园路一个很深的巷子，快到尽头了，有一个楼梯，沿楼梯上到二楼，迎面是一块专治脚气的牌子，牌子上赫然一只大脚掌，上面布满红点，大概是痣的位置。我们互相看看，怀疑走错了地方。柳原说："往右转。"往右转，一个柜台很局促地立在门口，然后再往里走，突然就人声鼎沸，别有洞天了。这好像是一个三室一厅改装的饭店，里面整齐地摆放着桌子，桌椅都很普通，装修也一般，像原来的街道饭店，但几乎客满。那时候上海还没有公共场所戒烟的规定，里面烟雾弥漫。钟离一进去就咳嗽起来，咳嗽的时候双手掐着腰，他说腰在北京的时候闪了一下。

他点的菜，柳原推荐了一道肥肠炒蒜苗。每道菜上来，第一口，他都做出品的样子，以便鉴定柳原的品位。然后他说："狗日的柳原，你怎么不早说，把这么好吃的东西藏起来。”柳原说:“什么呀，我也是才发现的啊。”

席间，他不时地咳嗽，一咳嗽就坐正身体，一只手掐着腰。但是他还是不停地抽烟。

饭吃到一半，他的咳嗽突然停不下来了。刚有一个间隙，他一张口，又咳嗽起来。

“行吗?”柳原问。

我们以为他肯定会说没问题。但这一次，他却说:“不行了，我得先走，你们慢慢吃。非常抱歉。”我们都有点吃惊，他竟然这样离开一桌热腾腾的菜。他叫过一个正经过的服务员，一定要把账付了。

柳原说:“要不要送送你?”

“不用，我自己行，真的很抱歉。”

他少见地彬彬有礼地跟我们道别，然后，一只手掐着腰下楼去了。

去海拉尔

1

上海入梅以来，雨水很少，眼看要成干梅。

今天早上，天气预报突然发了双重预警，说有雷电和大暴雨。一直到午饭后，太阳还很好，只是看着有点苍白，像裹着一层塑料薄膜。

午后，单位大院里几个人照例在宽阔的门廊下打起乒乓球来。他们脑门上全是汗珠，不停地用手去抹，但好像并不觉得热，打得很投入，院子里回响着乒乒乓乓单调而有节奏的声响。

我站在旁边看，一会儿就觉得受不住了，像是待在蒸汽房里。

院子南面的凌霄花架下面，有一个欧式的水泥圈椅，上面蹲着两只猫，一只黄色，一只黑色，脖子缩着，好像睡着了。

一边看打球，一边感觉到一辆轿车从那只欧式水泥圈椅前面的路上飞快地开过去了。也许算不上“飞快”，但是因为在院子里，车速稍微高一点，就会觉得很快。

我看了一眼那辆车，车身是酒红色的，驾驶座边的窗户开着，司机叫刘猛，他平时倒车都是加速的，总是先轰油门再挂挡。

我看到那只黑色的猫在扑凌霄花时，应该是那辆车刚刚开过去，但是我的意识却觉得那辆车开过去好久了。

黑猫直直地往上跳，又翻然落下，鲜红的凌霄花落了一地。猫的动作真是敏捷、利落，鲜红的凌霄花好像在跟着它跳跃一样。

黑猫在原地跳了有十来下，突然跳进树丛里不见了。

黄猫也不见了。

一盘结束，打球的人在换人，我走到那片被猫抓落的凌霄花处，发现那里根本没有凌霄花，有的是斑斑血迹。而且凌霄枝上叶子很茂盛，却没有一朵凌霄花开，花骨朵都还很青呢。

我四下里看了看，大院里平时游荡着五六只各色的猫，此时，一只也不见了。

我正站在那里出神，《文眼》杂志的编辑黄德海先生抱着一摞书从我面前走过。他飞快地问了我一句“你在看什么啊”，我正要回答，他已经飞快地走过去了，好像他抱的不是一摞书，而是一块大石头，他那过于消瘦的身体吃不消，急着找地方放下一样。

苍白的太阳显得非常高，眼看就要隐到高空里了。我觉得单位大院很空旷，乒乒乓乓打球的声音好像有回音一样。

2

一点半的时候，天一下子暗下来了。

我已回到办公室，坐在窗边，透过玻璃看到天空正在变成铅色，乌云也慢慢起来了。

我正思忖天气预报难得报准一次的时候，发现对面五号楼的红瓦屋脊上停着一只布谷鸟。

“布谷鸟。”我说。

“布谷鸟？你怎么知道是布谷鸟？”同事说。

“我知道是布谷鸟，我经常看到布谷鸟。”我说。

“也许是鸽子。”同事凑近窗户看了一眼说，“布谷鸟怎么会飞到城里来，城里又不需要种稻谷。”

“网上说布谷鸟是一种很警觉的鸟，一般不在人们面前现身，所以人们多闻其声，少见其形。”另一个同事迅速百度了一下。

“肯定是布谷鸟。”我说。

我住在郊区，确实不时地就能看到布谷鸟。我家窗前有几棵水杉树，有时候，布谷鸟就落在树枝上。不过，每次当我看到它的时候，它就会觉察到我，迅速地飞走了。惊鸿一瞥中，我发现这一带的布谷鸟，全身灰色，唯脖颈处有黑格子，好像围了个小围巾。当它展翅飞走的时候，还能看到尾巴边沿有一圈白。

布谷鸟叫声闷，好像不张开嘴巴，只在嗓子眼里咕噜，像是空气中发出的声音。有一次明明看到它停在树枝上叫，也不觉得是它在叫，觉得是从远处传来的。所以，不管什么时候听到“布谷布谷”的声音，总有一种空旷的感觉。

布谷鸟迈动两只细脚在屋脊上走，大概不觉得会有人从窗户里窥视它，挺悠闲的样子。它好像很喜欢这样的天气，小小的头颅不停地扭动着，正要趁着暴雨前的晦暗来透气一样。它扇了一下翅膀，好像要飞走，结果只是调整了一下站姿，然后迈动细腿走到了屋脊的顶头，停住了，脖子一伸一伸的，好像在眺望。

跟鸽子比，身材差不多，但它的头小一点，脖颈细长一些。

以前，我在北方的时候，没见过布谷鸟，以为它只有芒种前后会叫，像书上写的“子规声里雨如烟”。现在南方待久了，知道它一年四季都会叫，不知道是它的习性变了，还是现在的气候变了。有一年冬天下雪，从远方竟隐隐传来布谷布谷的叫声，让人感到分外的寒凉。

隔着窗户，我似乎听到了咕噜咕噜的叫声，有点像鸽子叫。

“真的是布谷鸟。”我又说。

没有人再搭腔。办公室里开着空调，感觉不出梅雨天气的闷热。窗户上全是爬山虎的绿叶，天色晦暗，叶子显得更绿了，感觉像是春末。

艾特从她的办公桌前站起来，走到门口打开了灯。

她回身的时候朝我看了一眼，又坐回到她的椅子上，坐下了又转过头来说：李朝要过来。

我抬头朝她注视了一下，证明我知道了。

艾特突然又站起来，走到办公室的当中说：我真有点烦他了。

我看着她。她扎了两个小辫子，两只耳朵上戴了两只青铜器色的车轮耳环，眉头微微蹙着，脸色有点苍白。

她又走回去了。办公室里还有其他同事。

很快，我就看到了电脑屏幕下面有一只小脚丫在闪烁，那是艾特的MSN头像。我点开来，艾特已经打了一串话了。

艾特：李朝说两点半过来。

艾特：他说给你打电话打不通。

艾特：这个人真烦啊。

我点开MSN的时候，感觉艾特又从她的座位上向我这边转了一下头。我打了个问号过去，她又转了一下头，额头蹙着，很奇怪地看了我一会儿，又转了过去。

我在MSN上打了几个字：

据说要下暴雨，他还会过来吗？

我听到几声急速的打字声，对话框上出现三个字。

不知道。

我想了想，又打了几个字：为什么烦他啊？

没有听到打字声，但是MSN右边的上下键突然变小了。艾特粘贴了一块长篇对话。

李朝：嗯，刚回来。

艾特：怎么样啊？

李朝：没意思。

艾特：什么没意思？

李朝：什么都没意思。

艾特：……

艾特：写诗啊。

李朝：没意思。

艾特：……

李朝：干什么都没意思。

艾特：泡马子。

李朝：没意思。

艾特：去游泳。

李朝：也没意思。

艾特：……

艾特：这样聊天有意思吗？

李朝：也没意思。

艾特：……

李朝：感觉整个生活都被劫持了。

艾特：总算说了句人话。

李朝：靠。

艾特：你觉得没意思，你可以找有意思的事做啊。

李朝：没意思怎么找到有意思的事做啊？

艾特：你觉得生活被劫持了，你可以反抗啊。

李朝：反抗正好是被劫持的证明呀。

艾特：……………………

3

就在我看MSN的时候，屏幕闪了几下，然后感觉正头顶上炸了一个雷，仿佛就在屋顶上，然后，雷声向远处滚动，好像雷是一个实物一样。雷声还没有消失，哗哗的雨声传了进来。我把头转向窗外，布谷鸟不见了，箭簇似的雨点打在屋脊上，溅起水花，屋脊上雾蒙蒙的。

天空一下子变黑了。

我想了想，又打了一行字：

男人也有生理期，你安慰他一下就行了，明天说不定就好了。

艾特：……

随即她又在对话框里贴出了一串聊天记录。

李朝：这种社会，真是不知道做什么好。

艾特：?

李朝：随便说说。

艾特：嗯。

李朝：一少妇倒垃圾，不小心滑倒在垃圾堆里，正要爬起，被一捡破烂的老头搂在怀里，老头感慨地说：城里人就是不会过日子，这么好的媳妇说不要就不要了。

艾特：哈哈!

李朝：(笑脸)。

艾特：思南公寓的讲座要去听吗?

李朝：什么讲座?

艾特：托宾。

李朝：不想。没意思。

艾特：你讲个有意思的。

李朝：When you look long into an abyss . The abyss looks into you.

艾特：你丫还会英语？

李朝：粘贴的。

艾特：……

我：嗯。

艾特：你说烦不烦？

我：不觉得啊，蛮好玩的。

艾特：关键是他平时不这样啊。

我：人都有“非平时”的时候。

艾特：……有一段时间了。

我：女人不是也要三天吗？

艾特又敲出了一长串的省略号。没有抬头，我感觉她又朝我这边嗔怒地转了一下头。我本来还想告诉她，前两天李朝还和我在MSN上很火热地聊去威海海边买房子的事情呢，没有一点感觉生活没意思的迹象，而且，我觉得李朝是我见过的最沉着的人了，不仅仅是在诗人里面，在所有的人里面——当然是我见过的人里面——他生活得最沉着了，他对自己诗歌的自信一点也没有让他感觉到自己与别人有什么不同，过着比别人差的生活也安之若素，甚至过于安之若素了。有点躁动，在这样的时代，倒是更正常一些。不过，看她那个态度我也不敢多说什么了，说不定她真的在生理期呢。

我打字：下这么大雨，他不会来了吧？

艾特：你给他打电话吧。

我：好。

我找手机的时候，艾特又打了几个字：别给他说我给你看过我和他的聊天记录。

我回了个笑脸，她也回了个笑脸。

手机通了，里面传来李朝浑厚的声音。

我说：你要过来啊？

李朝：是啊。打了你几个电话都打不通。

我说：什么时候回上海的啊？

李朝：我一直在上海啊。

我说：哦，我以为你云游刚回来呢。

李朝；就是去了一趟西塘，昨天回的。回来觐见你们一下。

我说：哦，西塘划归上海了？

李朝：都属于长江三角洲嘛。

我说：呵呵，要下暴雨了。

李朝：没关系吧。

我说：几点来啊？

李朝：三点到。

我说：好的。有什么事吗？

李朝：也许两点半，没有呀。

我说：好的。

李朝：艾特在吧？

我说：在的。

李朝：好，待会儿见。

我关了通话，真的没有觉出李朝有一点“没意思”的情绪，倒是觉得他非要冒着淋暴雨的风险过来找我们玩，显得“太有意思了”。

我在键盘上敲了几个字：三点钟来。

艾特立刻打了个苦脸过来。

4

外面真的是暴雨如注，地上的雨水从高处往低处汩汩地流，加上轰轰的雨声，感觉这座城市即将要被淹没了。

咖啡馆里却非常安静。

单位临街这间咖啡馆，作为咖啡馆过于宽敞了，即使里面坐满客人也显得空，更何况客人稀少呢。

服务员都穿着黑色的服装，悄无声息地忙碌着。

老板娘也穿了一身黑衣，不是工作服，料子看上去像绸缎，样式像修道士的袍子，只是胸前挂的不是十字架，而是一串珍珠项链，链子很长，几乎垂到了腹部。

我在屋里寻李朝的时候先看到了她。我们认识，她冲我抬抬眼皮，露出一个“笑脸”一样的笑脸。我看到了李朝，冲着老板娘指了一下李朝。老板娘点点头，还会意地摆了一下手。

李朝坐在门左靠街的窗户边上。他也看到了我，脸冲我微微扬着，严肃地望着我，严肃到好像没看到我一样。

每次看到真人李朝，我心里都控制不住地要愣一下。

我来上海上大学时，李朝已经是圈子里卓有声名的诗人了，而且那时也正是诗歌如日中天的时候——倒不是说全民都在读诗，而是那时代中优秀或自认为优秀的人都在诗歌中寻求着什么，就像现在优秀的人在金融里寻求着什么一样。中文系的第一堂课是入学教育课。本校一个诗人因犯“流氓罪”刚刚入狱，辅导员声音洪亮地用这个例子教导我们，学知识要先学做人，人生观不端正，知识越多对社会越有害。宿舍门口读报栏里的报纸上有一整版对“流氓诗人”的报道。我印象深的细节是说流氓诗人玩弄了七八个女性，有大学生，有年轻女教师，甚至还有门口国营饭店里的服务员，而这些女性被玩弄了还“执迷不悟”，流氓进了监狱还给他送衣服，送面包，甚至还要等他出来云云。这篇报道给我的感觉就像古代香艳小说一样，都是打着戒淫戒秽的幌子实际起着诲淫诲秽的作用，好在这个“淫秽”是诗。

我们中文系的学生大多有一本折价买来的新出不久的诗集《城市诗人》，里面有那位“流氓犯”的诗歌，“留下一条内裤／叫记忆”，不知道作者要表达什么意思，但是读出来觉得很带劲，甚至成了切口，关键的时候读出来，大家就会哈哈笑，就像关键的时候读一句“悠然见南山”会感到古雅一样。

排在“流氓犯”后面的诗人就是李朝。

如果说“流氓犯”的诗读起来带劲的话，李朝的诗则让人觉得玄奥，每个字都认识，词也是我们熟悉的词，但是被诗人组织在一起，却让人如坠迷宫，看不到爱，也看不到恨或者愤怒什么的，只隐约感受到一种诡丽之美，字是汉字，但是诗却出离了汉语的意蕴。有个本市的同学很聪明，一入学就加入了诗社，特别喜欢李朝的诗，经常读得咂巴嘴巴，说“妙，太妙了”。我问他妙在何处，他说“恍兮惚兮，其中有象”。我说这又是什么意思。他看了我半天说：老子，老子没读过？

我问他：你见过李朝吗？

他好像被问到短处似的说：我会去见他的。

我们后来成了好朋友，一直到临近毕业他才去拜见了自己的偶像。我后来问过李朝，报出同学的名字，李朝一脸茫然，一点也不记得这回事了。

同学回来说他们两个在李朝狭小的房间里坐了一下午，作为主人，诗人竟然极度寡言少语，说过“请坐，谢谢”之后，竟然陷入了长久的沉默，好像来人是一个很熟的朋友。

评论诗歌也只是说“一般，还行，没什么吧”，朴实到让他产生幻觉，怀疑自己拜访错了人，眼前的人根本就不是那个把诗歌的玄奥写到雄辩的李朝。

同学说：“册那，伊一点也勿像上海宁。好在他拿出了一包瓜子，不说话的时候，我们就嗑瓜子。”

但他还是很要面子地下结论说：“李朝肯定是我们时代最好的诗人之一。所谓‘拙于言者长于思’啊。”

同学没有给我描绘李朝的长相，但是通过他讲的见面情形以及阅读诗人作品的感觉，我猜这个人不管长成什么样子，都会是一副清癯的形象。

我第一次见到他，不是在上海，是在长江边上的一个小城。很多人围在一起吃火锅。当熟人介绍同样来自上海的我们认识时，我几乎想转身离开。我看到的“李朝”活脱脱是一个乡镇中学里的体育老师，肩宽背厚，脖颈粗短，结实得像一头公牛。个头不算很高，却很给人大块头和凶悍的感觉。

他大概习惯了陌生人的这种反应，习惯性地耸了一下肩膀，伸出手跟我握了一下。

他左唇下有颗玉米粒大小的痣，耳朵还有点招风，但那个耸肩膀的动作给了我一点安慰，有点像上海人的样子，也有点像诗人。

“你会游泳吗？”他说。

“会一点。”我说。

“那你也可以参加。”他说。

“参加什么？”我问。

“过两天我们横渡长江。”他说，“没问题的。有船跟着。”

“李朝老师每年都来参加横渡长江活动，李朝老师游泳这个。”朋友竖起大拇指。

吃完火锅，又去酒吧坐；坐完酒吧，夜深了，大家沿着城里一条河走路，说是要到一个本地书法大师的家里喝茶。在该在哪座桥边拐弯的问题上，我的那个本地朋友竟然向李朝问路。

河边很安静，我第一次听到他说上海话：“册那，戆都哇？在你的地盘上要我指路。”我那个朋友嘿嘿地讪笑。

每到一个地方，都有新的人上来跟“李朝老师”打招呼，有的拥抱，有的击一下掌，有的只举一下手，说“嘿”。都是一副常见的样子。

我心里不停地惊讶着。大学毕业后，我分配到作协工作，平时工作加上几次市作代会，从没见过这位著名诗人的身影。

原来他的王国在这个长江边上的小城里，连酒店里的服务员都认识他。吃火锅的时候，一个领班模样的漂亮服务员还主动跟他喝了交杯酒。

还好，他不像他看上去的那样能喝，甚至算是个不擅饮酒的人。整个吃饭过程，只有那杯交杯酒他是一饮而尽的。其他都是浅尝辄止。别人也似乎都了解他的酒量，不强迫他。

还有一个怪事，他那些我至今不能明白的诗句，在这里好像成了人们熟悉的切口。举杯没有理由的时候，就干脆说“为了‘深隐在狭长的叶脉里’”干杯。“深隐在狭长的叶脉里”是他成名作里的一句。抽烟的时候，有人会说“把梅花吸进膀胱里”。这是化用他的一句名诗。虽然化用得很拙劣，但是大家都会因此嘻哈一番。

那个晚上，他看上去既沉默又自如，还不时讲个冷笑话。他的声音很厚，跟他的体格倒很相称，但他说话声音低，大家都静下来听。有人打岔会被制止，“听李朝老师讲”。他的笑话需要回味一下才能明白，所以等他讲完都会静默片刻才爆发出哄堂笑声来。

有时候，场面上不知怎么突然冷下来了，谁也想不起说什么好，就会有人说：“李朝老师，讲一下那个坐火车到海拉尔的故事吧。”他看看那个让他讲笑话的人，根本没有讲，只是站起来又坐下，说：“太好了，太好了，我们都去海拉尔。”在座的人就哈哈哈大笑起来。笑得我莫名其妙，他们又为我的莫名其妙哈哈大笑。

一个晚上下来，我觉得他似乎消瘦了一圈，不再像体育老师了。他那些诡丽若幻境的诗歌也慢慢跟他本人重叠了一点。

但是，一直到今天，我还是不能将“人如其文”这句话用到他身上，这样粗壮的人，那样玄奥的诗，我总要用力扳一下轨才能将二者接起来。

5

我坐在李朝的对面，李朝还朝我后面看。

李朝问：“喝点什么？”

我说：“普洱吧。”

桌子上没有糖炒栗子。我刚才下来的时候，艾特说，“你先下去吧，我还有点事情要处理。”然后又说，“如果他带了糖炒栗子来，我会对他宽大一点。”

外面真的是暴雨，路面上已经积了很深的水，汽车开过去，好像快艇一样冲出两扇波浪。估计街面上是不会再有人卖糖炒栗子了。

李朝穿着黑色T恤，竟然一点也没湿，好像他老早就坐在这里了。

“怎么样啊？”我说。

“还好啊。”他说。

我笑着盯着他看，想着他跟艾特说的那些话。我们相识也六七年了，还真没听他发过这么深刻的牢骚，甚至连普通的牢骚也很少，他总是一副幽静的样子，一个壮汉的幽静很能给人一点安慰。

他耸了耸肩膀，说：“册那，啥意思？”

“你眼睛有点红？”我说。

“红吗？”他说。他对着窗玻璃照了一下，窗玻璃往外是透明的。

“有血丝。”我说。

“哦。”他说。

“最近没有出远门啊？”我说。

“就是去了趟威海啊？”他说。

“怎么样？”我说。

“朋友在威海海边搞了一块地，盖了几十套别墅，几幢公寓，环境真的不错，你可以去看看，威海小城市不错，很安静，海也不错，快有海南好了。”他说。

“你想买？”我说。

“艾特在上面吗？”他说。

“在的。”我说。

“她不下来吗？”他说。

“她说稍等一会儿。”我说。

“哦，”他说，“我没法买，除非把西塘的房子卖了。”

“西塘的房子升值了吗？”我问。

“升了吧？但是，我也不能卖掉啊。我的书怎么办啊？”

“那你去看什么啊？”我说。

“凡事预则立，不预则废嘛。”他做出一副严肃的样子，故意睁大眼睛说。

他的眼睛里真的布满了血丝，感觉他人也有点疲倦，一边跟我讲话一边不时地往我身后看，有点魂不守舍的样子。

6

我觉得，在那座小城里遇见后，我们并没有结下友谊，而且也没有迹象显示出我们有投缘的地方。

但是，自从小城碰到，在上海我们也开始不时碰到了。有个朋友从法国回来，聚餐，他也在座。有个老朋友从南京来，他比我跟她还熟。这情形，就像一个人患上了一种自己从来没听说过的罕见病，然后就发现罕见病原来到处都有。

那一次，他刚从欧洲一个山区参加什么写作计划回来，从机场直接就赶到酒吧来玩了。玩到夜里两点，他还在。他看上去有点疲惫，说话很少。朋友说他可以先回去，他说正好倒时差，不走。

他确实是个沉默的人，但没有像在小城里那样自如。朋友让他讲讲到欧洲的感受，他耸耸肩说，没有什么特别的感受。结果朋友说："我就佩服你这一点。"他说："册那，这个有什么好佩服的啊？"朋友说："不像有些人，去一趟国外，把国外说得什么都好。"他说："国外是好啊。"朋友气急败坏地说："侬搞来，不给我台阶下？"他一脸无辜的样子："没搞啊，不过，台阶上搞一下倒不错。”

朋友很漂亮，长着一对丰满的乳房，性格也很凶悍。她挺了挺胸脯，说：“信不信我用我的‘凶器’砸死你？”

他抬起双手像要接住两个乳房的样子说：“哎哟。”

他两肩缩着，往后倾，像是一个孩子害怕父母举起的手掌似的。

我们都笑起来。他样子太嗲了，肩宽背厚的壮汉不见了，整个人变成了一个顽童。

“嗲不？”朋友对我说，“论起来，李朝算是前辈了，但是这家伙看起来像个老男人，骨子里是个儿童，时间长了你就知道了，你们俩要好好认识一下。”

李朝立刻制止说：“我靠，我有这么老吗？四十岁能叫老男人吗？”

再后来，我去参加一个不认识的人的葬礼，又碰到了他。因为各自是一伙人去的，只是点了点头。瞻仰完死者遗容，大家正站在会场上说话时，他从背后拍了拍我的肩膀。

“哲学是练习死亡。”他说，“柏拉图说的。”

我点点头。他戴了一顶毛线织的灰色帽子。

“这里是最佳练习场所。”他说，“人生是苦，减轻苦的方法就是从最苦的地方往回看。”

我疑心他是在开玩笑，他的样子给我的感觉好像那些话不是他说的，就像一个人从背后摸一下你的头，迅速又恢复了若无其事的样子。我只好机械地点点头，装着领会了他的玩笑的样子。

“那个人你认识吗？”他突然凑近我，压低了声音说，指着不远处一个人。

那个人好像有心灵感应似的，迅速地朝我们转过头来。他看到我，点点头。我对李朝也点点头。

“有件事。”他说。他一边说，一边走动。我只好跟着他走，走到那个人看不到我们的地方。

原来，他是打的过来的，在殡仪馆门口下车时，一推车门，一辆助动车飞了出去。那个人倒是一骨碌从地上爬了起来，只是看着撞坏的助动车不停地搓着两只手，嘴里说“刚买的啊，刚买的啊”。看样子得要赔他不少。两个人理论起来，发现都是来参加同一个人葬礼的，稍微缓和了一下，说好葬礼后再谈。

“应该是出租车的责任吧？”我说。

“出租车跑了。”他说。

那个人我认识，是总工会的一个中层干部。来作协申请过作协会员，抱来足有一米厚的著作，有一大部分是内部出版的经他手写的近似报告文学什么的作品，每本书上都盖着公章，证明此书确系作者本人所写。

我们一起找到那个人。

“你朋友啊？”那个人说。

我说：“是。”

那个人立刻一副沮丧的样子，好像很不愿意面对这个事实一样。“我刚买的车啊，我有发票给你看的。”他一边说一边在随身包里掏着，掏了半天也没有掏出来，两只手捂着两只裤兜，“妈的，我的发票哪里去了？”似乎比撞坏了助动车还让他着急。“我不骗你的？”他说。李朝抬手隔着半米远朝他按了按，像是在安抚他，同时郑重地点了点头。“算了，给你个面子。让他帮我修好就行了。”那人对我说，然后又转头对着李朝说，“其实我早就认出你了，你诗歌写得蛮好的，这个我是晓得的，也算是为上海争光的。可这是两码事，是不是？换个人，我得让他赔我个新的。我刚买的车啊。”他兀自摇着头随人流走开了。

7

坐在咖啡馆的窗边，看着马路上的水越积越多，感觉天像裂了口，雨都倾泻到上面了。一阵急雨过后，雨下得开始安稳，一副永远下下去的样子。街道上的水跟街沿已经平了，再下就要漫到咖啡馆里了。骑自行车、助动车的人把车停在人行道上，穿着雨披站在屋檐下等，不时有人凑近玻璃往咖啡馆里看。

“你回不了家了。”我说。

“不会一直下吧？”李朝说。

李朝突然抬起左手。我回头看，艾特从后门走进来。

艾特走到我们面前，用手一指桌面，“果然没带糖炒栗子。”

“暴雨啊。哪有卖糖炒栗子的？”李朝说。

“暴雨你还过来？”艾特说。

“看看你们啊。不行吗？”李朝说，用手拉了一下他里面的椅子。

“我这副耳环好看吗？”艾特对着李朝左右摇摇头。

“好看的呀。”李朝说。

艾特似乎犹豫了一下，坐进了我里面的椅子上。

“你们在聊什么？”艾特说。

“我的一个朋友在威海海边建了一片房子，那个地方不错，你想投资的话可以买一套。”李朝说。

艾特睁大了眼睛，“你冒着暴雨过来，就是为了说房子？”

李朝说：“怎么了，不行呀？”

艾特摇了摇头。

李朝说：“你喝什么？”

艾特不屑地说：“柠檬水。”

李朝说：“你脸色好像有点苍白。”

艾特说：“还说我，你是生红眼病了吗？”

李朝说：“没有呀。”又去照了一下窗玻璃。“真是暴雨啊。”

艾特说：“这么大的雨，你们知道我想起什么吗？”

李朝说：“想起什么？”

艾特说：“洪水。”

李朝说：“一九九八年抗洪救灾？”

艾特说：“切，是《圣经》里的大洪水。”

李朝说："哦。这个蛮深刻的。"

艾特说："我又想写上帝七天创世的故事了。"

李朝说："我以为你要写诺亚方舟的故事呢。"

艾特说："我也想过写诺亚方舟的故事。"

李朝说："那你到底要写哪个啊？"

艾特说："先写上帝创世吧。"

我说："嗯，这个题材应该很合李朝的胃口。"

李朝说："什么意思呀？"

我说："你的理论不是说，世界的存在是为了一本书吗？"

李朝说："不要庸俗化马拉美好吗？"

我说："你是在讽刺艾特吗？"

艾特说："你们不要扯皮，听我讲。我要按照最新的宇宙理论去写上帝创世。"

李朝说："这个你也懂啊？"

艾特说："我已经研究了半年关于天体物理的书了，暗物质，反物质，黑洞。你们知道吗？宇宙的运转其实是靠百分之六十九的看不见的暗能量的。"

我说："大概跟李朝看养猪的书差不多。"

艾特微微低下头，往上翻着白眼看着我，"李朝会看养猪的书吗？”

我说：“嗯。”

李朝说：“我靠。”身子往后一靠。

艾特说：“啊，真有这事啊，说来听听。”她立刻忘记了要写上帝创世的事了。

8

老是见面，不免就熟起来了。我开始知道一点李朝的事情，也只是一点点。他最早在一个化学专科学校教过书，后来在陆家嘴某个看得见黄浦江的高楼上工作过，再后来辞职了。现在是无业游民，不仅没有工作，连劳保也没有。没有劳保的原因是他蹲过看守所。某个下午，他去赴一个朋友的约会路上，两个国安截住了他，把他带到肇嘉浜路上的一个宾馆里聊天，谈论了一下午诗歌和诗人的动态，没再让他回家。在看守所里待了五个月，也没有定性他犯了什么罪。恰好，看守所的所长是他父亲一个学生的父亲，他在里面竟然过了一段“老大生活”，占据着牢房里最好的一个床位。出来的那一天，还是同样的两个国安把他带到了同一家宾馆，让他洗了澡，理好发，还送了他一套合时令的衣服。他从宾馆出来的时候，“好像打了个盹儿，感觉朋友还在约定的地方等着我一样。”

所有的事情，他只喜欢讲其中好玩的部分。他说，到了看守所里才知道，上海的小偷是各有辖区的，有的辖区肥得流油，有的辖区没有油水。上只角的小偷很看不起下只角的。

至于他为什么进了看守所，他没有说，我也没有问。

从美国回来直接泡吧的那次，他还有老婆，后来果然离婚了。其间，我们已经比较熟了，但是一点声息也没感觉到。似乎也是“好像打了个盹儿”。

“我在一个地方不能待太长时间。”他引用了佛经里的一句话说，“是我的屁股上长了疮。”

他有很多诗是在路上写的。有一天，我收到他的短信，只有一句话：“凤原，你的钢笔我找到了。”然后，又接到第二个短信：“游云栖竹径，某竹子上所刻。”然后，过了几天，又接到他的一封短信，就是一首完整的诗歌了：

刀子深刻着一件细小的事，比原谅

还深。唤起一件遗忘的事

正如：月亮升到稠密的竹林之上

让黑变成暗

……

我以为知道了他的诗歌灵感的来历可以更容易明白他的诗了，结果，经过他的一番演绎，连“凤原，你的钢笔我找到了”这句话也变得很玄妙，弄得我不敢明白它的意思了。

一年他确乎有三分之二的时间是在“云游”，但是他总喜欢挂在MSN上，MSN上的签名是“寻隐者遇”。跟他在MSN上聊天，我总是先问一句：在？他的回答似乎永远是：在。有一次他的MSN状态显示是脱机。我完全是恶作剧似的问了一句：在？没想到他的MSN在第一时间显示成了在线。他的回答仍然是：在。我只好说是随便问问。他就说“在”是随便可以问的吗？海德格尔会生气的。然后又说，世界上很多事就是毁在“随便”二字上了；“这个时候，随便一个消息可以造成风波，你要小心。”这是他引用曹禺《日出》里的话；“家书随便修下，谁人去走一遭？”这是《水浒传》里的话，他还加一句评语，现在知道梁山好汉为什么造反不成了吧……在MSN上你根本不用担心跟他没有话讲，随便一个词他都可以兴致勃勃地绕上半天。

我问他："在上海啊？"他说："没，在西藏。"

那感觉，他去西藏比我去镇上的小公园还平常。

偶尔想到他是一个人生活，就觉得他的云游像一颗行星在广漠的太空里遨游。他不时地出现在MSN上，就像星星不时地闪亮一下，显示他的存在。有时候，深夜我也会习惯性地登录一下MSN，看到他挂在上面，感觉我的世界也空旷起来。

每次云游回来，他都会坐到我们单位楼下的咖啡馆里，等我下来"见个面"。

后来，他不知道怎么在南京的一家报纸负责编辑一个栏目，让我帮他推荐写稿的人，我推荐了艾特。编辑了大约一年，他又不干了。但是，他再来咖啡馆的时候，就是等我们两个跟他"见个面"了。

每次他来，我都要先处理一下手头上的事情，延迟一会儿再下来，其实，我心里十分期待这个久别或暂别的"见个面"。

跟他认识的时候，我刚好脱离宗教信仰。皈依宗教的时候，我比较激进，跟所有文学的朋友断了关系。倒不是"割袍断义”的断，是“道不同，不相与谋”的断；脱离宗教的时候，心怀歉然，跟新朋友又断了；原先的朋友也不好意思亲近。人到中年突然有了“孤家寡人”的感觉。

我们就是这个时候认识的。

他总喜欢坐在窗边的位置上，点一杯卡布奇诺咖啡。卡布奇诺味道香甜，像女人喝的。我总嘲笑他，说他喝卡布奇诺像关西大汉，铜琵琶，铁绰板，唱“杨柳岸，晓风残月”。他少见地大笑，说我是“乡毋宁”，告诉我“卡布奇诺”是意大利语“头巾”的意思，圣芳济会教士都穿褐色道袍，戴尖尖帽，传到意大利后，跟加了奶泡的咖啡很像，慢慢地，人们就把这种咖啡称作卡布奇诺了。

艾特加入我们以后，李朝再来的时候，总会带一纸袋热乎乎的糖炒栗子。过了一段时间我才知道艾特喜欢吃。

等我们的时候，他就从窗台上抽一本书看。他坐的方向总是朝着咖啡馆的后门。我们都是从那里进来的。

有一段时间，我总是喜欢发异议。有人说秘鲁作家略萨的小说如何好，我就说他的小说缺少内在性。有人主张重读中国经典，我就引鲁迅的话说读中国书，“总觉得就沉静下去，与实人生离开”。有人只读西方书，看外国电影，我又会认为过于轻浮。

有一天，他定定地看了我一会儿说："其实你可以写点东西的。"

我以为我的哪一个看法让他觉得很可贵呢。

他说："随便写点东西，都会有人读的。"

我说："然后呢?"

他说："然后，你就不用这么孤愤了。"

他离婚后在上海就没有房子了。他自己好像无所谓，可以住父母家，但是他积攒了很多书，一时没地方放，就在离上海较近的西塘古镇买了一套房子。

搬家以后，他邀请我去玩。

到了西塘，我才发现他只邀请了我一个人。我们先游了古镇，在临河的一家奥灶面馆里吃了晚饭，然后走了二十多分钟，到了他居住的小区。进到他的房子里，时间一下子变得很漫长。房子很大，三室两厅，面积有一百四十多平方米。为了打发时间，参观变得很仔细，从窗台大理石的成色，到卫生间吊顶的铝合金板，到厨房里橱柜的做工等都一一看过。但是，再仔细一个小时也够了，漫长的夜晚才刚刚开始。

三个人一台戏，两个人——难怪贝克特的《等待戈多》

用了两个人物，两个人的戏天生就具有荒诞性。

参观完房子，只好再参观他的书。他的书还真是多，他说买房子放书不是虚言。客厅、卧室、书房都有书架，连卫生间里都摆满书，甚至分不清哪间是书房，哪间做其他用。但是，除了书，就是日常必需的几件家具了，其他什么文玩啊，字画啊，坛坛罐罐等一律没有。

他应该是有点收藏癖的，在一个书架上，我竟然看到他上小学的课本、小人书什么的。还有一书架的地质方面的书。我以为他大学学的是地质学，他说是他父亲的书，他父亲是地质学教授。不过，直到看到在最高的一排书架上整整齐齐地放着十几本养猪的书时，我才觉得放松了一点。

9

李朝说："有个朋友，也写诗，圈了块地，一直没搞定，没法盖房子，正赶上猪肉价格暴涨，就开始就地养猪，拉我入伙。"

艾特说："你真喂过猪啊？"

李朝说："是啊。不过我主要提供技术支持。我记得当时养的是嘉兴黑猪。这种猪性成熟早、产崽多，耐粗饲、适应性强、肉质好、杂交效果明显。”

我说：“嗯，真的研究过。”

艾特睁大眼睛看着李朝说：“天呢，你那些风雅的诗歌是在猪圈里写出来的吗?”

李朝说：“养猪也很风雅的好吧，这个嘉兴黑猪曾经作为贵重礼物赠送给了法国呢。”

艾特说：“好吧。人家做书商挣钱，好歹还和文化沾点边，你养猪挣钱，这差得也太远了吧?”

李朝说：“不觉得，都一样啊。”

我说：“这才是大师风范呢。”

艾特冷冷地说：“何以见得?”

我说：“孔子曰，‘富贵可求，虽执鞭之士，吾亦为之。’”

艾特做出一脸崇敬的表情笑眯眯地看着我说：“想不到你们俩还是一对好基友。”

李朝说：“那种猪肉的味道真的不错，红烧吃有小时候的味道。”

艾特说：“算了算了，不谈猪了，谈点别的吧。”

李朝半张着嘴巴，若有所思地说：“真有一件事情。”

我说："参观房子的事我还没讲完呢。"

艾特对着李朝说："你想说什么？"

李朝说："算了，让伊讲吧。"

艾特说："你还有什么好玩的事情吗？"

我看着李朝。

李朝嘿嘿嘿地笑了，"你讲啊，没关系。"

10

大部分作者，熟悉了其人，则更容易理解其作品。而李朝则相反，我越是了解生活中的他，越觉得他的诗歌玄，现实中的细节不是路标，反而是路障。

我那位拜访过李朝的同学写的诗也很玄，他有一句诗叫"蓝色小汽车驶过窗台"，我一直不能理解。有一天，我和朋友们到他郊区的家里玩，他把我拉到他的卧室里，让我坐在一把椅子上往窗外看。窗外大约一公里的地方，有一条小河，沿着河是一条乡村公路。他就让我往公路上看。我看了半天也没有看出门道。他自己也找了把椅子坐下来，调整着椅子与窗户的位置。调整好了，让我坐到他的椅子上。当一辆汽车驶过远处那条公路时，他说快看。通过他的调整，此时，坐在椅子上看过去，窗台和远处那条路好像一个平面一样。我终于明白这句“蓝色小汽车驶过窗台”的超现实含义了。

参观完李朝的藏书，谈了一会儿养猪的轶事，气氛显得松快多了，我也很想听听，关于他的诗歌是不是也有类似的门径可入。

但是他好像预先就看出了我的意思，说：“听说你喜欢下象棋。”我还没回答，他就拿出棋盘来了。我们就开始下象棋。下了几盘象棋，我明显不是他的对手，他也不想下了，可是时间还早。他又说，“我在网上下军棋已经是负三百分了，别人都不愿意跟我搭档，听说你是高手，你帮我挣几分。”下军棋我真是高手，下了几盘，还真是赢了一些分，但是，下着下着，棋子突然停在页面上怎么也不动了。过了一会儿，显示是网络断了。重启了几次路由器，也不管用。没了网络，房间一下子显得很狭小，两个人一时陷入了沉默，我都有点后悔一个人过来了，三个人聚，怎么着都很自在，就像我们三个人，即使不说话，呆坐着都不尴尬。两个人随时都会剑拔弩张，需要话题。而且越需要话题越找不到话题。

过了好一会儿，他突然想起来什么似的说 :“跟我去理发吧。”

我们就从他家里出来，去找理发店。他买房子的地方离老镇区远，走了很久，也没看到一家理发店。通往老镇区的路修得很宽，很现代，两排崭新的灯杆，灯全亮着，灯杆高大，灯光很亮，来一辆车，似乎都感觉不到车灯。向远处望，又是黑乎乎的，走在这条路上，感觉像在聚光灯下。灯光把我们的影子时而拉得很长，时而又缩得很短。

人走得有点飘乎乎的。

终于找到一家没打烊的理发店，那种老式的理发店，里面坐着一个戴眼镜的老先生，怀疑地看着我们。一直到李朝坐到那表皮开裂的理发椅上，老先生拿着推子都不知道怎么下手。李朝原来留着分头，老先生说 :“你这头发好像刚理过啊?”李朝说 :“理成平头吧。”

11

“老先生很实在，为了对得起客人出的钱，理得很慢，很认真，理了一层，看看，又理了一层，结果，从理发店出来，走到那条明亮大道上时，他的头都可以反射灯光了。”我说。

艾特笑得把脸伏在桌面上，笑完了用手摸了一下李朝的头说：“我怎么也想象不出你理成光头的样子。”

李朝说：“最好玩的是我刚回到上海家里时，我爸爸惊恐地看着我，直往我身后瞅，还跑到门外去瞅，看我后面是不是跟着人。”

艾特一边笑，一边用手拭眼睛，说：“这不谈诗歌的代价也太大了点吧？”

李朝说：“剃头可，跟戆都谈文学不可。”

艾特说：“那还好，看来你没把我当戆都啊。”

我看了一眼李朝。

李朝没有看我，而是微微侧着脸看我的身后，好像根本没有听到艾特说的那句话一样。

12

“把她的电话号码给我，我要去找她。”

安静的咖啡馆里突然响起一声喊，声音嘶哑，好像从失声的嗓子里发出来的。我和艾特同时转过头去看。一个穿着蓝色T恤的年轻男子站在门口，作势要冲出去。但是好像有一根绳子拉着他，没有人阻挡他，他却一副冲不动的样子。

穿着修士服的老板娘站在柜台外面看着他，沉着脸。他也看着老板娘。

“告诉我呀。”他又喊。

老板娘一声不吭地看着他。但是看得出，那根拉住年轻人的绳子就攥在她手里。

“有用吗？”老板娘一字一句地说。

终于两个服务员走过来，把年轻人连抱带推地弄进了柜台后面的房子里。

咖啡馆又恢复了平静。

艾特说：“那个年轻人是老板娘的儿子。”

李朝说：“咋了这是？”

艾特说：“不知道。”

老板娘突然出现在我们的面前。

“你们都在啊？”她笑眯眯地说。她已经有点发福，保养得很好，穿着这身黑衣服，挂着那串加长的珍珠项链，真的像一位修道士。

艾特说："你的样子太酷了。"

老板娘伸手摸了下艾特的耳环，"你这样子也酷啊。"

艾特抬手摘下了左耳朵上的耳环，递给老板娘看。

老板娘往自己的耳朵上比画了一下，又递给了艾特，说："我又有一件衣服要送给你。"

艾特说："啊？"

老板娘说："我发现我总是按照你的身材给自己买衣服，等穿到身上才承认自己老了。"

李朝说："她穿你买的衣服比她自己买的还合适。"

老板娘说："是吧，你们说怎么办啊，给出个主意吧？"

李朝说："怎么了？"

老板娘说："我儿子要自杀，谈了一个姑娘，人家家人不同意，姑娘现在躲了，儿子找我要人。有什么办法啊？"

艾特说："带他去旅游。"

老板娘说："去过，马尔代夫、巴厘岛都去了，没用。"

李朝说："再帮他介绍一个。"

老板娘说："没用，人家不要。"

艾特说："那就让他自杀一次吧。"

有服务生叫老板娘，老板娘说："好吧，你们慢慢喝茶，我去看一下。雨水要灌进门里来了。”

老板娘转身走了。

我说：“你真是够直率的。”

艾特说：“我说的是真的啊。我就自杀过一次，喝药，灌肠的滋味太难受了，我现在死也不会自杀了。真的。”

李朝说：“‘死也不会自杀了’，这话说得很矛盾嘛。”

艾特又低下头，往上翻着白眼看着李朝。

李朝说：“曼德尔施塔姆写了一首讽刺斯大林的诗被流放，在流放地几乎陷入疯狂，整夜睡不着觉，后来跳楼自杀，没死成，结果倒平静下来了。他有一句诗，‘纵身一跳，我又置身理性’，讲的大概就是你这种感觉，而且也没有再自杀过。”

艾特转怒为喜，说：“你又吐象牙了，我要把这句诗变成我QQ的签名。”

李朝说：“靠。”

13

老板娘真的去指挥员工堵门了。有几个顾客也站起来到门口看，看了一会儿又回来。有个年轻的外国姑娘坐回旁边的座位后突然在桌子上奋笔疾书起来。

李朝说："是不是在写遗书啊？"

艾特说："还真有点洪水的感觉了。"

李朝说："前天——"

艾特说："假如今天是世界末日，你们最想干的是什么？"

还没等别人回答，她自己先说："我要写下我最后的感受，然后用最牢固的东西密封起来。"

李朝说："都世界末日了，还有什么好封的。"

我说："艾特的存在就是为了一本书。"

艾特说："有什么不好吗？至少不管遇到什么事，我都同时有一种置身事外的眼光观察它，看它如何成书。这也是我不再自杀的原因吧？"

我回她一个崇敬的表情。

艾特说："去。"

李朝说："难怪你老是感叹自己无幸经历'文革'了。"

艾特说："你别骄傲，'文革'的时候你也很小，也不算经历。"

李朝说："靠，我什么时候骄傲了？"

艾特拍拍桌子说:“快说，世界末日来了，你最想做什么?”

李朝说:“我在想啊。”

我说:“他肯定是登录一下MSN。”

李朝说:“我在想，如果大洪水真的来了，我最划算了。”

艾特说:“为什么?”

李朝说:“我就可以省掉一场牢狱之灾了。”

艾特一下子坐直了身子，眼睛发亮地看着李朝，“哈，我就知道你有事，快说说，怎么回事啊?”

李朝说:“靠。”

李朝两手捧起茶杯，把胳膊肘架在桌面上。那只盛普洱茶的茶杯很小，捧在他的一双大手里好像消失了一样。感觉他就是捧着自己的手。窗户外面一个避雨的男人对着玻璃照镜子。他竟然穿着白裤子，红短袖衫，还把短袖衫掖在裤子里，露出宽大的旧皮带，皮带上挂着一套好像电工用的工具。他左右端详着玻璃，把一缕湿漉漉的头发往后抿了又抿。

李朝一直等着那个男人回过头去才开始讲起来。

14

前天，嗯，应该是大前天，晚上，做了一个梦，地震了，好像又不是。反正我的房子从中间裂开了，后来我发现是整幢大楼裂开了。裂开的地方正好是我的房子。客厅和厨房卫生间在一边，书房和卧室在另一边。当中有一米多的距离。两边的房子都敞开着。可是我一点也不担心，一直往对面其他裂开的房间里看，我觉得应该有很多裸体的人暴露出来。我一边害怕，一边等着看。但是根本没有看到人，整幢大楼里好像就我一个人。风一吹，大楼还摇晃。

第二天，我上网查了查，梦见房屋裂开是暗示身体会生病，或者亲人会生病。我给爸爸打了个电话，爸爸说：你今天什么时候回来啊？我说下午吧。爸爸说“好”，“啪”就把电话挂了。我没想回去，也没给他们说过要回去，但是爸爸那样一问，我也就答应了。

上午也没事，我还是拖到下午才动身。太阳很好，天空很蓝，天空上有一团一团的白云，好像离得很远，但是又很清晰，那感觉就像我刚换了一副高度数的近视镜。气温也不太高，不像梅雨季，给人一点恍惚的感觉。公交车停在我面前，我第一眼就看到了一个极漂亮的女人，她侧脸对着我这边，往外看，我心里像被刀片划了一下。我有点失神，以至于司机揌了两下喇叭。我上了车。小镇上的公交车开得慢悠悠的。

车上有座位，但是我没有去坐，到汽车站一点路。我站在离她有两米远的距离。她一直侧脸往外看着。她留着短发，看上去像自然卷。眼睛好看，眼窝深陷，脸上颧骨有点高，锁骨很显。可能是眼睛的缘故，神情疏离。皮肤很白，白人一样的白，如果不那么白，就有点像维吾尔族女人了。关键是她穿着一件黑色的连衣裙，更显皮肤白。衣服样式简洁，料子像丝绸，穿在身上，穿在身上，怎么说呢，与其说是遮盖肉体，毋宁说是暴露肉体。嗯，现在想想，也许没有那么美，要是出现在上海，也许不会觉得，这就是做乡毋宁的好处。我隐隐约约闻到玫瑰味道的香水味，我觉得就是她身上涂的，我看到她，第一时间想到的词就是玫瑰。

你盯着一个人看，即使有一百米的距离，那个人也会回看你一眼。她看我的时候，脸上似乎带着点笑意，两个嘴角很快地往外咧了一下。然后她又侧脸朝外看了。过一会儿她就瞟我一眼，然后再恢复往外看的姿势。她看我的时候，既不嫌恶，也不窘，很自然。她左手腕上戴着一块男士表，很厚，看上去很重。表链也宽，银色的。

她身上斜挎着一个坤包，怀里抱着一个很大的牛皮纸袋子。

她从纸袋里拿出一个小镜子，很严肃地看了看，迅速又放了回去。

我也不是老盯着她看。我不盯着她看的时候，觉得她还是过一会儿就瞟我一眼。

到了一个站头，她站起来，把纸袋子拎在手里。我才发现她身材很高，这里很丰满。衣服不像穿在身上，像是裹在身上。她走动起来，我似乎都能听到衣服和皮肤摩擦的声音。我跟着她下了车。我不知道到了哪里，我跟着她走。天空真是蓝得出奇，白云看上去真是又高又清晰，感觉像是在西部高原上一样。周围乱哄哄的，小镇那种乱。但是，阳光太好了，东西都好像被洗过一样，莫名显得很干净。摊子上的瓜子、水果，车架上的气球，连贴在墙上的小广告都很鲜亮。

我跟着她走，结果，我发现我们到的就是汽车站。她走到售票处去买票，我犹豫了一下，到另外一个窗口买了票。

站在售票窗口我清醒了一下，买了一张去上海的票。等我买好票，那个女人不见了，嗯，别急。

候车室就像一间大教室，一眼望到头，我扫了几眼，没有找到那个漂亮女人。我就走到候车的一排椅子上，这趟大巴还得等四十分钟。我对面坐着个老头，脚底下一个鼓鼓的蛇皮袋，过了一会儿，我发现那个蛇皮袋在动。我看了一眼那个老头，老头也看了我一眼。

突然候车室里响起一声响亮的公鸡叫，就是从老头的蛇皮袋里发出来的。老头慌忙把蛇皮袋往椅子下面推了推。我看着那个蛇皮袋。老头又看了我一眼，脸上笑了一下，露出两个大门牙，像老鼠牙。

蛇皮袋里又发出几声比较低的咯咯声。

看样子，蛇皮袋里装着不止一只鸡。

那个女人出现了，朝我们这排座位走过来，从我面前走过。我坐着看她，她个头更显高，她走到指示牌那里，看了一会儿，又走回来，坐在了我旁边。她确实涂了香水，玫瑰的味道。她把纸袋子小心翼翼地放在另外一边的空位上。我觉得她记着我。感觉。她坐下来对我一笑，说："去上海是在这里等车吗？"我愣了一下才明白她是跟我说话。我说："是的。”“从这里到上海得多长时间啊?”“一个半小时吧。”她说:“哦，谢谢。”她抻了抻裙子，把左腿架在右腿上。然后左手不停地摸着膝盖。我说:“你也是到上海啊?”她冲我点点头，没有说话。蛇皮袋里的鸡又叫了一声。她吓了一跳，吃惊地看着蛇皮袋。老头又把蛇皮袋往里踢了踢，冲我笑了一下。那个女的屁股朝后挪了挪，往后靠着身子。大厅里突然想起高亢的歌声，“我在仰望，月亮之上，有多少梦想在自由地飞翔……”老头慌忙往口袋里摸，摸出一个手机，狠狠地朝上面一按，歌声突然就消失了。老头把手机紧紧地按在耳朵上，听了一会儿说:“四点嘛，最早也得四点到。”然后，我拿出了手机。那个女人也拿出了手机。又过了一会儿，她的手机响了，她看了一会儿手机屏幕，然后才按下了接听，同时站了起来，往门口走。刚站起来时，她的左腿软了一下。她没拿那个纸袋子，我看见了，想提醒她，又没做，我觉得她接听完电话就会回来的。我觉得她可能走动一下接完电话就会回来。所以看着她走出候车室时，我还有点奇怪，为什么非要到室外接电话。然后，一直到要检票了，她也没有回来。我想她肯定会坐这班车，检票的时候我就拎起了她的那个纸袋子。嗯，老头好像没有注意，一到检票，老早就拎起他的蛇皮袋挤到前头去了。

到了车上，我扫了一下，没有那个漂亮女人。快开车了，她也没有来。我犹豫了一下，就走下车，把那个纸袋子单独放进了大巴下面的行李箱里。

大巴开到上海境内不久，就拐进了一家加油站去加油。司机下去了，让工作人员给车加油，加完油，他走进加油站的房子里去付钱。但是他进去了再也没有出来。车上的人先是探头张望，后来开始抱怨，骂。车门没有开，有人开始敲车窗。加油站的工作人员都看着我们的车。我隐隐听到两声布谷鸟的叫声，从窗户里往外看，看到加油站靠路的地方有一个西瓜摊，桌子上摆了一溜切开的西瓜，西瓜瓤在阳光下红得很艳，然后看到一辆警车开过来了，停在加油站的旁边。从里面走出来四个警察。

看到警车我就明白了。司机也从加油站的房子里出来了。

我又回到了西塘。

开始没有觉得什么，等到警察打开纸袋子我才有点害怕。我以为里面有几件衣服，可能还有鞋什么的，刚拎起那个纸袋子的时候感觉是有点重，比想象得重。嗯，里面有三部苹果手机，三部苹果手机也算了，里面还有一块石头，看不出是什么石头，但是既然装在袋子里跟苹果手机在一起，肯定就不是一般的石头了。

到这一刻我才庆幸把纸袋子放到了大巴的行李箱里。我迅速地思考了一下，觉得只能赌候车室跟大巴之间这段距离没有摄像头了。

我告诉他们纸袋子是我拿的，但不是我放到车上的。嗯，要是候车室跟大巴之间有摄像头，我就死定了。我说，我拿纸袋子本来是想交给失主的，失主没在车上，我就放到了候车室门口，至于是谁放在车上的，我就不清楚了。

我就是这样说的。

他们当然不相信，但是也找不出证据，我猜那段路真的没有摄像头，如果有，调出来一看就明白了。

审了一夜，嗯，这个我有经验，我蹲过看守所嘛，坦白从严，抗拒从宽。有个狱友告诉我，他偷煤气罐的时候被当场抓住，又从他家里搜出一百多个煤气罐，但是他打死也不承认家里的煤气罐是他偷的，没有什么理由，就是不承认，最后只判了他偷一个煤气罐的罪。

第二天上午，我从派出所出来的时候，觉得像做了一个梦。我回到那个裂开的房子里睡了一觉，要不是梦到那个拎蛇皮袋的老头，我估计得睡一天，今天就不会在上海了。

嗯，就这样。

15

艾特说："天哪，你。"

李朝说："嗯。"

艾特说："然后呢？"

李朝说："然后就在这里了啊。"

他的样子好像刚才讲的是别人的一个故事，跟他丝毫没有关系了。幸好有血丝留在眼里，是他作为当事人的证据。

我说："你的胆子还是蛮大的。"

李朝说："怎么了？"

艾特说："陌生人的东西也敢拿。"

我说："万一是什么爆炸物呢？现在跟新疆的关系这么紧张。"

李朝说："要对人信任嘛。"

我说："小时候听过很多类似的故事，在火车站或者汽车站，一个抱小孩的妇女说要去上厕所，让别人帮着抱抱小孩。然后一去不见踪影，抱小孩的人打开襁褓一看，里面是一个滴答滴答响的定时炸弹。”

艾特说：“看出年龄来了，现在让人代抱小孩肯定没人敢抱啊。”

李朝说：“这种事情是真的啊，就发生在上海真如车站。”

艾特说：“那你还敢拿？嗯，看来那个女人不是一般的漂亮，我倒很想看看她的模样。你拍照片了吗？”

李朝说：“没有。”

艾特说：“好可惜。”

我看着艾特。

艾特说：“我想看看能让李朝‘入梦’的女人长什么模样。”

李朝说：“靠。”

我说：“你今天说了好多‘靠’啊。”

李朝说：“有吗？”

艾特突然又拍了一下桌子说：“哎，哎，我可以根据这个故事写一篇小说吗？”

李朝说：“可以啊。写啊。”

艾特说：“那你再说说，他们是怎么审讯你的啊？？”

李朝说："就这样审的啊。"

艾特说："没有刑讯逼供？"

李朝说："开始没有，后来剩下一个人审讯的时候急了，电了我一下，其他还好，就是不让睡觉。"

艾特说："不过，你真是蛮聪明的，难怪诗歌写得这么玄。"

李朝想了想说："没有吧？我从来不觉得我的诗写得玄，是你们阅读的方式不对，总想从里面找到现成的意义。"

艾特说："别激动，别激动。"

李朝突然放低了声音说："没有吧？"

艾特说："我还是很佩服你的。"

李朝说："怎么？"

艾特说："这么镇静。"

李朝说："努力想得到什么东西，其实只要沉着镇静、实事求是，就可以轻易地、神不知鬼不觉地达到目的。而如果过于使劲，闹得太凶，太幼稚，太没有经验，就哭啊，抓啊，拉啊，像一个小孩扯桌布，结果却是一无所获，只不过把桌上的好东西都扯到地上，永远也得不到了。"

艾特说："哈！卡夫卡的小说你都能背下来啊。关键是怎么能做到镇静啊？”

李朝说：“我有方法。”

艾特说：“什么方法？”

李朝说：“培养对审讯者的憎恶之情，让自己变被动为主动。”

艾特朝后一仰，说：“李朝老师，你要是去犯罪，这世界就是你的了。还好你选择了写诗。”

李朝咽下了一个“靠”，说：“狱友告诉我的。”

我说：“憎恶之情倒真的好培养。”

李朝说：“根本不用培养嘛。”

艾特羡慕地说：“被你说得我都想去坐一次监狱了。我觉得我的生活太平淡了。”

李朝说：“这样啊？”

艾特说：“陀思妥耶夫斯基要不是被枪毙一次，他能写出那么好的作品吗？卡夫卡要是没有一个专横的父亲，他也成不了卡夫卡吧？”

李朝和我一起点了点头，说：“靠。”

艾特低了头，又往上翻起白眼，看了我一眼，又看李朝。

李朝嘿嘿地笑起来，整个身子都颤动起来，屁股下的椅子发出两声尖叫。

艾特又拍了一下桌子，制止李朝的笑，说："我还想问一个问题，他们知道你是诗人吗？"

李朝说："不清楚，应该知道吧？网上查一下就能知道。"

艾特点了点头说："这个蛮有意思的。"

我说："嗯，说不定是读着李朝的诗歌长大的。"

李朝说："靠。"

艾特憋了一会儿又说："警察肯定被你气晕了吧？"

李朝突然站起来，用四个指关节敲着我面前的桌子，脸凑近我的脸说："你这个人太不老实了，太不老实了，太不老实了……"

我和艾特哈哈大笑起来。

笑声招来了老板娘，她满面春风地走过来说："你们笑什么啊，有什么高兴的事情讲给我听听呀？"

李朝笑眯眯地说："这个笑话保密哟。"

老板娘说："怎么样，在我店里吃饭吧？要不到外面吃，我请你们，你们看，雨也停了。"

我们都把头转向窗外，雨真的停了。路上的水还没有耗尽，汽车开过去还是像快艇一样冲开两片扇形的水浪。对面居民楼上，一个男人赤裸着上身探在外面，仰面朝天看着什么。

天也明亮了。

李朝说："今天算了吧，我说好跟父母一起吃的。"

老板娘说："没想到你还是一个大孝子。再换个新茶吧？"

李朝说："不用了，我们差不多了。"

老板娘说："那好吧。我这个人挺乐观的，船到桥头自然直。你们慢喝。"

我们三个面面相觑了一下，没敢笑出声来。

艾特说："事情算完了吗？"

李朝说："他们让我二十四小时开着手机。"

艾特踊跃地说："你要是真进去了，看书的事情就包给我了。"

有个记者因为泄露国家机密罪进了监狱，我有一个同学跟那个记者是好朋友，经常给他寄点书。艾特就特别羡慕我那个同学。

李朝说："好啊，顺便送点香烟什么的，这个里面吃香。

艾特突然皱起眉头，一脸的不高兴，说："可惜啊。"

李朝说："可惜什么？"

艾特说："你这牢坐得不光荣啊。"

李朝说："一样的，都一样的。"

艾特说："你倒是很能齐生死等是非啊。"

我想起刚才李朝说起的曼德尔施塔姆的那句诗来，对李朝说："你现在是不是变得很平静啊？"

李朝说："哎哟？"

艾特又沉下脸，翻着眼看我，突然明白了，说："你倒是挺能活学活用的。"

我说："这是我今天碰到的第二件怪事？"

李朝说："第一件是什么啊？"

艾特说："我知道，他今天在办公室看到了布谷鸟。"

我想起那只被撞伤的猫，说："不是。"

艾特说："那是什么？"

我说："算了，不说了，不吉利。"

艾特说："好吧，还是讲点好玩的事情吧。"

我说："好玩的事情是雨停了，洪水来不了了。你的创世纪小说写不了了。"

李朝说："那改写一篇《酒吧长谈》吧？"

艾特说："切，他都说略萨没有内在性了。咦，你怎么像没事人似的啊？"

李朝说："本来就没什么事吗？"

16

李朝回去陪父母吃饭了。艾特和我回办公室取东西下班。在咖啡馆和办公楼的夹道里，雨水还像溪流一样哗哗地流着。几棵芭蕉好像趁着暴雨又疯长了一截，叶子绿得发亮。

在楼梯上，我和艾特对视了一眼。

艾特说："你想说什么？"

我说："你想说什么？"

艾特说："算了。"

我说："嗯。"

又上了两个台阶，我突然停住了，对艾特说："你先上去吧。我有点事。"

我又下了楼梯，绕到办公楼的前面，来到凌霄花下面。地上的血迹已经被大雨冲掉了。我环顾四周，看到门廊下的乒乓球桌上蹲着几只猫，两只白色的，一只黄色的。两只白色的猫紧紧地靠在一起，黄色的猫则孤零零地蹲在另外一边，身子压在四只蜷缩的脚上，好像睡着了。

拍卖会

上

一入秋，气温还没有多少变化，阳光似乎最早感受到了秋意，不再那么白亮，而像是从水里反射出来的一样，微微泛着银色，给人一种发飘的感觉。

这是怎么回事啊？我对朱力说。

他转转头，四下里看了看说：好像是有一点，是不是大气层发生了变化啊？

我说：是不是金融危机导致的啊。

他想了想说：也有可能啊。

说这话的时候我们正站在圣瑞家具有限公司的场院中，看着公司的员工从厂房里往外抬家具。场院中已经站了不少人，都像我们一样在看着。

我又对朱力说：怎么有雨声啊？

朱力终于憋不住了，说：你耳朵有毛病了吧，这么好的天怎么会下雨？

你仔细听一听。

听不见。

他讪笑地看着我，我摇摇头，耳朵没有问题。但是我确实听到窸窸窣窣的雨点落在树叶上的声音。不过，我让朱力仔细听的时候，自己也听不到了。

我们仔细地看着那些刚刚抬出来的家具，空气中有一种喜庆和忧伤混杂的气息。一个公司在倒闭，而在场的人又期盼着能捞到便宜而好的东西。天空又高又蓝，白云像透明似的飘浮在空中。这样的天气不管人干什么，都会觉得怡然，觉得永远活下去才好。但同时，又会觉得有点怅然若失，好像干什么都不能尽兴似的。

过了一会儿，我又听到了雨声。

我四下里看，搜寻着雨声。在这种晴朗的天气里听到雨声，真像耳朵出了毛病，感觉很别扭。然后我突然发现在我们背后，在刚才进门的场院门口那条路上种了一排白杨树。这在上海不多见，而且这些树长得跟在北方一样高大，树干是银灰色的，上面有很多牛眼一样的树痕。我撇开朱力向那排白杨树跑过去，我果然慢慢地接近了“雨声”。有些白杨树的叶子即使没有风吹，也会簌簌地抖着，就像人的眼皮跳一样。而稍有风来，成片的叶子一起抖动，声音就像落雨。我想起一句古诗，“白杨多悲风，萧萧愁杀人”。如果是在秋夜里听到这种树叶的声音，以为落雨了，不免会有凄凉的感觉。我想起来俄罗斯人把白杨树叫做苦树，谈恋爱的人都要避开它，说它不吉祥，是不是也跟这个有关系呢。找到声源，我很高兴地走回来，对朱力说：白杨多悲风，萧萧愁杀人。朱力一脸茫然说：什么意思啊？我说：是白杨树。不再跟他解释，他也不再问。这是我们的默契。几个月前，他突然关闭了他经营了近二十年的摩托车店，我问为什么时，他说：太累了。我也没有多问。

他现在的注意力都在那些刚刚搬出来的家具上。我觉得他是特别想发现真正好又便宜的东西。圣瑞公司处理家具的消息是他通知我的。电话里他说，这家工厂的家具比宜家还高一个档次。金融危机，他们要搬到昆山区。我是外来户，对上海这个灰扑扑的郊区小镇的情况不熟悉，他说比宜家好，又打动我又让我不相信。因此，他好像就有责任让我至少能看到实打实的好东西，而且还得便宜。对我们来说，不便宜的好东西实在是遍地都是。

那个箱子不错。我看了半天对朱力说。一进这个公司的大门，我就有点信朱力了。我们都喜欢宜家里的东西，但是每次去宜家都是以逛为主，最多买一些小地毯、小凳子之类的东西。

哪个箱子？朱力说。听说我有中意的东西他果然很高兴。

那个。我用手指着，靠墙角那里，那个黑色单人沙发旁边。

上去看看。他说。他好像没看到我指的那个箱子。

他双手一撑，敏捷地跳了上去。圣瑞厂房建得比场院高出多半个人。厂房前面有一个两米宽的回廊。公司员工先是把厂房里面的东西搬到那里，然后有人再选择性地从台阶上搬到场院里。我看到的那个皮箱堆在回廊的尽头，被压在沙发和大衣柜下面，好像他们一时不会处理到它。

我学他的样，也跳了上去。我一下子觉得自己很高，回头看场院里的人，有的像本镇上的农民，有的像打工者，站在场院当中，三五个挤成一团壮胆似的，脸上是既欣喜又迷茫的样子，好像置身于一个既向往又不了解的地方。他们背后是公司的不锈钢伸缩门，在阳光下闪闪发亮。穿着黑色制服的门卫坐在门卫室里，有点不情愿地对进出的人视而不见。

朱力说，这家公司是最早引进小镇的一家外资企业，说是北欧的，建得比镇政府都气派，虽然后来小镇上又陆陆续续建了好多工厂，但一直没有超过它的。本地人都以能进到这个公司打工为荣，进到这个公司，感觉就像大学生毕业进了政府部门一样。每年有体检，有休假，公司还组织去旅游。一点都不像打工。

我看到公司右边的一块大草坪真是比镇上公园里的草坪还大，绿草如茵，草坪当中还有一个外国人的塑像。靠院墙种植着月季花。但是院子里几乎没有树，加上房子建得方正高大，使公司显得有点肃穆，人进到里面，下意识地想挺挺腰，站得直一点。

工作人员正在把一套沙发往一起放。沙发是深棕色的真皮沙发，一只单人的，一只三人的，看上去非常气派。北欧的家具大概都是按照人高马大的北欧人设计的，单人沙发坐两个人也宽敞。

开始拍卖了。人们往那里聚集。但是搬家具的工人仍在忙碌着，有些顾客，那些看上去像农民和打工的人只在破损家具的旁边逡巡着。这使得拍卖会有点破罐子破摔的味道。

报价员就随便地站在那套沙发旁边，西装革履，像个公司的中层管理者，他可能从来没想到自己有一天会做拍卖员，严肃的脸上又隐现着一丝腼腆的笑意。不过那些参加拍卖的顾客跟他的感觉也差不多，好像不是来买东西的，而是来围观热闹的。有些女的互相挤眉弄眼，很觉不好意思似的。终于开始了，报价员报价一千，立刻有人出了两千。两千。报价员说。两千五。有人说。两千五。报价员说。三千。有人说。三千一次。报价员说。三千零五十。有人说。大件必须一百加价，小件五十。报价员说。人群起了笑声。三千两次。报价员说。出价三千的人把沙发买走了。还是得说，上海人的素质高。前面还觉得是一场玩笑，一旦开始，立刻变得有板有眼起来。在店里能卖到一万块钱，划算。有人评论道。那你怎么不出手啊？有人打趣。没钞票，册那。然后又抬上来一张床，乳白色，四根罗马柱撑着。还有两张床头柜，柜子上的抽屉拉环好像是铜的，有雕花。报价一千，拍到三千就被买走了。朱力认识那个买的人。

他是镇上开厂的，喜欢摄影。我到他家去过，镜头一柜子。你想不到吧，镇上也有你说的摄影发烧友。他说。

这个人很有个性，不喜欢开汽车，喜欢开摩托车，他有一辆哈雷，那种车把很高，屁股肥硕的摩托。他说。

他这样说，我就明白了，朱力是镇上修摩托修得最好的人。他看上去就像修东西的能手。他其实不光会修摩托，他见什么修什么，见不到的没办法。你知道空调制冷的原理吗？他说。我很干脆地摇头。我可以帮你把水井里的热量提出来做地暖。好啊，我家院子里正好有一口井。只要十万块钱。他说。我就不吭声了。

你看到吧？朱力说，这个床比宜家的好吧？

嗯。我说。

床的质量总体上真的比宜家好，只是样式显得有点老，过于豪华了，而且那么欧式，倒是适合放在现在众多仿欧的洋房里，不伦对不类。宜家的好在于很多简单主义的家具，亚洲人使用也不那么突兀了。我看来看去，真正相中的就是那只箱子了。有点像我们旧式的樟木箱子，颜色像，还有点旧的样子，四个角都包了铜，最打中我的是箱盖上镶了一块皮子，黑色磨砂。我摸了摸，腻腻的，很像真皮。把这个箱子放在书房里当茶桌用，应该很有味道。只是不知道便宜到多少，放在宜家卖，我估计得七八百块钱。

朱力看到这个箱子略微有点失望，倒不是这个箱子有什么不好，主要是跟那么多其他家具比，这个箱子太不起眼了。

而且这种“樟木箱子”现在已经没有多少实用价值了。

我的意思是等他们慢慢拍，拍到了我就去竞拍。

但是朱力说：你等着。他就跑到一堆人里面去了，过了一会儿，他陪着一个胸前戴着工作牌的女孩过来了。看样子，他认识她。我经常诧异，觉得朱力很神，在什么地方都能找到熟悉的人。

就这个。他指着那个皮箱说。

好。我记住了。那个女孩说。女孩长得很漂亮，脸色沉静。她说的是本地话，比起市区的话，降调多，比较硬。应该是镇上的人。

你现在打个价，就卖给我们好了。

女孩笑了笑，说：这个还是要走程序，我记住……

朱力耍赖皮地说：这么个小家具，要么你让……

女孩又笑了笑：不行的，外国老板很当真的。

那好吧。朱力说。当时候你得帮忙，别把价抬高。

女孩露出了无能为力又只能答应的笑容，走了。

再去看看其他的。朱力说。那个女孩家里很有钱的……她以前在我店里买过三辆摩托车，前面两辆都被偷走了。

就在我们说话之际，场院里多了好多人。好像是一眨眼间冒出来的。我感觉有一大伙人是一起来的，而且是闻讯而来。但这一伙人又不聚在一起。这些人表情很镇定，倒不是面对什么事情的镇定，而是无所事事的镇定。所以虽然身处拍卖现场，好像对拍卖不怎么感兴趣。我向门口停车的地方望过去，果然看到有一个地方停了一溜大同小异的摩托车。这时拍卖会那里，人已显得拥挤。一套绛色的真皮沙发又搬了过来。一个人突然一高，面对着人群，说：这套沙发我要了，大家帮帮忙。他可能是踩在什么东西上，比人群高出两个人头来。这人三十来岁，身体健壮，最醒目的是他的光头，在阳光下闪闪发光，他的周围光线似乎都更亮了一些。我很惊讶人的头怎么能剃得那么干净，好像这个头从来没长过头发一样。而且像所有霸道的人一样，他的脸上也有一道伤疤。不过，有意思的是这道伤疤长在嘴和左耳朵之间，好像他的脸上有两只嘴巴一样。可能是医生有意改变这道伤疤的煞气，把它缝成了一道向上开口的月牙形。乍一看去，这位森森然光头的脸上似乎总浮着一层笑意。报价员报出起拍价五百元。光头笑眯眯地说：五百元，我要了。这个笑是真的，大概他也觉得花五百元买一套真皮沙发有点过分。报价员一副公事公办的样子，只是对着人群说：五百元。嗨，五百元，我要了。光头说。他冲报价员摆手。脸上还是笑眯眯的样子，甚至有点讨好的笑，想把报价员的视线引到他身上。人群里有人笑，光头也笑了一下回应人群的笑。这些笑声一下子缓和了现场的气氛。人群里有一个声音说：八百元。光头四下里看。好像要找到那个竞拍的人。报价员说：八百元、八百元。一千一千我要了。光头说。一千二。又有人开价。一千五。光头说，脸上已经没有真的笑了。而且他伸直右手，手掌撑开，对着人群缓缓地移动，仿佛要在第一时间发现开口的人，然后把他的嘴巴捂住。这气势真的有点像领袖在大庭广众之下演讲一样，但一切都毁在那道往上开口的月牙疤上了。那样子并不像真的在威慑，而是在表演威慑，因为是表演又不免露出笑意来。

是黑社会吗？我问朱力说。

这家伙在我店里买过摩托车的。朱力说。

是黑社会吗？我又问。

他们买车很爽气，修车也爽气。他们只有一个要求，把车修好就行。

光头终于以一千五百元的价钱拿下了那套沙发。搬沙发的那几个人我觉得就是骑摩托车来的几个人。

光头对拍卖的家具还是有挑选的，样式太旧的，或者有破损的，他就不参与竞拍了，让别人自由竞拍。而这些家具竞拍不激烈，三下两下就结束了。所以现场拍卖的速度还是蛮快的。

太阳很快升到头顶上，虽然入秋了，空气不闷，但气温还是蛮高的，站在院子里走动一下，浑身汗津津的。水泥地冒着热气，晒在太阳下的家具也热烘烘的。往外搬家具的门不知道什么时候关上了，大概上午把外面的家具处理完就结束了。我一开始就没想着去买那些看上去贵重的家具，所以没有感觉到什么。两三千块钱对我也是一个大数目，哪怕买到的是本来值一万块钱的东西。我就等到拍卖那个“樟木箱子”，如果不超过四百块钱，我就买下来。

不知道什么时候，事情起了变化，有两件事几乎是同时发生的，一件是，公司那位报价员不见了，从旁边人的议论才了解剩下的一些家具不拍了，改成一口价卖；另一件事，我发现那个光头就站在我相中的箱子前面。我赶快去找朱力，他正在打量一个月白色的三人布沙发。

这个沙发一千元，你帮我看着点，他说。

我只好站在那只沙发前面，一千元真的不贵，沙发套子的布像帆布一样厚、结实。但是光头还站在那只箱子前面。然后，我最不愿看到的事情发生了，他竟然动手拨拉箱子旁边的东西。我在人群里寻找朱力，终于看到他双手抱着一个单人沙发过来了。他把沙发放下来，往三人沙发旁边推了推说：

怎么样，像一套吗?

那个人在看那只箱子。我说。

哪个人？朱力说。

光头。我说。指给他看。

没事。朱力笃定地说，他只买大件家具。你看这两个沙发像一套吗?

朱力搬来的这只沙发只有一边有扶手，另一边是敞开着的，也是像帆布一样的布沙发，颜色略深，配在一起也可以。

一共一千四，还行吧？朱力说。

行。我说，付钱了吗?

还没有，你先帮我看着，我去付钱。朱力说。

好。快点。我说。

朱力走了。我发现光头已经把箱子旁边的家具都挪开了。但是他现在在打量一个柚木色的大衣柜。我祈望他像朱力说的只对大件感兴趣。然后我又用眼找朱力，他站在廊台上，旁边一个工作人员向我这里望着。然后，他们一起走到一台桌子前面了，大概在结账。不幸的事情就是在此时发生的，光头弯下高大的身子张开双臂抱了一下箱子，箱子没有动，大概是使不上劲儿。然后他双手改搬箱子的一头，把箱子微微搬起一点，慢慢地向廊台的当中拖。他拖得很小心，好像在拖一件非常贵重的物品一样。好在他把箱子拖到廊台的当中就停手了，然后他又回去看那个柚木色大衣柜了。

朱力回来了。我们一起把两个沙发搬到一个空旷的地方。

光头还在衣柜那里逡巡。

朱力说：去看你的箱子。

我们重新跳到廊台上，直奔箱子。朱力比我有经验，他直接就去找刚才那个漂亮的女孩，很快女孩跟他来了。同时光头也走了过来。我假装没有看到他。

这个箱子多少钱？朱力问。

这个——女孩在翻她手上的一个小本子。

咦？你们在干什么？光头在我们的背后说。光头的肺活量不小，我的后背感觉到轻微的震动。

朱力回过头去。

你也来淘家具啊。光头真的认识朱力。

朱力说：我看你买了好多。

买着玩。光头说。

女孩还在翻她的本子。

这个箱子我要了，多少钱？光头直接问女孩。

朱力说：嗯，这个，我们刚才跟她定好了。

女孩说：这个箱子一百五十元。

刚才？光头笑笑说，刚才这个箱子在哪里啊？

真的定好了。朱力诚恳地说，要不你问她。刚才箱子在那里——

光头竟然笑了笑。离得近，我看到他左嘴角上的那道月牙形的伤疤像蚯蚓一样抽搐着，虽然向上开口，但一点没有笑意，完全是他可以干任何事情的一个天经地义的理由。他温柔地摇摇头，然后突然弯下腰，粗壮而长的双臂一拢，几乎是轻轻地就把那个箱子抱在了怀里，然后就从我们身边走开了，就像我们都不存在似的，从台阶上咚咚咚地走下去了。宽宽的台阶上上上下下的人不少，但我只清晰地听到了他的脚步声，震得我身体微微发麻。

下

一直到坐在车里了，发麻的感觉还在。我点着火，但没有挂挡，在车座上坐了一会儿，脑子还在拍卖场上。那个女孩带着歉意地一笑说：里面还有很多好的家具，下午再来看吧。朱力立刻说：那你到时候帮帮忙……女孩点点头。我也露出感谢的表情。当时觉得只有这样才显得自然。但是我脑子里其实转着另外一个念头，要是我们最初没有告诉这个女孩我们相中那个皮箱，事情就好多了。

在车里坐了一会儿，麻木感也没有消失，以至于挂挡前，我把车钥匙拧了一下，本来是要启动车子，结果熄了火。车子里热烘烘的，像烤箱一样。但是一方面觉得热，一方面觉得没什么，连车窗也没有放下，就开回家了。我觉得中午的路上空荡荡的，好像就我一辆车在路上开。74路公交车站头上站着好多人，冷眼瞅着我开过去。

回到家，我一直在想，我应该在那个光头注意到那个皮箱的时候就赶快过去把它搬出来，或者，在他把箱子搬过来以后，就该趁他回去的时候找到那个女孩把钱付了，或者在他搬起箱子的时候把箱子摁住，或者在他强行搬走箱子的时候把他推到廊台下面……然后想着想着，就又从头想一遍。就这样想着吃了一碗面条。我把碗放下的时候，正好想到“把箱子摁住”这里，突然就不知道该想什么了。我跑到楼上书房里，就觉得书房里有一个位置特别适合放那个箱子，就在那块粗麻地毯上。我沮丧地下楼，从楼梯窗户里看到外面异常的明亮，房子西边的小路像一道小河一样晃眼，一个人站在路边捂着一只耳朵打手机，他的影子像墨一样黑。

我重新坐到楼下客厅里，打开电视看。快递员骑着摩托停在我的门口，我就坐在沙发上看着他，他也看着我。他看了半天不得不探着身子猛敲了一下铁门。我这才醒悟过来，走过去取了快递。他掉转摩托后，还回头看了我一眼。

走回房间的时候我突然想起朱力为什么不给我打电话啊。这时手机就突然响了，我掏出手机一看，果然是朱力打来的。我摁下接听键，没有听到声音，又赶快摁了免提，手机突然传出很响的声音：听到了吗？我对着手机说：听到了。他说：快来吧，有惊喜。就挂断了电话。

我一看时间，已经差不多四点了，我犹豫了一下还是动身了。我觉得我不是很想去淘朱力说的比宜家还好的家具了，而朱力好像洞察了我的心思一样，告诉我“有惊喜”，搞得我非去不可了。我一边开车一边觉得自己在做身不由己的事情似的。但是一旦上了路，我的脑子突然清醒了许多，人有点清旷的感觉。开车不到一刻钟的时间就到了圣瑞公司的门口。门口静悄悄的，没有车，也没有人来人往。我一个人看着圣瑞公司的大楼觉得它虽然有点旧了，但确实很显肃穆，绿草如茵，墙边的月季花呈焰色，秋日下像燃着一样。院子里没有家具，但有人拖着影子走动。脚步一点都不零乱，看不出停产搬家的任何迹象。我诧异地低头看了一下仪表盘，三点四十六，连四点都不到，难道拍卖会已经结束了？一种复杂的心情涌上来，既怅然若失，又若合心意。但隐隐有点不甘心，想看个清楚。我停好车，正好停在那一排高大的白杨树下。耳边又响起簌簌的像雨声一样的声音。突然间就产生了恍若隔世的感觉。我仿佛是多少年后又来到这个地方似的。公司的自动门关闭着，看门的保安恢复了警觉和严肃的脸色，端坐在门卫室里。但是他一看到我，立刻拉开窗玻璃，用手指点着我，好像等我很久了似的。正当我莫名其妙的时候，他突然手指一拐，我顺着他的手指方向一看，门口右墙上贴着一张告示。告示上说下午的拍卖会改在镇中心联华超市广场举行了。

离联华超市还有三四百米的距离时，我就感觉到有动静了。有一辆三轮车载着一台崭新的立柜飞快地向相反的方向驶去。跟我错车的时候，似乎还抽空看了一眼，仿佛知道我去干什么似的。路边的停车也多了。我放慢车速，看到一个车位将车子倒进去。

“天青色等烟雨，而我在等你，月色被打捞起，晕开了结局……”联华超市的位置算镇中心了，不知哪家音像店里的喇叭高音播放着周杰伦的《青花瓷》。喇叭的低音很重，不时有嗡嗡的声音响起。镇上只有汽车荡起的灰尘浮动着和这悠扬又模糊的音乐相应。这里的人还真不少，因为超市对面是菜市场，还有两路开往市区的公交车站，一路开往青浦的公交车站。人们不时地向超市方向扭头观望，有的一边离开一边回望。不时有人相碰。我向超市门口走去，广场上确实摆放着一些家具，但是没看到等着拍卖的大堆家具。人们也不是在看家具，而是在看一个人。我的右肩被人拍了一下，我受惊似的一回头，没人。朱力站在我的左边笑。

你怎么才来啊？他说。

我等你打电话呢。我说。

我给你打了好多电话啊。他说。

我摸出手机一看，果然有三个未接电话，电话一直放在口袋里，前面我怎么没有听到啊？

不拍卖了吗？我说。

你不知道，下午东西卖疯了。买的人都抢呢。大概经过上午的拍卖，大家都知道处理的都是好东西了。他好像把我的晚来看成对他的轻视了，还在强调这个公司的家具比宜家好的观点。

已经卖完了？我说。

场面有点失控，圣瑞公司停止拍卖了。他说。

失控？我说。

黑社会也来买了。朱力说。

黑社会？

对的。他们不是自己用，他们大概是先买下来再卖给别人。

那个光头吗？我说。

那个家伙就是个混混。这次是真的。不过这个人也在我店里买过摩托车的，人很爽气，不问价，只问好不好。就是那个人……

顺着朱力手指的方向，我看到一个人，矮墩墩的，肚子鼓凸着。他几乎没有脖子，头直接安在肩膀上，头发右分，脸色赤红。他正仰着头，听一个女人说话。好像是在听，但是不停地用右手捋他的头发，很担心在那个女人面前的形象似的。而那个女人，左手肘上挂着一只塑料袋，好像有芹菜露出来。身材比黑社会还高一点，比较瘦，但是也就是我们在菜市场经常会遇到的一个烧饭阿姨。她穿着一件很浅的粉红色衬衣，四十多岁，皮肤已很粗糙，像经常干农活似的。唯一有点奇怪的是，左手上还夹着一支烟。当她把烟放到嘴巴里抽时，脸上突然呈现的淡然神色，让人觉得她有点异样。她正不停地向黑社会说着什么，脸上满是笑容，还不时地用右手扒一下那个男人的肩膀。她扒一下，那个男人就往后退一步。

这是怎么回事？我说。

抢家具抢出事了。朱力说。

出什么事了？我说。

等会儿给你讲，你先跟我来。朱力说。

我跟着朱力走到广场左边一个卖服装的小店门口。那里放着四把有布垫的木椅子，一个半圆形深陷的布沙发，一只深蓝色垫脚……让我吃惊的是我上午看中的那只皮箱子赫然也摆在那里。

朱力笑眯眯地看着我。

那个人没买？我说。

这个你别管。你想要吧？朱力说，不要我要。

朱力一定是看到我的脸色不在他的预料之中，颇有点失落。

要啊。我说。

你仔细看看。他说。

我用手去摸那块皮子的时候，我想起来了，上午那个箱子上的皮子是黑色的，而眼前这块是褐色的。

你是怎么弄到的？我说。

这个公司的一个小头头经常在我店里修摩托车，他中午让我直接进到仓库里挑，挑好他就给放拢一起了。这个箱子打的价是一百元，比上午还便宜五十。这就叫塞翁失马，焉知非福啊。朱力说，露出牙齿笑了。

朱力是个腼腆的小伙子，即使得意地笑，也是一副腼腆的样子。我搬到这个离市中心有十九点七公里的小镇上，就认识了他一个朋友，也是在他店里买了一辆摩托车的缘故。

有一次我问他，是不是镇上每个人都在他店里买过摩托车啊？他想了想才说：不一定，有的人买过三辆四辆，丢一辆买一次。我说：那小偷为你做贡献了。他又想了想说：也可以这么说吧。我们成了好朋友，有事无事我就到他店里坐坐，来修车买车的人总是压他的价，他都是一副不好意思无可奈何的样子。好在他有一个精明能干的老板娘。等到她出来的时候，就轮到顾客不好意思了，因为觉得占了老板的便宜，很快就接受了老板娘坚持的价格。两个人像演双簧，买卖做得很兴旺。

这时，广场那一边突然骚动起来。一个男人很高亢地说着什么。服装店女店主也站到门口翘首观望。

我的东西先放在你这里，你帮我看一下。朱力对女店主说。

好的，放在这里管你没事。女店主很殷勤地回答。

走。朱力对我说，我带你去看看黑社会。

我说得很明白，我说得非常明白，我说得不能再明白了。我说明白了吗？那个矮墩墩的男人很激动地说，简直有点像吼，嗓子里好像有沙子，声音沙沙的，但很浑厚，仿佛他那敦实的身材是一台音箱。

那个阿姨模样的女人还站在他旁边，还是笑眯眯的样子，手上已经没有烟了。她说什么听不清楚，感觉她很赞成那个人说的话，但她这时只想站得跟黑社会更近一些，而黑社会很警觉，始终与她保持一定的距离。也许是他觉得没有女人高，离得近，有失派头。女人嘴巴里不停地说话，黑社会似听非听，朝一边仰着脸，又愤怒，又不屑的样子。阿姨不停地说啊说，他就干脆若无其事地左右转转头。有一刹那，我觉得他的眼神跟我对上了，他嘴巴突然咧了一下，露出一个笑容似的，又转脸对阿姨说：我说得很明白，我说得非常明白，我说得不能再明白了。我说明白了吗？他的右手从他的右耳朵那里起往前下方做了一个砍的动作。我觉得耳朵嗡嗡响，好像他的声音全灌到我耳朵眼里去了似的。我回头看看朱力，朱力又在像刚才我看到箱子时那样笑眯眯地看着我。我被他看得发毛，只好又去看那边。那个阿姨脸上还是笑眯眯的，正徒劳无功地想用手去扒黑社会的膀子。我觉得配合她这个动作，她说的话是算了算了。然后就是她往前凑，黑社会往后让。以他粗壮的身体，只要轻轻一拨就能把这个烧饭阿姨拨出两米远，但他始终礼让有加。他的愤怒显而易见，但是只冲着另外的目标，不迁怒。不过阿姨对他的作用也仿佛是零，他对她的不礼貌就是充耳不闻。终于阿姨绝望了，停止了说话，站在原地沉默了。围观的人似乎也松了一口气，有时间扭头看看其他的地方。黑社会还是仰着脸站着。没有那个阿姨在旁边骚扰，他一下子显得孤零零的，不再像黑社会，而是成了一个赌气的孩子。

阿姨挎着她的芹菜离开了黑社会，走了二三十米远的距离，站在了两个年轻人的身边。

朱力说：就是他们两个前面跟那个人抢拍一张双人床。把那个人惹急了。

谁买到了？

这两个人。一直不让，一直抬价。

我仔细地看了那两个人一眼，说：床呢？

朱力四下里看，没有看到。那张床不要太好，比宜家要高两个档次。朱力说，我估计这两个人特别喜欢，拍到五千块钱，差不多是这次拍卖最高价了。把那个黑社会给气晕了。

男的高高瘦瘦，脸很白净，嘴唇薄，紧紧抿着。看上去有点紧张，但是一副不服气的样子。女的长头发，脸也很白净，戴着一副金边眼镜，很像会计的模样。她双手叠着放在小腹前面，和她老公站得比较开。阿姨在跟他们说着什么。

男的头也往后一仰，嘴巴咧了一下。女的脸上一副困惑的样子，不能相信眼前发生的事情似的。阿姨的右手做了一个往下压的动作，脸上没有一点笑容。然后，那对夫妇突然离开阿姨向一辆白色汽车走去。我看了一下车牌，是马自达六。男的走向驾驶座位置，女的则走向副驾驶座的位置。从车子的后窗看到里面放了一排布玩偶。车子的屁股上贴着“别迷恋哥，哥只是个传说”的字样。男的坐进去了，车门却给阿姨扳住了。

马达的轰鸣声就是这个时候传过来的。马达声强劲有力，震动着空气，震颤着人的耳膜，让人感觉到整个广场都抖动了。广场上的人都向轰鸣声看过去。五辆红色嘉陵摩托车头尾相连缓缓停在了广场旁边的大路上。看到这五辆突然而至的摩托车不免让人心惊，但看过以后又不免有点失望。五辆摩托车都很破，甚至到了破旧不堪的地步，跟刚才那种震耳欲聋的轰鸣声真不般配。那种轰鸣声一般是雅马哈、哈雷这类摩托车才会有的。每辆摩托车上坐着三个人，最后面那个人站着，扶着当中那个人的肩膀。他们都不戴头盔，都是年轻人，打扮不一，有的留着鸡冠头，染成火红色；有的剃成光头，凹凸不平，后脑勺铁青。

朱力又突然笑了。他说：他们这些摩托车都是改装过的。

是你改装的吗？我问。

我肯定帮他们改装过，但这里面有没有我不清楚。朱力说。

他们停在两根水泥高压电线杆旁边，我这才发现有二十几根高压线从我们头顶上穿过。他们没有熄火，引擎突突突地震颤着，像即将出征的战马一样骚动着。我觉得他们头顶上的电线也跟着马达声共鸣了。然后，不时有一辆突然轰油门，好像要蹿出去一样，车头抬起来又落下。一辆平静了，另一辆仿效，一股青烟汩汩地冒出来。

然后突然间，五辆摩托车都熄火了，《青花瓷》的音乐又响了起来，好像摩托车轰鸣的时候它自动停止了似的。然后，我才看到还站在原地的黑社会举起的手臂，像上午的光头一样手指叉开着。但他的手臂是不动的，而且不是指向人群，而是指向那五辆摩托车。广场上也突然安静了下来，大家把视线都渐渐转到了黑社会那只举在空中的手臂上。

他的手臂终于活动了，手指握起来，只伸着一个食指。他点一下摩托车，然后点一个方向。一共点了八下。然后双手分别扯住自己的耳朵，先往两边扯了一下，停了有一秒钟，再猛地往下一拽。手是空的，没有把耳朵拽下来。这一系列哑巴动作一气呵成，有条不紊得像排练过一样。广场上的人都看呆了。看一下黑社会，再看一下那边的摩托车。短暂的沉默以后，五辆摩托车突然启动马达，油门紧一下松一下，松一下紧一下，不一会就笼罩在了青烟里。前面两辆往前开走了，后面两辆掉头而去。等青烟散去，我发现当中那辆摩托车根本没有发动，坐在当中的小伙子甚至用拳头支着下巴出神。

你知道他扯耳朵是什么意思吗？朱力问我。

不知道。我说。

你猜一下嘛！他说。

我摇摇头。

他琢磨着说：我估计是要削耳朵。

削什么耳朵？我问。

削那个人啊。他指着十几米远的那对夫妻说。

这时，那一对年轻的夫妻已经从车里出来了。阿姨跟他们站在一起。男的冲车子摁了一下钥匙，车子上的灯闪了一下，发出“嗯”的一声响。他们两个并排站着，都盯着阿姨看。阿姨在打电话，她挂着塑料袋的左手上又夹上了一支烟。

那为什么现在不动手啊？我问。

这个，这个要问你啊。他说。

问我？我吃惊地看着这个摩托车维修员。

你不是研究社会的吗？他说。

我不研究这个。我说。

他们大概有自己的规矩。他说。

我还想说些什么，突然远处又响起摩托车马达的轰鸣声，仿佛走掉的摩托车又回来了。很多人把头转过去。随着轰鸣声渐近，一辆撅屁股的豪华摩托车开过来了，驾驶员几乎是贴在摩托车上，戴着亮闪闪的头盔。

哈雷。朱力说，是那个开工厂爱好摄影的人的。我拆开过一次，质量不要太好。

那个人停好车，摘下头盔提在手里，向场中心走过来。我还有点印象，这个人看上去并不像朱力说的“很有个性”，而是一个温厚的发福的中年人。他向那个阿姨走过去了，跟阿姨说了几句话，然后就向黑社会走过去了。

走近黑社会的时候，他快走了两步，主动伸出了右手。黑社会看到了他，看到了他伸出的手。他也把右手伸出来，不过不是去握伸过来的手，而是让伸过来的手握了一下。看样子他深知来人的用意，表情寡淡。握手之后，摄影师递上一支烟。黑社会摇手拒绝，摄影师只好把烟又塞了回去，自己也没有点，然后脸上挂笑开始说话。听不清他说什么。黑社会不看摄影师的脸，但嘴角上似乎绽出一丝笑意，好像摄影师说了什么让他开心的事。摄影师又说了些什么，他突然大摇其头，然后右手掌往摄影师站的方向劈了一下，好像把摄影师介绍给众人一样，嚷道：你们有钱，有钱也不能欺负咱是吧？咱也得讨生活是吧？是不是？摄影师仿佛听到一个笑话一样，不由自主地哈哈笑起来。然后又从口袋里掏出烟来，抽出一支递过去。黑社会又拒绝了，身子往后闪了闪，不过动作很温和，声音也降低了一些：我说得很明白，我说得非常明白，我说得不能再明白了。你说我说得明白吗？摄影师殷勤地点着头，第三次把烟递过去。这次黑社会只摆了一下手：我只要两只耳朵，我心太软了，但我不能再软了。他一边说一边摇头。我觉得他的头跟脖子都要磨出电来了。摄影师手里拿着烟，很尴尬地站在旁边。大概是为了挽回一下自己的面子吧，从烟盒里抽出一支烟，自己抽了起来。

太阳已经偏西了，轮廓不再清晰，有点毛茸茸的，光线变得有点稀薄，空气中仿佛氤氲了淡淡的雾气。

那两个年轻人你认识吗？我问朱力。

不认识。朱力说，好像不是镇上的人。

没有在你店里买过车啊？我说。

没有。朱力说，看上去跟你一样。

跟我一样？我说。

都是戴着眼镜的知识分子。朱力说。

他比我厉害。我说。

什么？他说。

不知道什么时候，摄影师已经走了，而阿姨又回到了黑社会的身边。那辆三人乘的嘉陵摩托车还在原地待命，三个人显出一副百无聊赖的样子，相互之间偶尔会捅一下对方的胳肢窝。年轻的夫妻原地待着，各自看着不同的方向。就像圣瑞公司的拍卖一样，这场街头暴力不怎么像黑社会在行动，倒像是一群群众演员在模拟。人们之所以还严肃地看待这件事，不是因为在场的这些人，而是因为前面开走的四辆摩托车。他们是奉了杀伐之令走的。

我突然发现，现场的人们并不怎么关注那对年轻的夫妻，我自己也是。但是，我猜那两个人会觉得所有的人都在看着他们，看着他们不想让人看到的样子。我真想告诉他们，其实没关系。只是现在即使明白这一点，也无足轻重。

为什么不报警呢？我对朱力说。

千万别。朱力受了惊吓似的说，好像我正准备跟派出所打电话似的。

为什么？我说。

他突然头一偏，嘴巴凑到我的耳朵边说：其实警察就在这里面。不过他也是来买家具的。

哪一个？我问。

他四下里看。

那一个。他突然用手一指。

我看到一个熟悉的身影走到广场来了。等他走近一点，我确认就是那个光头。

那个不是小混混吗？我说。

跟你开个玩笑。他说。

下午他来拍卖了吗？我问。

好像没看到。他说。

光头竟然直奔黑社会去了。难道他也是来替那对夫妻求情的？我的脑子似乎也不够用了。我努力想象了一下，如果我像那对夫妻一样坚持要下那只箱子，会产生什么样的格局？我唯一感到安慰的是我也会有一个阿姨一样的人帮我的忙，那就是前摩托车店店主朱力。

果不其然，光头走到黑社会那里去了，和阿姨三个人站成了三角形。光头比黑社会高出两个头来。但是一站在黑社会旁边，感觉他整个身子都在往下缩。他递烟给黑社会的样子很像那个演小品的郭冬临。黑社会接了他的烟，他又忙不迭地给点上火，脸上笑容可掬。黑社会深深地抽一口，然后像摩托车排气管一样把烟雾又急又长地吐出来，人仿佛也放松了许多。仿佛光头不是来替别人来说情的，而是来增援的。然后两人好像聊起来了。这次黑社会的声音不高，听不清他们在说什么。气氛似乎变得很融洽，黑社会仿若在倾诉，而光头一个劲儿地点头。突然，阿姨做了一个奇怪的动作，她面对着黑社会说着什么，一只手却轻轻拍着光头的一只胳膊。而光头则温驯得像一头北极熊一样。不知道阿姨说了什么，黑社会突然哈哈大笑起来。他笑完以后摇了摇头，一转身离开了这两个人。本来以为阿姨说了个什么圆场面的笑话，这样一来，似乎变成了她说了什么不得体的话了。两个人微微愣了一下，阿姨似有意拦下黑社会，但终究没有动作，倒是又扒拉了一下光头，好像是让他再努力一下。光头把头摇得像拨浪鼓一样。

光头走了。

光头走的时候竟然吹着口哨。

他吹着口哨走了。我对朱力说。

我没听见。朱力说。他没吹吧？

吹了。我说。

你的耳朵很灵光啊。他说。其实他就是一个小混混。

其实？我说。

他又像上午一样讪笑地看着我。

这时，阿姨又走回到那对夫妻身边了。阿姨走路的时候，两个膝盖有点往外撇，双脚呈“八”字形。那样子真是地道的家庭妇女。但她走回来时不慌不忙，样子就像在菜市场对比哪家的货便宜一样。我突然间觉得人就应该像她那样走路，有点罗圈腿，人走得会更稳。她的神色一直镇定着，即使讨好黑社会的时候也很有节制，很清楚自己在干什么。她跟那对夫妻说着什么，那个年轻男人双手交叉，不停地搓弄着。年轻女人则苦着脸，好像要哭的样子。两个人都不说话，只是听着阿姨说话，连头都好像不会点了。阿姨老是想用手去摸黑社会，后来又摸光头，但是她好像一点也没有想摸这对夫妻的意思。那个年轻女人都要哭出来了，她也没有想安抚的意思，只是微撇着“八”字脚稳稳地站在那里，跟他们说话。听不清她在说什么。男的比较高，一直低着头听，好像听累了，或者觉得再听阿姨也说不出更有意义的话来，他突然把脖子往我们这边扭过来。黑社会在他的右边，大概十米远的距离，他要活动脖子只能向我们这边看。他慢慢地向这边扭脖子，然后身子也跟着扭了一点，幅度不大。我们在他的西北方向，他扭头过来，整张脸就完全暴露在夕阳光下。虽然今天的光线有点凄清，但夕阳已开始有点红晕，而在他的脸上我看到的却是纸一样的白。嘴唇还是紧紧地闭着，好像咬着一边的牙齿。看来这并不是他不服气的表示，而是他惯常的表情。那样子很像我高中的一个同学，他即使说你吃饭了吗这样的话，也好像说得恶狠狠的。他脸上的白好像是因为他紧闭着嘴唇紧咬着牙造成的失血而致。他向我们这边看着，先是很茫然地看，然后我感觉他的视线慢慢固定在我和朱力身上。因为看到了我们，他也好像变得若有所思起来。他那样子真像是看到了我们，就像我们打量他那样看到了我们。他那张纸一样白的脸几乎像镜子一样都能反射出光来了。

一个阿婆从我们面前走过。过了一会儿，她还在我们面前走。她走得太慢了，只能算是一点一点地挪。她出奇的瘦，出奇的高，个头应该在一米七以上，而她的高有一半显在脖子上，感觉有二十公分长，很细；更出奇的是，她的头很小，仿佛只有宜兴茶壶那么大，也像茶壶那么扁。整个人就像一条直立行走的蛇。她细长的脖子使她整个人都显得飘飘忽忽的。看着她擎着长长的脖子慢慢挪动的样子我自己也一刹那间变得飘忽了，感觉自己并不在一个真实的世界里。她刚刚走过我们的身边时，突然停下了，脸上的皱纹像菊花一样绽了一下，“朱力，你也来买么子啊。”朱力说：“老阿婆，吾库库（看看）。”好像没等朱力说完，她已经转身一小步一小步地走了。我心惊了半天才确定刚才那声尖细的像少女一样的声音出自这个踽踽独行的阿婆嘴里。

她在你店里买过摩托车吗？我问。

没有。朱力说，她住我家隔壁。

广场上时间似乎是凝滞了，就好像剧本演到一半，演员集体忘记了词，都僵在那里茫然失措一样。那个阿婆在挪动，还有两个瞎子在挪动。他们看上去像母子，同是瞎子，母亲的双眼是两条缝，儿子的双眼则是两只向上翻的没有瞳孔的眼珠子。儿子的年龄大约十五六岁，母亲也就四十多，各自拄着一根拐棍。母亲的另一只手搭着儿子的肩膀，儿子的另一只手托着一个搪瓷碗，两个人一前一后慢慢挪动着，沿路乞讨。他们两个都是盲人，但总能把搪瓷碗准确地伸到施主的正前方。他们在每个遇到的人面前停上几十秒，儿子不住嘴地说：帮一下吧，帮一下吧。听到当啷一声响，就说：谢谢您了，谢谢您了。如果几十秒以后没有什么动静就默默地转向下一个人。男孩的头会左右转一下，好像机器人在锁定方向。他们今天一定会感到有点奇怪，这里这么多人，但愿意施舍一个钱币的人却少得可怜。但他们脸上似乎也没有什么失望的表情，只是耐心地重复着相同的动作。夕阳柔和的光线照在别人身上，也照在他们身上，但是他们大概感觉不到吧？他们兀自来兀自走，不靠光明也不惧黑暗，竟然有点自由自在的感觉。我要是把这种感觉告诉朱力，他肯定会说我神经病。

“吱”……一声尖锐的刹车声突然响起，一辆桑塔纳2000停在广场边上的大路上。停了一会儿，才从副驾驶座上下来一个人。此人比黑社会的个头略高一些，但不像黑社会那么敦实，有些驼背。但是驼背却使这个人显得很精神，双眼鼓突，嘴巴有点近似北京猿人。他一走路，我立刻想到了穿山甲的样子，他晃着身子一拱一拱地往前走，仿佛不用看路，转眼就到了黑社会面前。

“老高老高老高……兄弟，哈哈哈哈哈哈……”边说边给了黑社会一个结结实实的拥抱，黑社会原来姓高，老高那矮墩墩不怒自威的身体经他一抱，一下子变成了装粮食的麻袋一样没有了威力。他勉强地回抱了一下。刚才跟摄影师勉强握手的时候他显得傲慢粗暴，而现在却给人扭捏的感觉。二人松开以后，来人也从口袋里掏出烟来，笑眯眯地递给老高，老高接过来。来人打着打火机，打火机突然冒出一尺高的火苗。老高受惊似的往后一躲，然后才小心翼翼地凑着火点着了烟。两人对着各自抽了几口。来人突然又靠近老高，老高的脸不自觉地往后闪，来人是冲着老高的耳朵去的。他伏在老高的耳朵边说着什么。很快他的嘴巴撤了回来，然后又是一串爽朗的笑声。他手拍着老高的肩膀，声震屋瓦地说：“兄弟，给我一个面子。”老高好像回过神来了，表情变得很漠然，像受辱的人极力保持尊严一样。他躲了躲来人的手说：“兄弟，这不关你的事。”

“哈哈哈，兄弟给我一个面子。”来人一直笑着说。

这个人是干什么的？我问朱力。

朱力摇摇头说：不认识。看上去也像黑社会。

镇上这么多黑社会吗？我说。

其实算不上黑社会，都是在镇上干活的外地人结成伙，有安徽帮、福建帮，还有你们山东帮。你们山东帮主要搞黑车经营，要是其他地方的人开黑车，他们会砸车的。

本地没有吗？我说。

本地都是小混混。朱力说。

来人忽然又伏在了老高的耳朵边，说了几句话后又退后一步。“哈哈哈，兄弟给我一个面子吧。”来人抱着双拳，微驼的背仿佛也直了，仰着脸，一副肝胆相照的样子。黄昏的光线照在他本来就赤红的脸上，更是红彤彤的。老高的脸也是红彤彤的。两个人的脸比所有广场上的人脸都红，红得像门神，只有生吃牛肉的外国人的脸才会这么红。

老高好像被他的耳语打动了，沉默了一会儿，突然举起右手大声说道：“好！”停了一下才说，“兄弟我给你一个面子，我只要他一只耳朵。”还没等来人反应过来，他又冲着摩托车上的三个人说：“通知他们，一只耳朵，现在搞一只耳朵！”

摩托车后面的那个人果然开始打电话。这说明前面的一切都不是儿戏。

来人愣了一下，很快明白过来了，“哈哈哈，兄弟说笑话，给我一个面子。”来人说。来人好像不善言辞，车轱辘一样来回说着“给我一个面子”的话。叫老高的人大概觉得只搞一只耳朵算给了他面子，对他的哈哈变冷淡了，开始躲避他，径直往一边走。来人也不生气，追着他说话。老高对他的围追也不生气，只是躲。来人突然张开双臂，又想像刚见面那样跟老高来一个拥抱。老高则早有防范，突然一个健步蹿出两米远。矮墩墩的身材突然便显出矫健来。来人双臂扑了空，更加大声地哈哈笑起来：“兄弟，给我一个面子。”说着又走到老高身边。因为周围很多人，没有多少空地给他们腾挪，老高只好又往回走。这一次，来人没有事先张开双臂，而是在接近老高的瞬间把老高给抱住了。抱住了，他不再说“给我一个面子了”，只是说“兄弟，兄弟”。他背对着我们抱住了老高，老高的脸伏在他的左肩膀上，正好面对着我们。

你跟这个黑社会熟吗？我问朱力。

不算熟。朱力说。

那他怎么看着你啊，你看他的眼神。我说。

没有吧，这么多人他怎么能看到我？朱力说。

噢。我说，真是奇怪啊。

我也觉得。朱力说。

觉得什么？我问。

不知道他们要干什么。朱力说。

他们真会削人的耳朵吗？我说。

你觉得呢？朱力说。

这是你说的惊喜吗？我说。

什么呀，我是说箱子。朱力说。

哦，差不多。我说。

一模一样的啊。朱力说。

我知道。我说。

两个男人在广场上紧紧地拥抱着，一副对方不答应誓不放手的样子。不知情的人会以为这是一对久别重逢而且重逢在意想不到的场合的好朋友，不惜在广场上、在众目睽睽之下真情流露。

阿姨看着他们拥抱，因为背对着我们，不知道什么表情。那对年轻的夫妻始终没有看过黑社会那边，只是神情木然地站着。他们跟我做了不同的选择，不知道现在想的是不是跟我一样。

那四辆摩托车不知道在哪几个路口候着，暝色四合，小镇变得令人不安。

朱力就住在镇街上，叫了一辆大三轮，把他的家具拉走了。他又帮我把那只箱子抬到后备厢里，正好放得下。我们就分手了。也许是气温降下来了，我感到异常的清凉，周围的一切显得很清晰，好像我戴了一副度数略高一点的眼镜一样。天空是白色的，广场右边十字路口一家饭店的牌子“小香港”三个字红通通的像烧灼的炉条。一辆公交车刚刚停在车站，乘客从拥挤不堪的车厢里下来，匆匆地向各个方向走去。卖羊肉串的新疆人一边扇着烤炉一边盯着走近的路人。车子拐到纪翟路上，一条横幅挂在半空，红布黑字：维护城市形象，坚决打击黑车。路右边一家水果店门口亮着一盏灯，将苹果、芒果、橙子照得鲜艳夺目。开到纪梅路，路口一家元元超市新开张，门口搭了一个彩虹桥，桥下站满了人，旁边一张桌子在赠送香港化妆品，鞭炮的红纸屑铺了一地，有些鞭炮没有炸开。超市旁边的路上停满了车，一个警察正在耐心地给一辆五菱面包车拍照贴罚单。过了三个路口了，我也没看到停在路口的摩托车，没有看到可疑的人。拐到纪友路，一群穿着黑T恤的老太太正在微弱的路灯下跳广场探戈。孩子们则在旁边溜冰追逐。到乐安桥，一辆小型卡车停在那里，一根棍子顶着一盏雪亮的灯，地上铺满皮鞋、皮夹子、皮带。一只喇叭重复着喊话：江南最大的皮具厂倒闭，厂长带着他的小姨子逃之夭夭，这个厂长不是人，卷走了工人们的血汗钱，血债要用血来还……二百块钱的鞋卖三十块钱，三百块钱的鞋卖五十块钱。摊子前没有几个人。大家都已经司空见惯。旁边的几个摩的哥围着一辆摩托车借着灯光打牌。我终于有点疑惑起来，觉得广场上的一幕不像是真切发生过的。就像前几天到打旺火锅店吃饭，里面竟然客满为患，等座位的人在门口挤成一堆，一点也感觉不到金融危机的气息。我突然想，如果我回到广场，广场上会不会像下午圣瑞公司的门口一样空空荡荡的？我掏出手机，一边开车一边摁下了朱力的号码。手机震动了一下，响起了朱力埋怨的声音：你走那么急干吗，箱子也不要了？先放到我家吧。

我踩了急刹车，在驾驶座上待了一会儿，然后下车，走到后面打开后备厢，里面空空的，只有一本翻烂了的全国地图册。

去买一瓶消毒液

1

上午十一点钟，杜原从书房的南窗望出去，首先感受到的是白晃晃的刺眼的阳光。前面邻居家的屋顶上的小黑瓦被晒得都发白了，隐隐笼罩着一层白气。两只灰不溜秋的麻雀在屋檐上蹦跶。越过屋顶，天空蓝得发亮，棉絮状的白云静静地悬浮在半空。

杜原一直想把通向晒台的铝合金玻璃窗挂上布帘子，但任何行动对他来讲都需要深思熟虑，五年过去了，玻璃窗上还是空空如也。阳光没遮拦地透过玻璃照射到宽阔的走廊里，把走廊变成一个蒸笼，蒸笼里的热气再透过书房的窗户和门甚至墙壁，把房间变成一个暖房。所以，一到夏天他就想，要是在走廊外面的铝合金窗户上挂一道厚布帘子，将炽烈的阳光隔断——他甚至想像新疆人一样挂一道棉被子，那样，书房就会变得像地窖一样阴凉，他就可以不用电风扇度过整个闷热的南方夏天了。他没到过新疆，地窖似的阴凉来源于对雪糕箱子的联想。小时候，他一直以为棉被是用来取暖的，一直奇怪卖雪糕的人怎么能用棉被盖住雪糕呢。到现在他对这个道理也没有从理论上清晰地搞明白，但是，棉被下阴凉的雪糕世界却给了他一个深刻的烙印。只是，这个奇妙的幻想像他众多的其他幻想一样一直就停留在幻想中，每年的夏天即将开始的时候，他都会动一下这个念头，等到漫长的夏天过去了，这个念头还在他心里潜伏着。这几乎成了他生活方式的一个象征，只有他自己才能体会其中的乐趣和苦恼。

今天的蓝天在梅雨季节里实属罕见，蓝莹莹得像透明似的，看上去像天高气爽的秋天，但空气给人的感觉却仍然是湿答答的，天空虽然高而明净，但却像一个巨大的塑料膜罩着大地，闷闷的，不透风，你一呼吸，似乎都可以感觉得到塑料膜轻微的颤动。皮肤上永远一层细汗，擦不干，也洗不净，好像身体是个蒸熟的白萝卜一样。

杜原庄重地承受着这一切。他端坐在置放于房间角落里的书桌前，书桌上齐整地放着一本摊开的书，一块紫檀木做的镇纸仔细地压在左半书的中间部位，并且小心地不让它盖住书上的汉字。虽然是独自在家，他仍然穿着一件藕白色的长袖衬衫，扣子一直系到领口那里。整个夏天，他不穿短裤，只穿长裤，只不过他会把厚的长裤换成薄的——如果他没有忘记的话。这在他已经成了习惯。他并不是那种不怕热的体质，所以汗水总是凝成水珠挂在他比较肥厚的鼻翼上，按照“勿以善小而不为”的原则，他用一个手绢，而不是使用餐巾纸去擦拭鼻头上的汗珠。因为他包裹得太严实，他身上的汗水选择从他的鼻头上集中渗出，他就只好不停地用手绢去擦，所以，一到夏天他就会有一个微微发红的酒糟似的鼻子。

整个上午，杜原都在看斯宾诺莎的《伦理学》。今天的天气闷得怪异，那湛蓝的天空老是让他产生幻觉，他似乎无法集中起注意力，而且，不知道为什么，右眼皮一直在嚓嚓地像树叶一样跳动。有时候，他不得不停下阅读，专心致志于他的右眼皮上。按照他对斯宾诺莎的爱好和理解，他应该是个唯物主义者，所以他一贯对眼皮跳财跳灾的民间说法不屑一顾。尽管五年前，他父亲在老家中风的时候，他右眼皮跳了一个星期，跳得甚至不能让他正常睡觉。直到父亲出院，哥哥才把这件事告诉他。他有一刹那的感悟，但是随后就把它作为巧合忘记了。是啊，十几年前，他到北京去玩，左大腿中了一颗子弹的时候，他怎么会一点预感也没有啊。斯宾诺莎说迷信是恐惧的产物，是人在遭遇不幸的时候的昏聩表现。人只有在理性的指导下生活才能臻于自由的境地。不过，连斯宾诺莎也承认，理性对感情对意志并没有绝对的权威。在这个闷热的中午，他的头脑大概已不能够充分地提供理性了，左跳财，右跳灾，这句民谚，似有若无地闪现在他有点昏沉沉的脑袋里，使他的思绪越发散乱起来。他妄图用斯宾诺莎严谨的几何推理来镇静他的心，但二者也许太不和谐了。斯宾诺莎的《伦理学》就像一座森严壁垒的古堡，非常的严整，但是却没有一个适合落脚的地方，更不用说找个躺下来的地方了。

作为中文系的一个毕业生，他往往一拿起斯宾诺莎的著作，就会想到美国作家辛格的小说《市场街的斯宾诺莎》来。这是他上大学期间最喜欢的小说之一，曾经反复地研读过。直到他开始接触真正的斯宾诺莎哲学，他才发现小说的问题，发现作家是靠不住的，这甚至影响了他对整个文学的态度——文学可不太严肃，作家就像儿童经常异想天开，但却不负责任。后来他开始像小说中的人物内厄姆·菲谢尔森博士一样熟稔斯宾诺莎的名著《伦理学》了，他觉得他从《伦理学》得到的快乐跟斯宾诺莎写作《伦理学》的快乐是一样的，混乱而复杂的世界随着阅读的展开慢慢地清晰起来，世界的结构，人的位置，未来的命运被斯宾诺莎安排得井然有序，就像杜原的农民父亲耕种的自留地一样，平整得像镜子，菜植得横竖都成行。当然，把菜种得横竖成行并不是目的，丰收才是目的，他阅读《伦理学》，也不是因为它的井然有序，而是它井然有序地给他指出了一条通向自由的道路。虽然他经常做几何考试的噩梦，他幻想中的迷宫就是充满着实线和虚线的几何图形。而《伦理学》恰恰是用几何的方法写成的。这对他来说不能不算一个打击。在通向自由的迷宫里，无端地生出一个几何的障碍来。但是，即使有这个障碍，他也不觉得他的幸福存在于一个作家辛格所谓的“老姑娘”那里。那纯粹是小说家的绮思，当然，现在他已经能原谅这个小说家了，文学是生活需要的一个游戏，他大度地想，这种无伤大雅的游戏虽然不能把人领向自由的境地，但是对于活跃人们的心智大有裨益，而且这是完全见容于《伦理学》所建立的广阔天地上的。

2

眼皮像树叶一样颤动着，虽然他坐得依然端端正正，但他不得不承认心里有点莫名的烦躁。按照斯宾诺莎的哲学，世界上没有莫名其妙的东西，所有的莫名其妙都是因为无知和莽撞，世界上任何细微的变化都有来龙去脉，如果了解了这个来龙去脉，事情就清楚了，烦躁就会消失，按照杜原的理解，人就会达到自由。只是了解总有一个过程，在这个“了解”到来之前，人该怎么办呢，查遍《伦理学》的角角落落，他也没有找到合适的答案。而且，斯宾诺莎虽然被认为是一个理性主义者，但慢慢地随着研读的深入，他越来越觉得斯宾诺莎本质上是个神秘主义者——他认为自然是无限的，而人只是自然的一部分。他虽然承认人可以通过理性来认识自然，但自然是无限的，这种认识显然就永远无法探底。所以人是靠知识生活着，但归根结底是被无知包围着的一种知识生活。因此他说的理性并不能控制感情——并不是理性不能控制感情，而是不完全的理性不能控制感情，而人似乎永远也达不到那完美的理性了。这不免让杜原有点沮丧，但既然连斯宾诺莎都承认了理性的无能，杜原也就对自身的理性不怎么强求了。结果是杜原也就常常允许自己身上有莫名其妙的一些东西，并且还从中取乐。这也是他生存的一个小秘密，单从他那严肃而温和的双腮稍鼓的面孔上是无法窥察到的。

按现在流行的说法，他是一个六十年代的人，一九六七年他出生在山东西部一个贫穷的乡村里。幼年最深刻的记忆是把一个铁圈从头上抹到了脖子里，然后怎么也取不出来了。“那时候，我真的以为一辈子要带着这个铁圈子生活了。”他常用这个故事逗聚会的朋友们哈哈一笑。他父母真的让他戴着这个铁圈子睡了几个晚上，这加深了这个噩梦，后来一个走村串乡的锁匠用钢锯把铁圈锯断才取了下来。上小学的时候，打倒“四人帮”，华国锋上台，他因为长着一双跟主席一样的坠头腮受到村里人的吹捧，说他有福气，长大可以做大官。后来华国锋下台他倒没有什么印象，他的前程因为学习一直拔尖而不用任何比附。一九八六年他顺利地考上了上海一家著名大学的中文系，立志成为一个作家，并且像所有的作家一样渴望莫名其妙的爱情。大学三年级的时候，他在北京上大学的高中同学邀请他到北京去玩，虽然那时的运动正轰轰烈烈，但他是以一个旅游者的身份跑过去的。不巧的是他在北京被一颗流弹击中右大腿。他的同学把他送到一家不知名的医院，医生严肃而崇敬地给他做了手术。等到他苏醒后，医生告诉他大腿的子弹并没有取出来，不过，医生向他保证这颗留在大腿里的子弹并不影响他的生活。他没有接受医生的歉意，因为相反他非常喜欢发生在自己身上的这些事情。一颗子弹，啊，这太奇妙了。也许他太想做一个与众不同的作家了，他的第一反应甚至是窃喜。他跟他的同学盟誓，这件事谁也不能外传包括自己的妻子。

后来他就秘密地在身上保存着一个子弹继续生活，子弹确实没有给他带来什么妨碍，因为誓言保护得很严密，到后来连他自己都几乎忘记了子弹的事情。大学毕业后，为了逃避国家的定向分配——到一家矿务局的子弟中学教书，他又考上了研究生，毕业论文写的就是犹太作家艾·巴·辛格。因为要分析《市场街的斯宾诺莎》，他开始认真阅读《伦理学》，结果，他爱上了哲学——确切地说他只是爱上了斯宾诺莎的哲学。毕业时，还没有赶上失业的风潮，他轻松地进了一家研究所工作。除了星期二去开个例会外，一星期中的六天他都可以待在家里。因为从农村出来，他生活一直节俭，爱上斯宾诺莎后，他变得更加节俭。按照《伦理学》的解释，节俭不仅可以省却生活的许多麻烦，它还是通向自由的道路。但是，当他觉得自己的节俭有铁公鸡的嫌疑的时候，他就会额外地大方一次，改变因为节俭造成的拘谨。他甚至模仿斯宾诺莎在城市的郊区买了一幢农房居住。父母虽然从小就希望他做城里人，并把他们也接到城里去住。但因为有了斯宾诺莎，父母对他的期望的分量在他心中变轻了。他在新的乡村家里过得还不错——更主要的是在乡下买一幢房子极其便宜，不需要从银行里贷一笔巨款。距离虽然远，反正他不需要每天上班。就这样他一直生活到现在，按照农村的计算，他已经是四十岁的人了。

他一直没有结婚，是因为他大腿里面的那颗子弹改变了他的荷尔蒙还是斯宾诺莎的理性限制了他荷尔蒙的分泌，他不得而知。他曾经有过一次短暂的爱情，他以为有个女人爱上了他，出于同情，他也爱上了她，结果是个误会，他的求婚吓住了那个女人，以至于匆匆地嫁给了一个官员。他惋惜那个女人，对人性有了更深刻的洞察，人们追求幸福，但却常常到荆棘地里去寻找。他更加专注地研究斯宾诺莎，心地变得越来越宽阔和朴实，一只麻雀在竹叶上滑一脚，会让他快乐半天。他微笑的脸庞像一朵游动的大丽花不协调地出现在城市拥挤的人群里面。他同情地看着城市里那些紧绷绷的面孔，同情他们不知道斯宾诺莎而错过了幸福的生活。

但他在所里的生活并不好过。虽然他的人缘很好，但是所里有个规定是针对所有工作人员的。每一年，从有中级职称的工作人员开始，都要在全国核心期刊上发表三篇文章。自从爱上斯宾诺莎的哲学以后，杜原就不知道自己是该写文学评论方面的文章呢还是去写哲学方面的文章。文学对他已是小道，但是，要研究哲学，光凭对斯宾诺莎的热爱显然是不够的。另外，他对学术的腐败和网络带来的写作迷狂痛惜之深，使他对写作有固本扶正的要求。因此，他惜字如金，几年下来，他几乎年年都要吃一个警告。开头几年，他都能安之若素，既无愧疚之心也无惶恐之情。对于研究所发给他的工资他有他自己的回报方式，而且，他也不祈求别人能够理解他自己的方式。结果真的没有人能够理解——甚至没有人知道什么是他所谓的自己的方式。但是，人们对他那苦行僧般的生活方式倒是看得一清二楚，一种莫名其妙的敬畏渗透在人们的心里，对他不免就有些听之任之的态度了。但是，时间可以让恁样的荣华变成烟云，也可以让恁样的精神变得虚妄。在晚上临睡前的迷糊时刻，在早上乍醒的迷瞪瞬间，四十而立的恐慌会在一刹那攫住他，让他有一种不知身在何处的感觉。虽然清醒以后，那种恍惚的感觉让他觉得非常可笑，甚至有点可耻，就像他鬼迷心窍时发作的情欲一样，这种感觉只能使人软弱，失去高贵的德行。但是，不管他怎样谴责这种感觉，在他孤独的生活里，在很多孤寂的时刻，他发作的频率越来越快，有时候，甚至让他失去起床的兴趣，浑身如散了架一般。

就是在这个时候，在理性已经变得不怎么可靠的时候，他又突然想起了那颗隐藏在他大腿深处的子弹。四十年的岁月过去了，他并非是一无所有，他还有一颗子弹。一想到在他的身体里有一颗匪夷所思的子弹，他的心就立刻平静下来。他用手小心地去触摸右腿，仿佛是因为子弹的缘故，那里还是非常坚实。那颗他从来没见过的子弹就通过坚实的大腿肌肉把力量传递到他的手上，然后，再通过他的手臂传递到他的大脑，使他对自己的怀疑一扫而光。他想象着自己有一颗子弹，而他的身体就是一杆步枪，他早晚打磨着这杆枪，总有一天，他会扣动扳机，把那颗子弹射出去。那种场景就像

他小时候疯狂喜爱的革命电影的画面：打响了×××的第一枪。这样，他对人生复杂的追求结合儿童时代的幻想完成了一幅令人心安的诡秘前景，使他冲出了每天那些折磨人的迷瞪时刻。新的一天重新得以镇静和坚实地展开。

3

越接近正午，房间的温度就越高。杜原用手捂住右眼皮也无法阻挡它的跳动。他对任何可能到来的灾难都不恐惧——他毕竟还没有遭遇过真正的夺人心魄的事件。而且他的理性精神也要求他对任何自己无力把握的事情采取接受的态度。所以真正让他烦恼的事情就是右眼皮眼前的跳动。他跑到水池边上用凉水冲洗它，用手摁住它，假装它不存在，似乎都不能改变它执拗的跳动。有一刻，他觉得《伦理学》书上的汉字都随着眼皮一起跳了起来。他终于对阅读失去了信心。他想，也许是天太闷的缘故，也许是这几天他休息不够的缘故，他应该透透气，放松一下自己了。于是，他叹了一口气，把书本合上。

尽管外面比房间里还要热，他还是决定到镇上去吃午饭，顺便给小狗买一包消毒药。今天也许会发生点什么事情，那就让它发生吧，他想，这可不能影响他出门。他甚至隐隐地希望发生点什么事情，他到底是个斯宾诺莎主义者，不信邪。而且，也许对于一个孤独的人来说，发生一件坏事情，也比什么都不发生好。

从他的住处到镇上的距离大约有三公里，骑自行车慢悠悠的二十分钟也就到了。这对锻炼身体也不无好处。当他从书桌前站起来的时候，他觉得右眼皮的跳动就减轻了，不由得微微一笑，好像是在向谁炫耀自己的英明决断。

硕士杜原住的是一幢二层楼的农房，两上两下，有一间配房，有一个小院子。虽然房子很旧，充斥着浓浓的陈年的灰尘味道，价格非常便宜，但是对单身汉来讲，却是太宽敞了。他曾想把多余的房间便宜租给那些外地来打工的农民住，但想到他们个个都会带着一个活蹦乱跳、四处乱窜的娃娃，他就忍住这颗善心，奢侈地自己享受了一下。

他一下楼，从配房里就冲出一只土黄色的小狗，红舌头伸得长长的，两眼汪汪地在一米远的距离看着他，似乎在等

他喂一口它最喜欢吃的苹果。这是他从邻居那里用一袋香蕉换来的。他给他取名叫辛格，意在嘲笑那个自以为是的作家。虽然家里没有多少值钱的东西，但是，村里的小偷太多了，他还是要防范一下。他跟狗的关系就像他现在跟作家辛格的关系一样不温不火，他认为过度的宠爱动物是不人道的表现。但是，前一段时间，辛格突然开始拉肚子，而且滴水不进，很快瘦得皮包骨头，皮和身子都好像分离了，宠物医生说可能得了一种胃里的传染病，要它住院治疗。他掂量了一下医生报出的治疗费用，决定自己给它治疗。他到兽药店里买来了一次性注射器和药水，自己给它打针，灌药，灌食物。没想到辛格竟然奇迹般地恢复过来了。虽然他身上没有天然的对小动物的亲切感，但想到辛格是从死亡线上挣扎过来的，他对它不免产生了敬畏，这多少也拉近了他们的关系。辛格虽然痊愈了，但是它的狗窝一直没有消毒，为了避免它再次生病，他早就想给它的狗窝消消毒了。当杜原从配房里推出自行车的时候，小狗辛格立刻热烈地围着他和自行车转圈，不停地做出向门口冲去的姿势。一直到杜原打开院门，推着自行车走出去，并反手把门锁好，它才恍然大悟，冲着院门狂吠起来。

但很快就安静下来了。

村里的街道上几乎没有人，水泥地冒着热气，柳树的叶子都蔫蔫的，一副缺水的样子。但在村里的小池塘边上，竟然有三个人顶着太阳在钓鱼。他们好像都是从城里来消闲的，戴着太阳帽，其中一个人手里拿着两根钓竿，一动不动地盯着亮闪闪的水面上那只红色的浮标。因为居住人口的增加，池塘的污染一天比一天严重，水面上漂浮着一块一块的绿藻，在绿藻和绿藻之间还会有垃圾袋、树枝和烟盒。水是泛黑带绿的颜色，有些地方冒着小水泡，好像是太阳把池塘给烤沸了一样。钓鱼的人将钓钩下在一块相对干净的水面下，就直挺挺地站在那里等着。杜原停下车，两腿跨在车座上，看着他们钓鱼。杜原想，这里面有鱼吗，如果有鱼，这种水里养的鱼能吃吗？不能吃，为什么还要钓呢？在一个穿着白衬衫、右颌下长着一颗肉瘤的钓者旁边，一丛青草在簌簌地颤动。杜原看了一会儿，终于发现是草在颤动，而不是自己的眼皮颤动。那里有一条小拇指大小的鱼在不停地跳跃，大概是被钓上来以后，因为太小而被丢在那里的。它的位置离水大概只有一尺远，但是它上下运动的方式和幅度显然无法使它穿越密密实实的青草回到池塘里去。杜原把车子停好，走到那条挣扎的小鱼旁边，蹲下来用手一拨，小鱼被拨到了池塘里。钓鱼的人回头没有任何表情地看了杜原一眼。杜原冲他歉意地一笑，钓鱼的人一惊，不明所以地冲他点了点头，随即又严肃地转过头去，专注地盯着鱼漂。三个人呈三角形站在池塘边上安静地钓鱼，似乎每个人都具有杜原式的忍耐精神。只是付出与所得有点不相称，他们更像在进行一场耐力比赛，或者钓鱼只是一个幌子，他们是执行特殊任务的便衣，在监视着这个鱼龙混杂的郊区小村庄。随着附近工厂的增多，来打工的农民像下雨前的蚂蚁一样集结到这里，村里的人口急剧上升，没准就有个江洋大盗潜伏在这些面孔各异的农民工里呢。

杜原充满乐趣地幻想着，离开了池塘。

虽然大面积的土地正在被征用为工厂，但在村子通向镇子的路上，还存在着一大块开阔的农田。现在，田里刚插上不久的绿蒙蒙的秧苗已经开始生长，田里薄薄一层水，像池塘一样闪闪发亮。自行车的两只车轮碾在刚铺不久的水泥路上，发出“仍仍”的声音，随速度而来的风使他感到一丝凉气。两三只白鹭栖息在田埂上，头机警地一抬一抬的，随时观察着周围的动静，一副没有安全感的样子。

4

正是暝寂的中午时分，一笼淡淡的蓝色烟雾罩着镇子。通向小镇的大路宽阔平整，似乎比小镇都大。从南向北望过去，首先看到飘着白云的奇怪的蓝天，然后再看到天空下的小镇——它的楼房、树木，以及活动的汽车和人。路两边种植的是碗口粗的香樟树。空气中飘浮着浓浓的香气。不知是因为中午的日头，还是这浓郁的香气，镇子变得无精打采，恹恹欲睡。杜原喜欢这样的气氛，这使他有一种与世界融为一体的感觉。他想进入树中就进入树中，想进入那些像做梦的人里，就进入人里，就像夜晚一样，世界沉睡了，但对他却是敞开的，他像一条鱼一样可以悠游无阻。他为了这种自由感到幸福，但同时，因为这种自由，他总觉得对于这个世界他负有不可推卸的责任。

虽然处在大上海的郊区，但是杜原居住的这个小镇，实实在在是一个平民小镇。即使房地产已被炒得热火朝天，镇上还只有一个两年前就竣工的简陋的金桃小区。除了搬迁户以外，入住的大多是被征了土地的当地农民和在上海略微挣了一些钱的外地小商人。虽然工厂一家接着一家地建起来了，但带给小镇的都是蜂拥而至的年轻农民。一到下班时间，小镇的街道上就走满一溜一溜穿着工厂服装的工人。到了晚上或者周末，小镇热闹得像个集市。这里没有高昂的消费，最火爆的就是便宜的火锅店和摆在露天位置的水果摊。走在人群里，可以听到各地的语音。从报纸上杜原经常看到各地农民工的悲惨故事，但是，徜徉在小镇街头的杜原最切身的体会却是混乱中的生机勃勃，而给小镇带来生机的正是那些打工者。他觉得他们的脸上洋溢着一种跟这个时代不相称的活力。他们三五成群地逛街，三五成群地买东西，三五成群地下馆子，说笑的声音震耳欲聋，手里还经常拿着儿童玩的花花绿绿的塑料玩具。杜原喜欢安静的生活，但是，处在这种嘈杂的环境中，他并没有感到自己的安静受到了打扰，相反他还有一种乐在其中的感受。

但到目前为止，小镇还是只有一个带红绿灯的十字路口。从路口分出去的四条路的两边都停满了车，大多是地下出租车。司机躺在往后拉到底的驾驶座上睡着了，有的还把双脚架在驾驶室的前台上，双脚都不穿袜子，赤裸裸的脚趾头仿佛代替人脸在等着客人光顾。车窗打开着，一本有着半裸体封面女郎的所谓法制之类的刊物盖在脸上。唯一一路驶往市区的74路公交车呼啸着回来，又呼啸着驶走。在这炎热的正午，没有几个人到这个小镇上来，也没有几个人选择这个时候到城里去。

几个打工妹相互拉着手兴高采烈地向路口西面的大型联华超市方向走去。当中的一个长得异常的丰满，穿着粉色的上衣，皮肤也粉粉的，被强烈的阳光照得微微有些发红发亮。她左右攀着女伴，神采飞扬，置炽热的阳光于不顾，在大街上不停地用手拍打女伴的肩膀和屁股，一路走过卖西瓜的小卡车、卖报纸的岗亭、吆喝着到华新镇去的小长安面包车，最后往左一拐，消失在一辆崭新的蓝色大卡车后面。

从路边一家简陋的音像店里突然冒出一声高亢的歌声，“2002年的第一场——”这声歌唱太刺耳了，以至于店主突然关掉了机器，刀郎沙哑的声音到“场”字上时，就突然消失了。代之的是一个赤裸着上身的大汉突然从路口西北角的菜市场里冲出来，手里拎着一块肥瘦参半的猪肉，急急地穿过十字路口，走进了东南角的法明饭店里。

法明饭店的门一直紧紧地关着，从朝北开的窗户里也看不清店里的情形。志安饭店的门倒是开着的，但是，一个穿着暴露的小姐心不在焉地坐在门口。奇怪的是，这个小姐有一双出租车司机的锐利眼睛，每当你看到她时，她准会及时地看到你。杜原总是百试不爽。

挨着菜市场的那家饭店比较家常，但是饭菜做得太难吃了。

最后，杜原选择了肖玲快餐店。从十字路口向北再走大约一百五十米，还没到小镇电影院的时候，就是肖玲快餐店。

5

快餐店还没有放冷气，门向里敞开着，但挂着一挂用长条形的透明塑料做成的门帘。店里竟然坐满了人，挂在墙上的壁扇一边艰难地摇着头，一边呼呼地吹风。杜原吃了一惊，但老板娘已经看到了他，冲他轻轻地点了一下头。这个店他来吃过几次，没有与老板娘交谈过，但老板娘对他已经有了印象，他不好再退出，犹豫着四下寻找空位。也是半熟不熟的一个服务员热情地走过来把他像一个朋友一样引到一个客人刚刚离座的位子上。她熟练地把桌子上的碗和碗摞在一起，把盘子和盘子叠在一起，双手一拢就把一桌子的杂物都端走了。她飞快地奔进厨房，又飞快地奔出来，手里拿着一块脏兮兮的抹布，三下五除二就把桌子擦干净了。然后，又迅速地跑进厨房，两手空空地跑出来，到账台上拿了一个本子和一支笔，直直地站在他的面前。实际上，她擦得很马虎，一道道的污渍浅浅地留在青绿色的桌面上。光线是从她的背后射进来的，她顺着光大约是看不到的，不过，她也许看到了，但这就是“本店的服务质量”。杜原逆光坐着，一道道浅浅的污渍看得很清楚，不过，他不想提醒她再擦一遍了。这本来就不是一个光洁的永和豆浆似的快餐店。地上的瓷砖都不是一个颜色的，而且也不是一种型号，好像是用下脚料拼凑起来的，有的地方已经裂掉了，露出里面的水泥底子。地上没人打扫，到处是烟头、一次性筷子的包装薄膜、用过的餐巾纸，又因为梅雨季节，地上返潮，水渍渍的。但这里的客人却依旧很多。店里大概有五六个服务员，大多是小姑娘，忙得四脚不沾地，来回在狭长的店里穿梭。

杜原听小镇上的朋友屹立摩托车行的年轻老板娘凌逍说，肖玲快餐店这两年“发了”。听她说，开这家快餐店的是一对从安徽来打工的夫妇，女的叫肖玲，男的叫阿威，前几年还租他们的房子住，现在据说已经在金桃小区置了房产了。他们开店什么都不讲究，但就是菜做得香，菜也给得足。对于讲实惠的外地人来说，没有什么比这两样更对胃口了。

杜原点了一个青椒肉丝，一份花生米，一碗西红柿蛋汤。他点完了，服务员却没有像他意料的那样往厨房送菜单，一抬眼他发现她正盯着他脸上好奇地看着什么。他一愣，但立刻就明白她了，冲她眨了眨眼。她就立刻害羞了，转身便要走，但转了半个身，又想起什么似的停了下来，以脚跟为轴，身子又转了过来，脸上挂着一种好像跟他有什么默契的笑容，说：“您是上饭还是要瓶酒喝？”

他本来是要赶快吃一顿饭就走人的，但是，不知为什么，他突然来了喝酒的兴致。

“来一瓶啤酒吧，三得利。”

“要冰的还是不冰的？”

“冰的吧。”他说。

她满意地转身走了，转身的时候还是以脚跟为轴画了个半圆，身体有一个小幅度的旋转，另外一只脚在空中荡了一下。她的心情好像很不错。报纸上说当下幸福感最高的是农民，看来是有道理的。他目送着她走向厨房，才发觉自己的眼皮一直在嚓嚓地跳动着。只是他人刚才在运动中，没有感受到，现在坐了，身子静下来了，它才被意识觉察。这个女孩够细心的，她怎么能看到他身上这么细微的运动呢？

6

虽然天闷得异常，但对于一个善于忍受的人来说，这仍然是一个正常而平静的日子。无数个这样的日子过去了，杜原慢慢到了中年。在斯宾诺莎的指引下，他觉得自己对生活的认识日益深刻，但深刻是什么意思呢，他却不免有时感到茫然，就像一杆枪，每天擦得锃亮，但突然有一天，在时间的腐蚀下，枪体出现了裂痕，枪栓被扳断了，枪的锃亮变成了零件的锃亮。

餐桌上什么也没有，他独自空空地坐着，不免有些局促。眼神四下里看了一遍，正好碰到了站在柜台后面的老板娘。她的眼睛一抬，轻轻地问道："点好了吗？"他感激地冲她点点头。她会意地一笑——笑容还没有展开就消失了——她去招呼另外一个客人去了。老板娘二十六七岁，皮肤黝黑，身材适中，只是胸部显得异常丰满，像俗话讲的那样想要跳出来。他的眼睛离开她之后，她丰满的胸部竟在他的脑海里停留了一刹那。

她眼睛很大，但并不是很亮，看上去像一个在农村读到高一或者高二那样的女人，比较能适应城里的生活。因为做生意，已学会了很多人情世故，招待起客人来，像在大饭店里受过训练一样，既亲切又恰当。

花生米很快就上来了。然后又上来了啤酒。啤酒盖已经打开，但是没有揭下，一缕白气从缝隙里飘出来。他慢慢地把啤酒往杯子里倒，但杯子里还是起了厚厚的一层泡沫。等到泡沫快要溢出的时候他及时刹手，泡沫颤动着慢慢地矮下去。他先吃了几颗花生米，然后，才喝了一口还带着泡沫的啤酒，冰凉的啤酒从嗓子眼往下走，一直走到他脆弱的胃里，他的胃一沉，感觉那里像落进了一块石头一样。

他的胃是不能享用冰的食物的。但是，偶然的例外也不免会有一种久违的快乐。虽然胃有点不舒服，但燥热的感觉却得以缓解，心里掠过一阵舒畅的感觉。

他虽然做着研究所的工作，但除了看书以外却很少写文章，也用不着像学校里的老师那样给学生上课，生活是异常的清闲，至少外人是这么看他的，所里的人明里暗里称他为闲云野鹤，有时是褒有时也不尽然。但奇怪的是他从来没有清闲的感觉，他觉得他像旧式闹钟里的弦一样被拧得紧紧的，咔嗒咔嗒机械地只能一下一下地跳动着。只是偶尔地，他会有偷得浮生半日闲的乐趣，就像现在，一口啤酒下去，他暂时听不到闹钟里的声音了。但是，这种乐趣是节制的、转瞬即逝的。

多长时间他没有忘我的感受了？青年时代他有过吗？过了太久的孤独生活，他的记忆对什么都有点模糊了。

花生米是他平生所爱，只有在吃花生米的时候他才会有大快朵颐的感觉。但是现在花生米快吃了一半了，第二道菜还没有上来，好像他只点了这一个菜一样。四五个小姑娘端着菜不停地从他旁边走过，没有一个是他的。他求助似的去捕捉小姑娘们的眼神，但没有一个跟他对眼风，他只好一点一点呷啤酒，冰的啤酒也开始变温了。

这样又坐了好久，他才发现他脑后的墙壁上挂着一台电视机。这肯定是新装上去的。他以前来时还没有。但是，上一次来这里吃饭是什么时间，他已经不记得了。他没有发现新装的电视，是因为电视没有发出任何声音——店家将电视的声音关闭了。等他看到电视的时候，电视正在播放新闻，而且是CCTV新闻频道的新闻。画面上是一辆正在熊熊燃烧的汽车，汽车旁边还有尸体，双手擎着枪、头上戴着钢盔的美国士兵在周围站着。稍远的地方有一群当地人伸长脖子在围观，有两个消瘦的少年试图接近燃烧的汽车，被持枪的士兵劝阻住了，两个少年一边倒退，一边甩着手，好像手里有一支长鞭子一样；然后，大火熄灭了，燃烧过的汽车剩下一副黑糊糊的残骸。镜头在拉近，慢慢地，驾驶舱充斥了整个画面，隐隐约约可以看到方向盘前面有一副人的残骸，但没等看清，镜头瞬间就拉开了。一辆黄色的巨型吊车开进镜头，把那辆汽车的残骸吊在半空中，从汽车里哗哗啦啦还掉下一串什么东西。那两个少年，又从人群中冲出，兴致勃勃地跟在吊车后面。这肯定是在伊拉克的巴格达或者什么地方发生的爆炸现场。没有看到多少恐惧的表情，也没有人哭喊。也许事情已经发生了，人们的恐惧已过去了；也许，巴格达经惯了这样的事情，人们都习以为常了。恐惧只是发生在观众的想象之中。实际上，观众也不想象了。每一个爆炸事件刚一发生就变得陈旧了，播音员只是例行公事地坐在镜头前报道一下。电视机里已经在放化妆品的广告了，但他还在想那两个少年的样子，想象他们在看什么。他因为是扭着身子在看，脖子有点发酸。他回过头，习惯性地端起啤酒杯子，于是，他又感觉到了右眼皮嚓嚓的跳动。老板娘终于发现他的问题了，很体贴地走过来，脖子故意往前伸了伸，胸部的衬衣也随之一松，轻轻地很抱歉问道："你的菜还没有上来啊?"他点点头，但竟然习惯性地说道："不着急。"好像她那女性的轻柔的问候让他有点慌乱，况且在老板娘靠近他的时候，他分明发现她那女性的嘴唇上有一层比较明显的茸毛。不过，她显然很了解他真实的心情，突然朝厨房的方向扭过头去，大声唤道："小青，5号桌的菜怎么还没上啊?"厨房里好像装了个回音壁一样立刻传回一个声音："做好了，就来。"老板娘和他都听到了，但是老板娘还是礼节性地对他重复一遍："对不起啊，菜已经做好，就来了。"他冲她点点头表示感谢。他以为厨房的反应只是安慰顾客的程序性行为，但是，结果，随着话音的消失，一个胖乎乎、矮矮的姑娘就把一盘冒着热气的青椒肉丝端上来了。

7

饭店里除了电视以外，还有一桌客人可看。他们坐在靠厨房的一个大圆桌周围，一共有七个人，六个女孩，一个男孩。从他们的脸色和穿着看，是一伙打工仔打工妹，年纪都在二十岁上下，其中最秀气的倒是那个男孩，看上去年龄好像也最小，大约是其中一个女孩的弟弟。桌上的菜从盘子看很丰盛，不过已吃得七零八落了。最让人吃惊的是桌子底下竟放着十几个空酒瓶子，而桌子上还有三瓶没喝完的啤酒。他们好像是来过生日或者是今天发了薪水来庆贺，一个个都染了发。有一个染了红发的女孩频频站起来跟其他人碰杯，一喝就是半杯。其他人也被她带得豪气冲天，碰杯的姿势都很老练。站着喝酒，喝完还要交流一下杯子的情况。那个男孩一直没有站起来，别人要跟他碰杯，他也老是拼命摇手拒绝，处在一群女杰中间，显得很无助。

正当那个男孩又在拒绝一个女杰的碰杯提议时，另一桌的一个好像是本地的男人端着自己的啤酒杯站起来，笑嘻嘻地凑过来，“小妹，我来跟你干杯，我陪你喝，怎么样？”一桌的女孩好像经惯了这样的遭遇似的，一点也没感到意外，但是突然间就都沉默了，站着的女孩坐到了自己的位置上。大家都不说话，也不吃菜了，好像约好了就等着这个不知趣的人离开一样，气氛一下子变得很肃穆。这个突如其来的不抵抗运动让那个男人一下子变得很尴尬，他端着玻璃杯，一会儿茫然地看看一桌子的女孩，一会儿尴尬地看着自己的同桌，不知道下一步该干什么。老板娘很机灵，好像跟那个男人也比较熟悉，走过来，轻轻地推了他一把，有点责怪地说道：“你喝你自己的酒吧，你跟人家掺和什么啊。”男人得了台阶，立刻回到自己的座位，油滑地说道：“我这是想做好事嘛，这年头，好心就是没有好报。”

冷场了一会儿，几个女杰又开始碰杯，但是已没有多少声音，酒喝得更干脆，很快把桌上的几瓶也喝空了，招招手让老板娘过来结账。那阵势好像在江湖上混了好多年了。出门的时候相互推着暗笑着走了。

杜原敬佩地看着这一伙打工仔打工妹离开，他们火红的头发在门口阳光的照射下像燃烧了一般。冲着他们的背影，他深深地喝了一口啤酒。

8

四个客人进来的时候，他已经换了位置，坐到了桌子的另一边。这样他就可以不用扭着脖子看电视了。电视里正在播放一个综艺节目，一男一女两个主持人，蓝队黄队两批嘉宾成雁阵型排开。女主持人很漂亮，穿着一件露出右肩的衣服，右边的乳房若隐若现，异常活跃。她的话筒一直在嘴边搁着，男主持人只是偶尔才把话筒放到嘴边。因为电视关了声音，所以不知道他们讲些什么，但是气氛很热烈，嘉宾们不停地身往后仰，哈哈地无声笑着，女主持人则是不停地笑得弯下腰来，一手还扶着男主持人的肩膀。不知道怎么回事，从嘉宾里走出一个露出半个胸脯的中年妇女，突然就在节目现场的中间地带跳起舞来，周围的人都有节奏地拍起巴掌，一边拍还一边跟着那个中年妇女晃动着上身。跳着跳着，中年妇女突然憋着嘴巴摆了个新疆式的右仰造型停在了那里。周围的人不是期待中的鼓起掌来，而是突然又不约而同地爆笑起来。

四个客人中有一个是大块头，他一走进来，快餐店仿佛缩小了一下。肖玲快餐店租用的并不是一所正规的房子，而是靠街搭建的比较简易的铺面，宽大约只有两米，长却达到十几米，好像是一座大房子的走廊改成的。屋顶是一个50度左右的斜坡，门口那边高。幸好大块头站在门口，要是他站在另一边，头就差不多顶着屋顶了。他脸色黝黑，长着一副不明显的络腮胡子，大鼻子，厚嘴唇，眼睛却很细，隐藏在脸上的横肉里。他站在那里——他也穿着衬衫，竟然还整齐地系着领带——左腋窝下夹着一个公文包，并不急于寻找座位，而是像一个税务干部一样，左右巡视着——为了顺利收取今天的税款，他的脸色不得不紧巴巴地绷着。又好像他是为了一个特殊的原因屈尊下驾到这个地方，虽然为了那个特殊的原因他忍着，但是也不想掩饰自己的不满意。快餐店里的气氛似乎在不经意中冷了下来，声浪低了几度，挂在墙壁上的风扇的声音清晰起来。他后面跟着三个人，见大块头站住了，他们也站住，其中一个年轻人没有空地站，几乎是站在门的中间，身子夹在门帘当中。

看到杜原眼皮跳的那个女孩首先看到了他们，赶忙过去招待，他们好像挺熟。女孩说："Lu老板怎么到这里来吃饭了？快请里面坐吧。"

"小妹啊，我给你说过多少遍了，不要叫我Lu老板，叫我Lu哥。"Lu老板嗓门洪亮，一店的客人似乎都不存在似的。

"Lu大哥。"

“哈哈哈，叫Lu哥，Lu大哥，你怎么这么土啊！”

女孩伸了伸舌头，有点不知所措。

“你们老板娘呢？”

老板娘从厨房里奔出来。

“Lu老板来了，什么风把你吹来的？”

“香风，当然是香风了。”Lu老板见到了老板娘，才开始挪动双脚，对自己的答话很满意，一说完就哈哈大笑起来，眼睛飞快地在老板娘的胸部掠了一下。老板娘也跟着笑，一种温和的会意的笑。然后转脸吩咐那个叫小青的女孩去倒茶。杜原惊奇地发现在她转脸吩咐小青的时候，笑容倏然消失，带之而起的是一种店长通常冷漠又有点忧郁的表情，并且习惯似的用手提了提胸前的衣服。

四个人坐在杜原后面第二排桌子上，正好在电视的下面。那个大块头男人好像不像他的身体表现的那样粗放，他在坐下之前，竟然先用手试了试板凳的稳定性——店里提供的只是那种两条倒U型劣质铁管支撑的圆凳子，对于他的身躯来说，这样的凳子确实单薄了一些。试好了凳子的稳定性，他才小心翼翼地坐下去。然后，他又用手在桌子靠墙的地方擦了一下，断定那里没有水渍以后，再把他一直夹在胳肢窝里的公文包安置在那里，搁下之后，还轻轻地摁了一下，好像叮嘱它小心待在那里不要乱动一样。等这些安顿好以后，他才在凳子上坐直了身子，长长地舒了一口气，用右手扯了扯脖子上的深红色的领带。小青正把四杯茶往桌子上放，老板娘坐在柜台后面，头埋下去，好像在理账。电视里正在播放广告，一个大骨架性感的外国女人坐在单人沙发上，屈伸着一条长腿，鲜亮透红的葡萄酒汁欢快地从她的锁骨那里往下一直流到小腿上，女人梦幻般的眼神凶狠地盯着大块头的后脑勺。三个人都习惯性地端起了眼前的热茶要喝，只有那个年轻人感受到了广告中女人的眼光，比我刚才更艰难地扭着头看着电视。然后，大块头也随着年轻人注意到了电视，回头看了一眼。广告很快就过去了，大块头突然抬起右手，朝年轻人的后脑勺拍了一巴掌："狗日的，痒痒了。"年轻人被拍得一哆嗦，赶紧地回过身来，脸都红了。

这时小青把一个简陋的菜单递到大块头手里，一手拿着笔准备记。大块头随意地翻着菜单，抬起头时却笑嘻嘻地说道："小妹，老板娘呢？"小青好像很熟悉大块头的这种声东击西的游戏，机智地说道："你还不饿啊，快点菜吧。"一边说一边迟疑地回头看了一下柜台。老板娘已经站起了身子。

老板娘接过小青手中的小本子和圆珠笔，站在小青站的位置像小青一样等着。大块头又低头翻起菜谱。翻了半天，他突然把菜单一合，往桌子上一扔说道："唉，点什么菜，你的菜做得这么香，我都流口水了，你看着上吧。先把啤酒上来，青岛，支持国货。"

老板娘似乎对这个结果也有预料，自然地把桌上的菜单拿起来，脸上又是一副会意的笑容，"那我就自己做主了，上得不如意你可别见怪。"

"你上，你上，只要你上，不会不如意。"

大块头笑嘻嘻地说，一边偷偷地冲坐在他对面的两个人挤了挤右眼。大块头这副笑嘻嘻的样子稀释了他刚进来时的威严，使他变得和蔼可亲起来。是啊，一个到快餐店来吃饭的人还能怎么样。四个人中，一个是老人，一个是像姑娘似的动辄脸红的年轻人。店里的气氛不知什么时候又悄悄地火热起来。

两盘冷菜被迅速端了上来，一盘是马兰头香干，一盘是白斩鸡。老板娘随后提着四瓶青岛纯生啤酒走了过来。

"老板呢，老板娘？"

老板娘一边把啤酒放到餐桌上，一边说："他正忙着呢，在炒菜。”

“让他炒得香一点啊。”

老板娘笑了笑，没有说话，又回厨房去了。一个服务员站在柜台上，在跟顾客结账。电视里又开始了刚才的综艺节目。

老人殷勤地把四个人的杯子都倒满，然后四个人举起杯子。大块头举得最高，其他三个人都用杯沿碰了一下他杯子的中部。

这时，从厨房里走出一个高个子男人，脚底趿拉着一双拖鞋，拖鞋的鞋底已磨得菲薄。赤着上身，皮肤黑褐色，因为罩着一层油汗，发着亮，显得很健康。他脸上的颧骨比较突出，沉默寡言，看上去像一个广西人。

他直奔大块头的餐桌而来。

大块头看到了他，“老板，生意很好啊！”

“Lu哥，你见笑了，菜还行吧？”

“哈哈，”Lu哥说，“你炒的菜还没上来呢，什么行不行啊。”

“就好了。”他说着，从屁股兜里掏出一包红双喜香烟来。烟还没有开口，他急急地扯掉烟盒上的玻璃丝，掏出两根来，递给Lu哥。Lu哥神色一暗，用手指着自己的嗓子说：“扁桃体发炎，医生不让吸。”随即使劲地清了清嗓子。年轻的老板又把烟递给其他三个人，然后，又从后屁股兜里掏出个一次性打火机，一一给他们点上火。当他给那个小伙子点时，小伙子用嘴叼着烟去凑他的火，他眼睛里一点羞涩也没有了，相反，倒有一种令人不安的冷漠的东西在年轻老板的身上闪了好几闪。

“阿威，你现在是发了啊？”

“我能发到哪里去，跟Lu哥没法比的。”

“听说，你要把这个店重新装修一下？”

“Lu哥听谁说的？”

“有没有这回事？”

“有。”

“看来，我没猜错，你确实是发了。给你介绍一下。”他指了指老人，“老钟，有一个装修队——”

老板娘端着一盘热气腾腾的鱼香肉丝过来了。两个人还真有夫妻相，都是黑黝黝的肤色，脸孔都有点像广西人。虽然是从外地来打工的，但显然像Lu哥说的那样，已经挣了一笔钱，举止已不像那些初来乍到的农民工那样局促和着急。

老板娘对老板说："你快去做菜吧。"

年轻的老板对酒桌上的四个人说："那你们慢吃，我去忙了。"

Lu哥一挥手，说："好，你去忙吧，这里有老板娘就行了。"

9

慢慢地，肖玲快餐店里只有出去的人，进来的人越来越少。狭长的店变得有些空荡荡了。好几个壁扇都关了。Lu老板旁边的一个桌子上已堆了七八个空酒瓶子。年轻人的脖子都红了。凳子底下一片烟头。

杜原的一瓶酒还没有喝完。这就是他的酒量。瓶子已经倒空了，但是杯子里还有多半杯。喝一口，酒就要在他的喉咙里转半天，好像有浮力似的，咽不下去，但是，他突然想干干净净地喝完一瓶酒，看看自己会有什么反应——实际上，他已经开始有反应了，要是没有反应，他就不会产生要把一瓶酒喝光的想法。可能是他刚开始空着肚子喝酒的缘故。有了反应的杜原不知怎么回事，老觉得那个被称为Lu老板的人像他的舅舅。也许是因为络腮胡子的缘故，舅舅也长着一副络腮胡子，比这个人的还要浓，脸色没这么黑，油光满面的，但脸上的肉可不比这个Lu老板少。舅舅在邻村做村长，是名震乡里的一个人物。当年有个县里的官员被下放到他们村里劳动，舅舅慧眼识英雄，但也许是山东人出于对识字人对做官人的天生崇敬，当时做民兵连长的他不仅没有给那个下放干部穿小鞋，还给予了分外的尊敬和照顾，那个人离开村庄的时候，舅舅还组织一帮年轻人敲锣打鼓地欢送。后来那个人官做到了地区专员，现在虽已经退休了，但是两个儿子据说都做了不小的官。所以舅舅不仅做了村长，而且是名震乡里的一个村长，用村里人的话说，舅舅的官虽然不大但上头有人，连乡长也求着他呢。当年，杜原考上大学的时候，他觉得连他父母也没有舅舅高兴，是啊，地区专员都知道舅舅有一个有出息的外甥。舅舅干活是把好手，抵得上两三个人出活。后来分田到户，杜原最喜欢跟着舅舅在地里干活。舅舅干活时有说有笑，还知道休息，看到卖西瓜或卖冰棍的，还跳过沟去买，完全不像父母恨不得一头干到天黑，从早当晚不说一句话，让他觉得农活就像没完没了地驴拉磨一样永无尽头。他毕业没有走仕途的道路，显然伤了他舅舅的自尊心，有几年都不爱搭理他。好在他毕竟是在上海工作，舅舅虽然是个豪爽的大老粗，但通过仔细地斟酌，还是能在他身上找到一些可供在客人面前长面子的说法。其中在“上海工作”，是最经常提到的，上海的浦东开发得越好，世博会声势造得越隆重，房价涨得越高，在“上海工作”的分量就越重。随着有线电视的普及，连村里的人对上海发生的大事也略知一二了。只是杜原工作的研究所从来没有上过电视，斯宾诺莎也没上过电视，而且最让舅舅揪心的是杜原竟然住在上海的郊区，说白了也就是农村，而且随着打工的兴起，连初中刚毕业的孩子都被招工到上海去了，都在“上海工作”了。因此，虽然为了安慰舅舅那颗日渐失落的心，杜原每次回老家带给舅舅的礼物都尽量贵重一些，但是在舅舅的眼里，那礼物的分量却越来越轻了。

Lu老板的菜大概也上完了，厨房里空闲下来了。有几个小伙子不时冒出来一下，与几个女服务员说笑。他们一律穿着脏兮兮的白色围裙，有一个竟然光着膀子只在脖子上挂着白围裙。他们好像都喜欢与那个叫小青的女孩玩。有一个小伙子嘴巴里还叼着一根烟，不时偷偷地摸一下小青的后脑勺。

小青反过来用小小的拳头打他，他站着不动，任小青捶打，另外的几个女孩和小伙子就嘎嘎地笑。直到老板娘回头看他们，他们的声音才小下来，小青还伸伸舌头。但过了一会儿，声音又会变大，变得都有点喧闹了。

杜原觉得自己的眼睛已经充血了，但眼皮还在跳动，他觉得已经不是嚓嚓地颤动了，而是像打鼓一样动，振得他的脑袋发晕。这实际上已经不是眼皮的跳动了，而是吸收了酒精使他的血液加速流动的缘故。他看那些快乐的厨子在厨房那边活动就像是在看皮影戏。但他们的喧闹一点也没有影响他，相反还感染了他，使他心里也有某种简单而直接的快乐。这种感觉好像很久不见了，他记得最近的这种经验也好像是上大学的时候了，他和朋友在球场上打篮球，打完篮球去简陋的宿舍卫生间冲澡，冲澡的时候最可以敞开喉咙唱歌了，空旷的卫生间像麦克风一样使歌声变得浑厚和高亢。

那四个人还坐在店里。他们的菜也已吃得差不多了，但是，喝酒好像还没有停下来的意思。Lu老板看上去是个海量，一杯几口就喝干了。他的脸色一点也没有变，只是领带不知什么时候解下来了，叠得整整齐齐地放在他的公文包上。不过，领带一解，他整个肉体一下子就解放出来了，变得大了，变得松弛了。再让人叫他Lu哥就显得很滑稽了，他看上去一副六十岁的样子，脸肿胀着。只有他笑起来的时候，鱼尾纹骤然云集，一副色迷迷的神态，使他稍显年轻一点。不过，到了这个时候，他也才真正放松下来，税务官也好，屈尊下驾也好，都不存在了，也许他以前就是在这种小饭店里混日子的，此时，那种状态又回来了。

杜原看到Lu老板的这副样子，心里突然生出一种疼惜来，他仿佛回到舅舅的院子里，他既觉得陌生又感到熟悉，心灵像个儿童一样，只有一种单纯的情感涌动而没有理性的打扰。

“老板娘，酒呢?”他听到那个Lu老板冲柜台这边喊道。

“Lu老板，咱们今天就喝到这儿吧?”这是那个老人在说话。

“那可不行，我今天还没喝够呢。今天下午没事，咱们喝个一醉方休。”Lu老板脸色没有变，但酒精在他脑子里显然已起了作用了，他变得和蔼可亲起来。他平时大概从没有这样跟他的下属亲近过。老头都有点受宠若惊了，“好好好，今天咱们喝个一醉方休。”他对自己说出“咱们”这个词感到很满意，好像这个词一说出，他和Lu老板的关系就近了好多。

要是没有Lu老板，他这样一个人在饭店里吃完一顿饭大概是也不会说一句话的人。他脸上被强烈的阳光晒得又黑又糙，皱纹深得能夹住一次性筷子。但突然这一切对他没有影响了，他好像一个经常光顾小酒馆的酒鬼一样冲着柜台喊道：“再来四瓶，四瓶！”他伸出一只手，把大拇指扣在手心里，剩下四个手指耀武扬威地竖立着。

老板娘正坐在柜台后面，听到喊声，抬起头来，怔怔地看着老人那四个前后晃动的手指头，终于明白，它们是四瓶酒的象征。“小青，再拿四瓶酒过来。”

10

“老钟，你儿子跟着我，你放心好了，有我吃的——”

“是是是，那是。跟着你我有什么不放心的。论辈分，你还是他三表舅呢。”

“什么三表四表的，他妈的，在城里混，不管这个，得会混。”

“是这个理，所以，孩子跟着你我放心。”

“过两年，”Lu老板伸出两个手指头，“过两年，你再看，这小子就不是这个样了。我就敢跟你打包票，再过两年，你他妈就再不用卖苦力了，你就等着在家享福就行了。这小子将来比我都强，你信不？”

“我信，我信。”

“我他妈的才什么毕业，你知道吗？小学，哈哈，这小子什么毕业，大学生！”

也许，那个年轻人就是老人的儿子，他们这样讨论他的问题，使他有点不能适应，而且，当着饭店里的人，被点明了自己的身份，使他的地位与其他三个人就差了一个档次。他背过身去，看起了电视。

小青把四瓶酒拿上来，一个一个地起着瓶盖儿。Lu老板忘了自己正跟老人说话，眼睛笑眯眯地盯着小青的脸看。

“小青啊，你是越长越漂亮了，找男人了吗？”他艰难地挪动了一下身子，把一条腿架到了另一条腿上。凳子发出两声吱吱的叫声。

小青也不恼，笑着说：“Lu老板说话怎么这么难听啊。”

“又忘了，叫Lu哥。”

“Lu哥，Lu哥，你这种年纪跟我爸爸差不多了。”

“哈哈，小青真会说话，跟着我去干怎么样？”

小青也笑眯眯地说：“Lu老板，我可不敢高攀。我就是个小服务员的命。”

“小青会说话，我喜欢，哈哈，给你介绍个男朋友怎么样？可是个大学生！”

然后他一拍扭头看电视的年轻人的脖子说：“看什么看，看看小青，这样的女人娶到家里，你就等着发家吧。”

小伙子摸着自己的脖子，不知道说什么好。

“瞧瞧阿威，要不是娶了这个老婆，他现在屁也不是。”这三个人里面大概只有那个一直没有提到的人了解阿威的底细。他点点头，给Lu老板做证。

他刚刚夸了老板娘，却又突然压低了声音不知说了什么，三个人，包括小青都一齐回过头来看柜台后面的老板娘。

“不过，值，阿威值，这就叫会混。大学生刚出校门，你得好好学，要不，大学生算个屁，我公司里那几个大学生，你看，哪个比阿威混得好，他现在至少趁这个数——”Lu老板伸出一个手掌，五根粗短的手指全叉开着。

大学生眼里闪过一丝鄙夷，不知道是对阿威，还是对Lu老板的粗俗。但也就是一闪。他拿过一瓶酒给每个人的酒杯斟满。

Lu老板端起杯子，“小青，陪Lu哥喝一杯。”

小青吓了一跳，说了一句“我不会喝酒”就跑开了。

Lu哥恋恋不舍地看着小青走进厨房里，眼神好像在看一个自己中意的下属辞职走掉一样，而且她这一走，还带走了一大部分生意，脸上一副萎靡不振的样子。饭桌上一下子冷了下来。

“Lu老板，我敬你一杯。”老人端起酒杯，就像端起一碗咸菜。

Lu老板突然摇摇头，有点生气地说：“不对，你不能叫我Lu老板，你应该叫我——”他顿了顿，脑子显然有点不听使唤，“对，你就叫我阿Lu，你比我年纪长三岁，我记得准不准？”

老人被Lu老板说得一时丈二的和尚摸不着头脑，茫然地点点头，端起的酒杯悬在半空。Lu老板好像根本没有注意到这只悬在半空的咸菜碗，突然无限深情地说道：

“老钟哥，你说，你想到了没有，我阿Lu在村子里是什么样子，谁能想到，二十年后，我在大上海。”

他摇摇头，好像不知道怎么表达他想表达的意思。他只好端起酒杯在悬在半空的那只咸菜碗上碰了一下，一骨碌喝了下去。

老人似乎不像他的长相那样木讷，他有点讨好地说："阿Lu兄弟，听说，你住的那个房子光物业管理费一个月都这个数。"老人伸出食指和中指，渐渐表现出他乡村能人的模样。

Lu老板哈哈一笑："老钟哥，你城里的新词学得挺快啊。都知道物业管理费了，喝酒。"他发现酒杯是空的，就自己摸到酒瓶子倒上，好像觉得跟老钟哥这样的人说说话搅到了心里沉寂了很久的某个地方似的。

"老钟哥，我离开村子的时候，你借给我二十块钱，你还记得吗，二十块。我记着呢。我就是住故宫，我也会记得，我要是不记得，我就他妈的不是人。小钟，给你爹倒上酒，我要跟你爹喝一杯。小钟，你爹是个好人，你要尊重你爹。"

小伙子笑了笑，没想到老板是这样看待他爹的，很高兴的样子。

两个人都举起杯，碰过以后，老人正要喝的时候，Lu老板的杯子又过来碰了一下，自己的杯子微微向老人的方向倾斜，像手里拿着一个话筒一样。

"老钟哥，你想到了吗？"

老钟哥点点头，不知道是想说想到了，还是想说没想到。

他一直看着老人把酒喝干，自己还是那样拿着杯子。“小钟，再给你爹满上，我们要喝个哥俩好。”

“真跟做梦一样，没想到咱哥俩能在上海坐在一起喝酒，你培养出一个大学生，这一点你比我强，这也叫好人有好报。”

他还是看着老人喝，自己的杯子动也没动。老人喝完，他就把杯子放下了。然后，他冲柜台那边一招手。

老板娘走过来，“要结账了？”

“赶我走啊。”

“怎么会呢？”

“我让你过来，是想请你陪我这位老钟哥喝一杯。我这位老钟哥可是个好人，一辈子没有女人陪他喝过酒。”

其他三个人都被他的话吓了一跳。老人急得竟然站了起来。“大兄弟，不要不要。”饭店里不多的几个顾客也都回过头来看。老板阿威正从厨房里双手抱着一箱三得利啤酒走出来，他走到柜台那儿就站住了，把一箱啤酒放到柜台上，冲Lu老板这边看了一眼，然后又把放下的东西抱起来回到了厨房。

Lu老板也站起来，把老钟双手扶住，轻轻地往下摁。老人挣扎了一下，终于坐了下来。

“Lu老板，你又开我的玩笑了。”老板娘笑着说。

“给我个面子。”

“我不会喝酒。”

Lu老板跟那个知情人交换了一下会意的眼神，然后，又看着老板娘说：

“给Lu哥一个面子，就给一个。”

老板娘看着Lu老板跟那个人交换眼神的时候，身体突然颤抖了一下。她没再说话，从旁边的一张桌子上拿来一只空杯子，然后，她又自己拿起一瓶酒给杯子斟满。然后，端起杯子一口气喝干。整个动作一气呵成，连Lu老板也没有想到她这么快就把一杯酒喝光了。年轻的老板娘没有看老人，而是看着Lu老板，轻轻地说：“行了吗？”

Lu老板啪啪拍了两下手，“老板娘还是像当年那样爽快啊。不过——”

Lu老板一边说，一边拿起一瓶酒，把老板娘喝空的杯子倒满，然后，又拿过老钟的那只装满啤酒的杯子，他让两只酒杯在空中一碰。他做这些动作的时候就像他安放他的公文包那样小心翼翼。他把这碰过杯的两杯啤酒，很珍重地一杯放到老钟手里，一杯递给老板娘，好像这两杯啤酒装满了他一生的祝福似的。“既然是陪酒，总归要碰一下，这是规矩，咱不能坏了规矩，是吧？”

老板娘还没有接下举在她面前的这微微颤抖的酒杯，老钟那边却又慌得把另一杯酒往Lu老板手里塞，嘴里嘟囔道：“Lu兄弟，你陪老板娘喝，我不会哩。”大学生也不知所措，在校园里待久了，也许对美国进攻伊拉克可以发表一串有见地的观点，但对眼前的一切似乎做梦也没想到。老爹的笨拙，这个论辈分该叫三表舅的远亲的殷勤和霸道，都醒目地呈现在他面前。要是没有他老爹，他打定主意对任何社会现象都保持旁观的态度，以使自己显得成熟一些。但现在，他茫然得像一个被捆住了四条腿的驴子，他索性又别过头去，去看电视，电视又在播放广告：一串蓝色的液体倒在一个洁白的卫生巾上，瞬间被吸干了，然后是一个漂亮女人幸福的脸的大特写。他回头看了一下，局面没有什么改观。

“酒你会喝吗？”Lu老板严肃地对老钟说。老钟点点头。

“会喝，端着。”

老钟推托着说："你喝，你喝。"

"我喝，我什么酒没喝过，电视台的主持人都陪我喝过，一次一万，你信不信。"

老人急急点着头，说："我信，我信。"

"信就端着。"

老板从厨房里走出来，低着头，照旧趿拉着那双拖鞋，径直走到门外去了。但很快又转回来，回到了厨房里。

老板娘已经把酒接了过去，老人的推托反而使事情变得更加尴尬起来。她索性主动起来，把自己的酒杯又往老人的手上碰了一下，并且说道："老人家，我敬你一杯，我先喝。"她仰起脖子，把那杯啤酒往喉咙里灌。没有第一杯利索，中间不得不停了一下，换了口气，但是换得很快速，酒杯一直没有离开嘴唇，一杯酒眨眼就到底了，她几乎是习惯性地把酒杯的口朝下抖了抖，但很快就意识到这个不雅的动作，把酒杯放到桌子上。

老人果然不再推托了，又像急急推托一样急急地喝掉了自己杯中的酒，他喝得显然不够利索，淡黄色的啤酒滴滴答答地顺着他的嘴角往下流。

Lu老板笑呵呵地看着老人喝，好像那些琼浆玉液不是流进了老钟的喉咙里，而是流进了他自己的喉咙里。老钟是个好人，二十块钱他不能忘，老钟一辈子做梦也做不到的事情，他帮他办到了，让一个漂亮的女人陪着喝酒，而且是一个老板娘，老钟这辈子也算没白过。二十块钱没有白借。

跟老板娘喝酒的戏一过，四个人立刻冷场了，好像这四个人今天来肖玲快餐店的目的就是为了等待这一刻，一旦这一刻过了，他们就无事可做了。Lu老板甚至露出了恹恹欲睡的神态。

快餐店显得空荡荡的，厨师和服务员好像都躲进了厨房，墙上大部分的电扇也都关了。吃午饭的时间已经过去了，偶尔有一两个客人探头进来，看到饭店里冷冷清清，就缩身回去了。杜原这顿饭吃得真是漫长，模模糊糊中，他又隐隐地为自己犹犹豫豫的个性感到懊恼。但是坐在这种空气混浊、布置凌乱的小店里他觉得自己的各种感觉都非常活跃，不需要思维却能活泼泼地生活。右眼皮还在跳动，但对他已没有任何意味。有人登高一眺，就宠辱皆忘，而他一坐在小饭店里，就达到了这种效果，当然，还需要一瓶酒——一瓶啤酒就行了。

11

四个人终于要结账了。小青送过来账单，表情奇怪地严肃着。Lu老板坐在凳子上一副要睡着的样子。老人和另外一个人抢着掏钱，因为老人坐在外面，占着地利的优势，小青接过了他手里的钱，一张一百元的大钞和一叠脏兮兮的零票。

他们站起来，大学生扶了Lu老板一把，Lu老板清醒了一些。他对大学生说："我的包。"大学生把领带和包拿起来，他准备帮老板拿着，结果，Lu老板突然伸手把包取了过来，夹在左胳肢窝下，大学生手里只剩下一条孤零零的领带。

四个人走到柜台边上时，老板娘正坐在柜台后面埋着头。其他三个人径直向门口走去，Lu老板却站在了柜台前面。他确实是个大块头，把半个柜台都遮住了。但他此时已不像刚来时那样站得笔直了，身体松松垮垮的，好像负担不起似的，身体靠在柜台上，像是站在吧台上要酒喝的酒鬼一样。

"老板娘，走了。"

老板娘把头埋在柜台里好像没有听见。

“老板娘，走了。”

看不清那个Lu老板的表情，老板娘像被叫醒似的站起来。Lu老板竟伸出手去和老板娘握起手来。他没有再说话，好像一切都在握手中了，他那么巨大的身躯一点也没有骄横的意思了，相反，倒像一个被这副庞大的身躯拖垮了的虚弱的人，由衷地感激老板娘对他的照顾，他一切都明白。只是老板娘在他有力的握手中，两个丰满的乳房不合时宜地跳动着。

年轻的老板站在厨房门口，看着这一幕。

杜原也走过去跟老板娘结账。他的脚下已有点发飘，他站起来是因为那四个人一走，他再坐在那儿就太突兀了，他好像一直隐在那四个人的身后，现在屏障没有了，他无拘无束的感觉也就没有了。他为自己是饭店里的最后一个顾客而感到局促，他拿着老板娘给他的账单一时不知道要干什么，好像要检查上面的菜价是不是属实。老板娘很耐心地等着他明白过来。他把钱付给她，她很从容地找他零钱，找完后还很快地冲他清淡地笑了一下。

那三个人站在路牙上等他们的老板，好像等着跟他告别。Lu老板一出门，就直奔他的老钟哥走去。“你们打个车

像进地下室一样。店门开着，货品陈列得很乱，到处都是灰扑扑的，好像所有的物品都过期了一样。他往店里扫了一眼没有发现售货员。通向里间的门口放着玻璃柜台。那间门也是开着的，门口地下放着一台破旧的老式落地扇，倒是呼呼地一边摇头一边吹着风。

这里的人显然还不知道地上发生了什么事。

“有人吗?”他问道，盯着通向里间的那扇门，希望从那里走出一个人来。但是好像里面也没有人。

“老板在吗?”他提高了一下声音，他努力稳住自己的脚跟，让自己像个正常人一样。

他听到躺椅咯吱响了一下，然后，他才发现电风扇前面有两只脚耷拉着。两只脚动了几下，落到地上，从柜台后面站起一个人来，是一个胖胖的中年妇女，两条臂膀滚圆。她显然还没有睡醒。她合着双眼问道:“买什么?”

“给狗窝消毒的消毒液。”

她走到一架货品前面，准确地摸出一只半大瓶子来。瓶子上落满了灰。

“十五块钱。”

他把二十块钱给她。她把钱放到抽屉里，从中拿出五块钱放到柜台上，然后又消失在柜台后面不见了。从站起来到再次躺下去，她好像一直没有睁开眼睛，也许她在关键的时候睁开了两下，而杜原没有看到。他看到的好像是一个瞎子，一个熟练的瞎子。

大街上突然拥出那么多人，一副星期天的景象。肖玲快餐店被围得水泄不通，有人，有汽车，还有那些推着各种车辆做买卖的人，他们像水蛭一样吸附在快餐店门前。有两辆警车被包围在人群中，车顶上的警灯无声地闪烁着。联华超市的员工也来了，他们穿着制服扎成一堆，在人群中比较显眼。杜原中午在太阳底下看到的那几个打工妹好像还没有回家，也混在里面看热闹。吸烟的人不时冒出一股烟雾，飘散在人们的头顶上。有个警察没有戴帽子，在人群里走来走去，像一个冒牌货。

杜原听见一个人说："高利贷，因为高利贷，这个月已经两起了。"想从路上通过的汽车拼命按着喇叭，驻足的人一手按着汽车的前盖，一边踮起脚尖。汗味、水果的香味、香樟树的气味、摩托车汽车的烟气味混杂在一起，加上不断涌来看热闹的人，使小镇一下子显得生机勃勃。

杜原回到家的时候已是黄昏，钓鱼的人都不见了，钓鱼的人站过的地方留下一只牡丹牌的空烟盒。池塘水面上的绿藻、浮萍、塑料袋等都被黄昏的微风吹到了一个角落里，水面映着明亮的天光，显得平整而洁净。逆着光线可以看到水面上连续不断地荡起一圈一圈微细的闪闪发亮的涟漪，好像有好多细小的生物在里面欢快地活动着。村里人晚饭吃得早，都已经开始坐在门口乘凉了。村里小杂货店设了一个锅炉，人们手里提着壶三三两两地去打热水。突然，一种大喇叭的声音由远而近："红卫村的村民门，纪王电影院，今晚有演出，热情火爆，欢迎观看；纪王电影院，今晚有演出，热情火爆，欢迎观看……"人们都朝大路的一个方向伸着脖子，声音越来越大了，慢慢地就来到了耳边。一辆破旧的小长安面包车，驮着一个扩音喇叭，慢慢地开过来。面包车两边的窗户都摇了下来，一伙裸露着肩膀和大半个胸脯的年轻女演员坐在车里交头接耳。她们穿着鲜绿的服装，嘴唇上涂着鲜艳的口红，一个个乐陶陶的，白色的牙齿一闪一闪的，好像在为即将到来的夜晚狂欢激动着。

打开自己家门的杜原已经彻底清醒了。小狗冲过来围着他转圈，他蹲下来去摸它的头，它一跳，伸出舌头要来舔他的脸，他本能地往后一闪，一屁股坐在了水泥地上。他又看到了那秋天般的天空，看上去那么高远，但是却没有一点透爽的感觉，要是能下一场大雨就好了，但是对于天气他是一点办法都没有，而且此时他感觉对什么都没有办法，对那不停息地跳动着的眼皮没有办法，对那把捅进身体里的刀没有办法。他太孤独了，空旷的正慢慢暗下来的院子使他更加孤独，以至于他觉得自己所有的美好的感觉都是幻觉，他根本就不在生活中，一切都只是一个生活旁观者的幻想，包括那颗带给他力量的子弹，也许根本没有什么子弹留在他的身体里，他以为自己一直在慢慢地积蓄力量，实际上只是在一天天衰老。这种不良的感觉攫住了他，小狗不能把他从这种感觉里拽出来，小狗只是盲目地亲热着他，在他身上嗅来嗅去。